SU MUSA CURVILÍNEA

UNA NOVELA ROMÁNTICA DE UNA CHICA
CURVILÍNEA EN UN PUEBLO PEQUEÑO

EN BUSCA DEL GALÁN DE PAPEL
LIBRO QUINCE

MARY E THOMPSON

BluEyed
Press

EN BUSCA DEL GALÁN DE PAPEL

Ha llegado alguien nuevo al pueblo. Guarda unos cuantos secretos, pero él'es un buen tipo. O eso creemos. Sin duda'va a subir la temperatura este verano, sobre todo para nuestra introvertida favorita del equipo de mantenimiento. Sofía ha encontrado la horma de su zapato en esta historia y yo'estoy encantada de que' estés aquí para vivirla, ¡porque yo desde luego no me la pienso perder!

Por supuesto, todas tus parejas favoritas también están disfrutando del espectáculo. Cala MacKellar se alegra de recibirte. Pásate por la tienda de Finley', el bar de Hudson', la panadería donde trabaja Valentina y el taller de barcos de Ian'. En este pequeño pueblo hay' algo para todo el mundo.

LIBRO 15

Su Musa Curvilínea

Trey

Mi carrera musical iba exactamente como siempre había soñado. Un gran contrato, estadios enormes y una cuenta bancaria aún mayor. Tenía casi todo lo que quería.

Todo, excepto una canción que hiciera que todos esos fans enloquecidos se rascaran aún más el bolsillo y me lanzaran algo más que sus bragas.

Componer una canción nueva había resultado ser todo un desafío. Las palabras no salían. Ninguno de mis trucos funcionaba. Solo había un tipo que podía ayudarme, pero nadie sabía dónde encontrarlo.

Mi única esperanza era su hija.

Sofia

Todo era culpa de mi padre. Mi incapacidad para interpretar a la gente, mi falta de experiencia en el amor y la razón por la que había salido a cenar con un hombre que no iba a quedarse en mi pequeño pueblo.

«Podemos empezar como amigos».

Era difícil resistirse a un hombre que me hacía sentir deseada. Que hacía que me sintiera vista. Aunque no fuera para siempre, de momento estaba ahí. Estaba soltero y dejó muy claro que me deseaba.

Llegó el momento. Se inclinó hacia mí. Yo me incliné hacia él. Cerré los ojos y…

Giró la cabeza. Evitó mi beso.

Menuda idiota. Y todo era culpa de mi padre.

Para Jessica, Christy, Suzanne y Krista...
Gracias por vuestro apoyo, vuestras ideas y vuestra amistad

SOFIA

Fregué el suelo del cuarto de baño mientras salía de espaldas, procurando no dejar ni una marca. Quedó perfecto. Tan perfecto como podía estar en una semana. Era más que suficiente para el nuevo inquilino que viviría allí los próximos tres meses.

El resto del piso era funcional. El contraste tan marcado entre el baño recién reformado y el resto del apartamento resultaba casi cómico, pero tendría que bastar.

Piper insistió en que el inquilino había dicho que le bastaba con algo sencillo, así que le hice caso. Si no le gustaba, Piper me lo haría saber. Como mi jefa y mejor amiga, no se cortaba a la hora de decirme la verdad.

La que estaba guardando secretos últimamente era yo.

Di una última vuelta por el piso y salí. El equipo de limpieza vendrá a primera hora de la mañana y el nuevo inquilino se mudará mañana por la tarde.

Y en menos de dos semanas llegaba mi padre.

Tenía que dejar de pensar en mi padre. Temía la visita, pero, como con todo lo que le rodeaba, dramatizar solo conseguía hacerme dar más vueltas que una patinadora olímpica.

—¡Eh! —saludó Haley, sobresaltándome mientras me dirigía a mi piso.

—Hola, Haley. ¿Cómo estás?

Haley era una buena amiga. Noshabíamos ido conociendo durante el último año y era la única que sabía que mi padre venía de visita. Me lo sacó hace una semana y desde entonceshe estado evitando a Piper porque me sentía culpable por contárselo a mi amiga nueva y no a mi amiga de toda la vida.

—Bien. ¿Cómo ha ido tu día?

Me encogí de hombros. —Bien, supongo. He terminado el baño, así que está listo para que el inquilino se mude en cuanto lo limpien.

—Bien. ¿Y lo otro? Haley sabía que hablar de mi padre me alteraba, así que andaba con pies de plomo. Lo cual tampoc'o era mucho mejor.

—Bien. Se' supone que estará aquí dentro de una semana, el domingo.

—¿Y se' quedará contigo? —confirmó de nuevo.

Asentí. —Dijo que no' está seguro de cuánto tiempo se' quedará. Pensé en preguntarle a Piper si podía alojarse en el Posada Cala MacKellar, pero me sentí mal porque no' es siempre el huésped más considerado. Y el verano está a tope. No qu'iero que ocupe una habitación que otra persona pueda usar.

—Eso y que todavía no le ha's dicho —dijo Haley, con un tono interrogativo al final.

—Sí, eso también.

Haley suspiró. —Sofia, tienes que decírselo.

—Lo haré. Necesito superar la llegada del nuevo inquilino y despué's pensaré en mi padre.

—¿Estás segura?

Asentí. —Sí. Pero ahora mismo necesito una ducha. Que

pases buena noche, Haley. Moví la mano en un saludo y me apresuré a marcharme antes de que pudiera invitarme a cenar con ella o algo así.

Sí, fue una jugada de perra, pero no' lo hice con esa intención. Tenía una capacidad limitada para la gente en un día cualquiera, y algunos días esa capacidad era del tamaño de un dedal. En un día bueno, se acercaba más a un vasito de baño. ¿Haley? Creo que ella no' tenía unidad de medida. Estaba bendecida con el don de la conversación y nunca se quedaba sin palabras. Eso hacía fácil ser su amiga, pero agotador cuando tocaba un día de dedal.

Definitivamente era un día de dedal.

Me abrí paso hasta mi apartamento y solté un suspiro. Mi apartamento era mi santuario. Cuando Piper vivía conmigo, mi habitación era mi espacio para descomprimir y dar rienda suelta a mis emociones, pero desde que se mudó hace unos años, todo el apartamento pasó a ser mío.

Y en menos de dos semanas, eso volvería a cambiar.

—Uf.

He negado con la cabeza y me he apartado de la puerta. La he cerrado con llave y me he alejado, quitándome la camiseta por encima de la cabeza mientras caminaba hacia mi habitación. He tirado la ropa sucia en el cesto del baño y he abierto la ducha al máximo de caliente. El vapor ha invadido el espacio mientras pensaba qué podría cenar.

La comida a domicilio estaría bien, pero eso implicaría hablar con alguien. Quizá quedara alguna cena congelada en el fondo del congelador.

Me he colocado bajo el chorro de agua caliente y he dejado que se llevara el día por delante. Tenía algo crujiente en el pelo, con suerte restos de masilla y no algo del triturador de basura que había sustituido a primera hora de la mañana. Me he frotado el pelo dos veces, por si acaso, y luego he deslizado los dedos cubiertos de acondicionador hasta las puntas.

Me he apoyado en la pared de la ducha y he suspirado. Mi baño también necesitaba una reforma, pero no mientras mi padre estuviera allí. Tenía un piso de dos habitaciones y dos baños, y ni de broma pensaba compartir uno con mi padre.

Sacudiendo aquellas ideas, he terminado de ducharme y me he secado. Me he enrollado el pelo en una toalla y he cogido mi bata de peluche. Ya me preocuparé de la ropa antes de irme a la cama.

He tenido suerte: quedaba una única cena congelada. Mientras se calentaba, he puesto una comedia romántica empalagosa que sabía que me haría llorar, pero esta noche tocaba llorar de felicidad. Las lágrimas felices eran mejores que las tristes o las de frustración.

Después de la película, y de las lágrimas, he tirado la bandeja de plástico al contenedor de reciclaje y me he metido en la cama. Mañana sería otro día, y solo estaría preparada si dormía a pierna suelta.

—¡Sofía! ¡Sofía!

Me he dado la vuelta y he gruñido. Qué sueño más raro. Piper me estaba llamando.

La puerta de mi dormitorio se abrió de golpe. —¡Sofía! ¿Estás bien?

Me he incorporado de un brinco, mirando a mi alrededor para averiguar qué demonios estaba pasando.

Piper estaba sentada en el borde de mi colchón, con la mirada escrutadora y preocupada.

—¿Qué haces aquí?

—El nuevo inquilino se ha mudado hoy.

Asentí. —Sí. Se supone que estará aquí a las diez para firmar la documentación.

—Son las doce, Sof.

—¿Cómo? Quité las mantas de un tirón y me incorporé de un salto, haciendo que Piper se levantara al mismo tiempo.

—Ya me he reunido con él —dijo Piper, frenando mis movimientos frenéticos.

—¿Te reuniste con él? Mi cabeza estaba embotada, como si hubiera pasado la noche de juerga. Pero sabía que no era así. ¿Qué demonios?

—Se alojó en el Inn anoche. Cuando hizo el check-in, comentó que alquilaba un sitio y terminamos charlando. Es muy majo. Y guapo, además.

—Estás casada.

—Y muy feliz. Pero tú estás soltera.

—Y no estoy interesada.

Piper suspiró. —¿Te encuentras bien?

Negué con la cabeza. —Solo estoy descolocada. Entonces, ¿ayer le diste las llaves al nuevo inquilino?

Piper negó con la cabeza. —Cuando hizo el check-out, dijo que venía para reunirse contigo. Te ha llamado cuando no estabas. Dice que te llamó y te escribió, incluso tocó a tu puerta, pero nunca respondiste.

Negué con la cabeza. No era propio de mí dormir hasta pasar la alarma. Para nada.

—¿Estás bien? Últimamente estás en las nubes.

Levanté la vista hacia mi mejor amiga y supe que tenía que contárselo todo. La culpa me estaba devorando por dentro, y de todas formas se enteraría pronto.

—Mi padre viene aquí dentro de dos semanas.

—¿Tu padre? —soltó. Piper comprendía el significado. Al menos, en parte.

Asentí, con los mechones del flequillo cayéndome sobre

la cara. Me los aparté y busqué una goma del pelo. —Me llamó hace unas semanas. Quería venir a verme.

—¿Por qué no me lo dijiste?

Me reí sin alegría. —Ya sabes por qué.

—Porque no creías que de verdad fuera a presentarse.

Asentí. No era la primera vez que mi padre decía que iba a venir a verme. Pero esta vez tenía los vuelos reservados y un coche de alquiler. No es que no pudiera cancelar ambos, pero era más de lo que había hecho antes.

—¿Y crees que esta vez vendrá de verdad? ¿Dónde se va a quedar?

—Conmigo.

—Y luego añadí a este nuevo inquilino, volví tu tiempo todavía más loco y te dejé sin escapatoria. Mierda, Sof. Lo siento muchísimo.

Me encogí de hombros. Por fin encontré una goma y recogí mi melena rubia en una coleta. —Está bien. No lo sabías. Y todavía puede que no aparezca. Solo que últimamente estoy un poco dispersa.

—Lo entiendo. Bueno, no te preocupes por el nuevo inquilino. Gavin se aseguró de que el piso estuviera listo. El equipo de limpieza hizo un trabajo estupendo y los mudanceros metieron todo en cuanto terminaron. El apartamento está completamente amueblado y Daniel está trayendo sus cosas ahora.

—¿Ahora?

Piper asintió. —Sí, lo que significa que puedes relajarte.

—Debería ir a disculparme con él.

—Gavin se disculpó y dijo que esto no es propio de ti.' Todo está bien. Estoy segura de que pronto lo conocerás.' Y no creas que no sé lo que estás intentando—.' Me clavó una mirada que dejaba claro que veía a través de mi intento de librarme de la conversación que necesitábamos tener.

Fruncí el ceño ante mi mejor amiga y reconocí que le

debía algo mejor de lo que le hab'ía ofrecido últimamente. —Vale. Pero no tengo nada de comer y me muero de hambre.

—Casualmente, sé dónde podemos conseguir algo de comer. ¿Just Tacos?

Sabía cómo tentarme. Mi estómago rugió en respuesta y Piper soltó una risita.

—Vístete y nos vamos. Podrás contarme todo sobre la inminente visita de tu querido viejo padre.

Me encogí. Había tanto que contarle, y ya no me quedaba tiempo. Necesitaba saber toda la historia.

Simplemente no quería contarla.

LOS TACOS DE PIPER' descansaban en su bandeja, intactos y olvidados. Mi historia era así de buena.

O mala, según cómo se mire.

—A ver, espera. Entonces, tu padre es un músico famoso. Tu madre tuvo un lío con él una noche de gira y tú eres el fruto de esa aventura de una sola noche.

Asentí. —Sí. Lo negó y se negó a darle nada. Cuando empecé la secundaria, algo cambió.' No estoy muy segura de qué, quizá le remordió la conciencia o encontró la religión o algo así. En fin, empezó a aparecer. Dijo que lo sentía. Aceptó una prueba de paternidad. Pactó un acuerdo de custodia que incluía los pagos atrasados de la manutención.

—Vaya. Eso es bastante impresionante.

—Supongo. Mi madre nunca gastó ese dinero. Lo guardó para mí. Quería que lo tuviera. Estaba enfadada y dolida. Hacía todo lo posible por cuidarme. La noche que murió, iba de su trabajo diurno al nocturno y un conductor borracho la atropelló. Como yo solo tenía catorce años, el estado me obligó a irme a vivir con mi padre.

—¿En la gira? —confirmó Piper.

—Sí. Había pruebas de que era mi padre, pero solo unas pocas personas sabían quién era yo.

—¿Fue divertido? ¿Eso de ir por la carretera de gira con una banda?

Pensé en aquella época. Mis sentimientos al respecto estaban tan confusos que no estaba' segura de poder responder a esa pregunta sin contarle el resto.

—A veces, sí. El primer año estaba muy perdida en mi duelo por la muerte de mi madre. Ella era mi mejor amiga y pasar de tenerla a que me la arrebataran fue duro. Me portaba fatal con mi padre. Nuestra relación ya era frágil de por sí y yo no lo hice' nada fácil.

—Creo que así' es como casi cualquiera habría afrontado lo que te pasó.

—Puede. Al cabo de un año recibí ayuda. Uno de los chicos se casó. Su mujer era un encanto. Ella y yo pasábamos tiempo juntas. Ella' había perdido a su madre cuando era joven y me ayudó a sanar. Además, me hizo ver que trataba a mi padre como si fuera el malo de la película en lugar de aceptar que se había equivocado y estaba intentando estar ahí para mí.

—Parece estupenda.

—Maddie era increíble. No' creo que hubiera sobrevivido sin ella. Sin embargo, cuando cumplí diecisiete, Maddie tuvo un bebé y dejó de girar tanto. Yo aún estaba en el instituto, así que tenía que ir con ellos. No podía' quedarme sola en casa siendo menor. Fue entonces cuando conocí a Nate Catalan.

Como era de esperar, a Piper' se le arquearon las cejas. —¿Conoces a Nate Catalan?

Fruncí los labios en una sonrisa. —Lo conocía. O al menos eso creía.

—¿Qué pasó?

—Caí en el truco más viejo del mundo. La chica deslumbrada se enamora del rockero sexy y seductor y acaba con el corazón roto.

—Siento que hay mucho más detrás de todo esto.

Me reí. —Muchísimo más. Éramos unos críos. Él tenía dieciocho años. Se unió a la gira como corista de uno de los teloneros, pero era obvio que acabaría siendo una estrella. Tenía esa presencia que todo el mundo reconocía que tarde o temprano lo haría famoso. Y le gustaba yo.

La amargura de aquella época me revolvió el estómago. El arrepentimiento, el dolor y el odio se me colaron hasta los huesos.

—¿Qué pasó? —preguntó Piper en voz baja. Levantó su taco y dio un mordisco.

Observé cómo un trozo de pollo se inclinaba lentamente y caía de su taco. Golpeó la bandeja con un suave chof. —Me enamoré de él. Creía que él sentía lo mismo. Fue el primero para mí y estaba segura de que estábamos construyendo una vida juntos.

—¿Pero...?

—Pero la noche de mi decimoctavo cumpleaños, cuando íbamos a contárselo a mi padre, lo pillé con otra.

—No.

Asentí. —Intentó decirme que ella no significaba nada. Que todos los chicos se acostaban con otras mujeres continuamente. Que era solo parte de la vida en la carretera y que tendría que superarlo si queríamos seguir juntos.

—Qué capullo —murmuró Piper.

—No se equivocaba, sin embargo. Ya llevaba suficiente tiempo en la carretera para saber cómo eran las cosas. Nadie era fiel. Maddie no volvió a la gira porque sabía lo que se encontraría. Estaba resentida y enfadada la siguiente vez que hablamos. Cualquiera que intentara asentarse con alguno de ellos acababa igual.

—Ay, Sofia.

Inspiré hondo y exhalé despacio, deseando que el dolor se marchara con el aire. —Me marché después de esa etapa de la gira. Mi padre ya no tenía la obligación de retenerme. Decía que quería que me quedara, pero para mí era demasiado duro.

—Tenías el corazón roto.

Asentí. —Lo estaba. Y fui una estúpida porque me enamoré de un hombre que jamás me querría. Era un gran actor: talentoso, inteligente y magnético. Todo eso que ahora se dice de él.

—Pues no volveré a ver otra de sus películas ni a ir a ninguno de sus conciertos.

—Es uno de tus actores favoritos —dije, segura de que romperías tu promesa.

—Ya no. No ahora que sé cómo es en realidad.

—Fue hace más de veinte años —dije.

—Si es un imbécil, lo es para siempre. Ojalá lo hubiera sabido. Con todas las veces que te rogué que vieras alguna de sus películas conmigo.

—Me daba tanta vergüenza. Me odiaba por caer en sus mentiras y creer que le importaba. Pero cuando aparezca mi padre...

—No vas a poder ocultarlo todo. Y sabes que no voy a juzgarte. Todos nos enamoramos de quien no debemos en algún momento. No hay nada que podamos hacer al respecto.

—Me alegra no haber formado parte nunca de sus historias entre bastidores ni nada parecido. Estuve oculta. Pero eso es parte de por qué mi relación con mi padre no es mejor. Nunca entendió por qué me fui como lo hice.

—¿Nunca se lo contaste?

Negué con la cabeza. —Sabía algunas cosas, pero no creo que llegara a comprender la historia completa. Nate era un amigo antes de que empezáramos a salir. Fue mi padre quien nos presentó. Cuando aquello terminó, yo era solo su ex. No tenía ningún derecho sobre él y, aunque lo hubiera tenido, ¿qué diferencia habría? Le pedí a mi padre que lo sacara de la gira, pero no lo hizo. Le dije a mi padre que ya no podía estar cerca de Nate y que no tenía sentido seguir en la carretera con él cuando ya era mayor de edad. No se esforzó demasiado por hacerme cambiar de opinión.

—Mierda —susurró Piper—. —Aún alucino con no haber sabido nada de esto. No sabía que tu padre fuera famoso ni que hubieras salido con la realeza de Hollywood.

—Ojalá nada de esto fuera cierto. Ojalá fuera una persona normal que viviera en un pueblo pequeño y nadie me conociera.

—Bueno, tu secreto está a salvo conmigo. Para los demás, eso es exactamente lo que eres.

—Hasta que aparezca mi padre. Entonces todo el mundo lo sabrá.

Piper frunció el ceño. Sabía que yo tenía razón. Y que no podía hacer nada al respecto.

2

TREY

Primer día y ya he dejado pasar mi primera oportunidad. Claro que eso me hace pensar que ella es tan volátil como su padre, pues se quedó dormida mientras yo llegaba. No es de extrañar que el lugar estuviera vacío y pudiera alquilarse a última hora si así hacían las cosas.

Di una vuelta por el apartamento que iba a llamar hogar durante tres meses y me planteé hacerlo todo maleta y largarme de aquel pueblucho. Ya me estaba volviendo loco después de veinticuatro horas allí. Tres meses iban a ser un suplicio.

Al menos hacía buen tiempo. Y el agua era increíble. Y Piper y Gavin parecían majos.

Pero ellos no eran la razón por la que estaba en Cala MacKellar. Solo había ido por un motivo. Y, en cuanto consiguiera lo que quería, podría largarme de allí y seguir con mi vida.

Tardé apenas cinco segundos en instalarme, ya que solo había traído ropa y mi guitarra. La guitarra se había quedado bajo llave en el maletero mientras me hospedaba en la posada, pero al mudarme al apartamento tuve que subirla. Con ella en las manos me sentía más yo mismo, como si recordara quién era.

El edificio estaba desierto y silencioso cuando salí a la calle. Aparcar en la calzada era de lo más incómodo, pero la ubicación era la mejor del pueblo. Con Sofia Frank como encargada, jefa de mantenimiento y comité de bienvenida, aquel era el sitio donde tenía que estar.

Saqué del maletero mi guitarra y la libreta en la que llevaba tiempo intentando componer, y me di la vuelta hacia el edificio. Dos mujeres se acercaban desde la otra acera. Una era rubia, con curvas, y me hizo la boca agua. Me hormigueaban los dedos por tocarla igual que me pasa con la guitarra cuando una canción se me mete en la cabeza. Como si, si no la tuviera entre mis manos en cuestión de segundos, fuese a perder esa sensación para siempre.

La otra, una morena, saludó con la mano. Mierda. Era Piper. Lo que significaba que la rubia era la mujer por la que me había mudado allí.

Sofia Frank.

No esperaba que fuera tan guapa ni que tuviera unas curvas capaces de hacerme olvidar mi intención de largarme de allí en tres meses.

Negué con la cabeza. Ni de coña. No era' del tipo que se asienta. Y desde luego no iba' a echar raíces en un pueblo que apenas tenía un bar decente, y mucho menos algún tipo de entretenimiento. ¿Un cine con dos salas? ¿Unos cuantos restaurantes diminutos? El escenario más grande estaba a dos horas de distancia, lo mismo que el hospital, las discotecas y las mujeres con las que resultaría fácil acabar en la cama.

—¡Daniel! ¡Hola! —dijo Piper, pillándome en plena ensoñación en la acera frente al edificio de apartamentos. Sonrió con esa amplia, luminosa sonrisa de una mujer que duerme cada noche con el hombre al que ama. Esa era la sonrisa que inspiraba mi música. La sonrisa que decía que yo' había cumplido con mi trabajo.

—Hola, Piper —respondí, ignorando el pinchazo de celos que me tensó el estómago. No quería lo que ella tenía. Nunca lo había querido' Ni lo querría.

—Me' alegra muchísimo haberte encontrado. Ahora puedes conocer a Sofia —dijo Piper, empujando a su amiga hacia mí.

—Hola, Daniel. Encantada de conocerle' Le pido disculpas por no haber estado disponible antes; no es nada habitual en mí.' Si hay algo que pueda hacer para compensarle' dígamelo, por favor.

Me estrechó la mano con un apretón que me sorprendió y me dejó impresionado. La mayoría de las mujeres preferían batir las pestañas y fingir que eran indefensas, que necesitaban que yo cuidara de ellas. No Sofia. Si su apretón era un indicio, no solo podía valerse por sí misma, sino que me daría una paliza si hiciera falta.

—Es un placer conocerla también.' No tiene nada de qué disculparse. A veces pasan estas cosas. Piper y Gavin han sido tan amables de venir corriendo a por las llaves, así que todo bien.

—Pues gracias por su amabilidad. Piper' no deja de cantar sus alabanzas.

Eché un vistazo a Piper, intentando descifrarla. ¿Me había reconocido? ¿Intentaba Sofia decirme algo?

—¿Cuál es su canción favorita para tocar?

—¿Perdón?

Asintió hacia mi estuche de la guitarra. —Supongo que ahí dentro hay una guitarra y no una pistola enorme.

—La pistola la llevo en los pantalones —solté sin pensar.

Los tres nos quedamos en silencio durante un largo

momento. Quería fundirme con la acera. ¿En qué demonios estaba pensando?

No lo estaba. Ese era el problema.

Piper rompió a reír, se dobló y soltó carcajadas tan sonoras que resonaron en el edificio. Sofía me miró, luego a su amiga, y acabó riendo con Piper.

Me reí por lo bajo, intentando no sentirme un imbécil por soltarles aquella frase. Tenía que dejar de comportarme como el capullo que era de gira y actuar como un ser humano.

—Hostia, ha estado genial. Esa me ha gustado —dijo Piper, secándose las lágrimas de debajo de las pestañas—Ha sido de lo más fino. Necesitaba esa risa. Gracias.

—Mi objetivo es complacer —respondí, dedicándole una sonrisa que le sacó otra risita.

—Bueno, ha estado muy bien, pero tengo que irme a casa. Si necesitas algo mientras estés aquí, avísanos a cualquiera de las dos. Y espero que aceptes la invitación de Gavin para quedar mañana por la noche en O'Kelley's. Hay un grupo de chicos que se reúne cada semana; creo que te caerán bien. Piper se detuvo y negó con la cabeza.—Perdona. No quería dar nada por sentado. No tengo ni idea de quién te puede gustar. Pero son buena gente. Ya que vas a estar aquí unos meses, no te hará daño conocer a alguien, ¿verdad?

—Claro. Le sonreí, aunque no tenía intención alguna de confraternizar con los lugareños.

Excepto una.

—Bien. Vale, me' voy. Te quiero, cariño. Nos vemos pronto— Piper abrazó a Sofia con calidez; los párpados' de esta se cerraron mientras se fundían en un abrazo. Piper la soltó, me saludó con la mano y se marchó por la acera de regreso al lugar de donde habían venido.

—¿Le abro la puerta? —preguntó Sofia mientras se acercaba al edificio.

Tardé un segundo en darme cuenta de lo que me estaba pidiendo. Al final asentí y la seguí. —Gracias.

—De' nada.

Entré antes que ella en el edificio, sintiéndome un imbécil por no haberle sujetado la puerta. ¿No esperaban' las mujeres como ella ese tipo de detalles?

—Encantada de conocerle —dijo en cuanto estuvo dentro del edificio. Se dirigió hacia los buzones de la planta baja sin volver a mirarme.

Me quedé mirándola, preguntándome cómo demonios iba a conseguir que me dijera dónde estaba su padre si ni siquiera lograba' que mantuviera una conversación conmigo.

Se cerró una puerta en algún lugar del pasillo y suspiré, aceptando la derrota. Otra vez.

Subí con mi guitarra y mi cuaderno y regresé a mi piso. Cerré la puerta con llave en cuanto se cerró, luego llevé la guitarra al salón. Dejé el estuche en el suelo y lo abrí.

Ahora sí podía darme por instalado.

¿EN QUÉ DEMONIOS ESTABA PENSANDO? ¿Podía echarle la culpa al agua local? ¿Había algo en ella que me empujara a salir un jueves por la noche para conocer a un puñado de desconocidos en un bar? ¿Un puñado de desconocidos varones?

Me repetía eso porque no tenía otra excusa. Salvo un aburrimiento extremo. Joder, no había nada que hacer en este pueblucho. Planeé explorar todo el día y me quedé sin nada que hacer antes de las once. Empecé a las diez.

Mi cerebro se estaba derritiendo. Y no precisamente de la forma buena.

Así que estaba plantado frente al O'Kelley's, preguntándome qué demonios me pasaba y constatando que no tenía nada mejor que hacer aquella noche que conocer a algunos de los hombres del lugar.

Empujé la puerta y me sorprendió más de lo esperado el volumen que había dentro. El local estaba a tope. Al fondo chocaban las bolas de billar; las mesas rebosaban de clientes que charlaban y reían. Y la barra estaba abarrotada.

Me bajé el sombrero hasta casi taparme la cara, consciente de que era muy probable que alguien me reconociera. Mientras me abría paso hacia la barra para pedir una copa, capté algunas miradas, pero nadie me señaló.

El camarero me sostuvo la mirada mientras me acercaba. Era un tipo enorme, cabeza rapada y barba tupida. Parecía capaz de hacer de portero, pero con un tío de su tamaño tras la barra, probablemente no necesitaban portero.

—¿Cómo lo llevas? —preguntó cuando estuve lo bastante cerca para oírle por encima del ruido.

—Bien.

—¿Eres nuevo por aquí?

Asentí.

—¿Eres Daniel?

Me desconcertó un poco que supiera mi nombre, aunque no fuera el que llevaba usando desde hacía casi dos décadas.

—¿Cómo lo sabes?

Él indicó con un gesto de cabeza más allá de la barra y empezó a caminar en esa dirección.

Seguí su mirada y vi a un grupo de hombres con Gavin en medio. Fui detrás del camarero, sin tener muy claro cómo debía acercarme al grupo sin parecer un imbécil.

—Aquí está Daniel —anunció el camarero, interrumpiendo la conversación sin el menor reparo.

Todos los hombres, más de media docena, se giraron a la vez hacia donde yo estaba, a apenas un par de metros.

Gavin se puso en pie y se acercó a mí. —¡Me alegro de que hayas llegado! Ven, te presento a todos.

Me estrechó la mano y me dio una palmada en la espalda, empujándome hacia el centro del grupo.

—Ian es el propietario de Jameson Custom Boats. Colin tiene Jones Family Maple Farm. Ramsey es abogado mercantil. James y Rowan son agentes de policía en Cala MacKellar. Nico es oncólogo. Knox es dueño de Al's Hardware. —Gavin señaló al camarero— —Hudson es el dueño de este lugar.

Recorrí con la mirada la fila de hombres y asentí a cada uno. Tenía que admitir que estaba un poco impresionado. Propietarios de negocios, policías y un médico. ¿Quién iba a imaginar encontrarse con gente así en un bar de un pueblo pequeño?

—Daniel ha alquilado un piso en el edificio de Piper para los próximos tres meses —les dijo Gavin.

—Buen sitio. Mi novia vive en el edificio —dijo uno de los chicos—. Debes de estar en el piso que Sofía estuvo reformando la semana pasada. Ella consiguió todo el material en mi tienda.

Asentí. El tipo de la ferretería. —Sí. Es todo lo que necesito para unos meses.

—Entonces, ¿qué hace aquí? ¿Se toma el verano libre? —preguntó el camarero, Hudson.

Asentí. Mi coartada para el verano era que estaba entre trabajos y me tomaba unos meses libres para decidir mis próximos pasos. Había decidido decir que vivía en Los Ángeles y trabajaba en la industria musical, pero eso era lo más cerca de la verdad que estaba dispuesto a llegar. La verdad completa era que entraríamos en el estudio en otoño y necesitaba llevar música nueva o no tendríamos nada que grabar.

—Sí. Parecía una zona tranquila para concentrarme en lo que quiero hacer después —les dije, asintiendo con la cabeza y mirando la barra como si el tema me doliera y no quisiera hablar demasiado.

El truco funcionó de maravilla. Una cerveza apareció bajo mi nariz y la conversación a mi alrededor volvió a animarse.

—Si necesita algo, avíseme —dijo Hudson—. La primera cerveza corre por cuenta de la casa.

Asentí en señal de agradecimiento y me pregunté si acababa de ver un brillo más duro en sus ojos que hace un instante.

Se alejó para atender a otros clientes y me dije que me estaba equivocando. Todo iba bien.

Los hombres hablaban de trabajo, de mujeres y de la vida. Con ellos me sentía cómodo, algo que no me lo esperab'a. Sobre todo después de conocerlos apenas una hora. Me incluyeron en sus conversaciones, preguntándome por mi historial con las mujeres y si estaba con alguien.

—Ahora mismo, no. No se me da muy bien comprometerme' —admití. Era la verdad. Había demasiadas opciones ahí fuera como para que quisiera sentar cabeza. No importaba que cantara sobre encontrar el amor o el romance, no estaba hecho para eso.' Había pasado demasiados años en la carretera. Con treinta y siete años, ya se me había pasado el momento de querer establecerme, de desear a una sola persona con la que compartir mi vida.' No iba a ocurrir y estaba bien con ello.

—Yo tampoco lo era —dijo Ian—. Pero, en realidad, me engañaba a mí mismo. Me acostaba con cualquiera porque Blake estaba con otra persona y yo estaba enamorado de ella.

—¿Cuánto duró eso? —pregunté, porque me venía bien para una canción, no por otra cosa.

—Cinco años salió con Willie. Cuando lo dejaron, tardé otros nueve meses en sacar la cabeza de donde la tenía metida y reunir valor para invitarla a salir —admitió Ian.

—Sí, y ni siquiera hiciste eso de verdad —añadió Ramsey —. Empezó a acostarse con ella sin decirle que estaba enamorado. La conoció en una página de citas y jugó a dos bandas.

—¿Citas en línea? Creía que todos habíais crecido aquí?

Todos los hombres se rieron por lo bajo.

—No lo hagas, tío —dijo Nico.

—Alguien debería advertirle —dijo Knox.

—¿De qué estáis hablando? —pregunté.

—Hay' una aplicación. La desarrolló un amigo nuestro —dijo Hudson—. —Todos hemos conocido a nuestras esposas y novias gracias a ella. Mi mujer y yo nos odiábamos, pero empezamos a hablar allí y nos enamoramos. Nos permitió descubrir un lado distinto del otro.

—¿Por qué hicisteis match si os odiabais? —pregunté.

—La aplicación no te permite usar nombres y no hay fotos —explicó James—. '—Mi mujer y yo éramos como Hudson y Anna; ella no podía ni verme. 'Pero lo solucionamos todo. Sonrió con suficiencia.

No pude' evitar devolverle la mirada. Conocía bien esa expresión: lo habían solucionado en la cama.

—En el caso de Blake y mío, éramos amigos. Ella' es la mejor amiga de mi hermana. Yo' llevo enamorado de ella desde siempre, y ella no' buscaba nada serio cuando empezamos a salir, así que fingí que yo no' tampoco. Casi lo arruino todo, pero al final lo arreglamos. Sé que solo' vas a estar aquí unos meses, pero En Busca del Galán de Papel es la mejor aplicación para conocer gente de la zona.

—¿En Busca del Galán de Papel? Mostraba escepticismo ante el nombre.

Todos asintieron.

—La mujer que la creó, junto con las nuestras y algunas más, se reúne en la librería de al lado para hablar de los hombres de los libros. Siempre dicen que' son mejores que los de la vida real —explicó Hudson—. —De ahí' viene el nombre. Te hace un montón de preguntas sobre los libros que lees y sobre quién eres, y te empareja según tus respuestas.

—¿Y si no leo'? —pregunté. Entre las giras internacionales y las mujeres, no me quedaba mucho tiempo para leer.'

Los chicos se encogieron de hombros.

—Entonces no' te preocupes. Quizá no' sea para ti —dijo Knox.

Asentí, preguntándome por qué me importaba. No quería' conocer a nadie. Demonios, ni siquiera pensaba en sexo en ese momento. Tenía un objetivo, y cuando tenía un objetivo, eso era lo único que importaba. Conocer a Sofia era lo único en lo que necesitaba centrarme durante los próximos tres meses.

—Haley dijo que Sofia se ha vuelto a apuntar. Y también Chelsea. Ella y Chelsea lo han estado comentando en la peluquería. Cada vez se apuntan más mujeres —dijo Knox.

—¿Sofia?— solté antes de que mi cerebro pudiera frenarme.

Knox se giró hacia mí con una sonrisa ladeada. —¿Conoces a Sofia?

Negué con la cabeza y alargué la mano hacia mi cerveza. El vaso estaba vacío, así que me quedé sujetando el aire. Lo dejé de nuevo en la barra e intenté que no se me notara el pánico. —La conocí ayer. Estaba con Piper —expliqué, asintiendo hacia Gavin para respaldar mi historia.

—Sofia' es genial —dijo Knox. —Inteligente, divertida y creativa. Aunque es bastante callada, así que si' quieres conocerla, quizá la app sea una buena opción. 'No deja que mucha gente se le acerque'.

—Pero no' la joda. Sofia' es buena persona —advirtió Hudson.

—Daniel' no es así, chicos —me defendió Gavin. —Está aquí solo tres meses. Todos lo sabemos. Sofia lo sabe. Nada se va a estropear. Demonios, Sofia apenas sale con nadie, así que' tampoco es que tenga muchas posibilidades'.

Intenté que no me afectaran sus instintos protectores hacia ella. Y también intenté no ofenderme por sus comentarios sobre mis escasas probabilidades.

Yo era el jodido Trey Ryan. Era una maldita estrella del rock. Podía tener a cualquier mujer que quisiera. Y la tenía. Solo tenía que activar mi encanto de rockstar, y ella' sería plastilina en mis manos.

Hasta llegar al estudio.

3

SOFIA

Un golpe en la puerta me hizo salir de la cocina. Al abrirla encontré a Chelsea en el pasillo.

—Hola. ¿Soy la primera en llegar?— preguntó Chelsea.

Asentí y la guié de vuelta a la cocina. —Deberían llegar enseguida.—

—Haley salió antes que yo. Pensé que ya estaría aquí. ¿Qué tal tu día?—

La miré a los ojos y me serví una margarita extragrande, dejando que eso respondiera a su pregunta.

Chelsea se rió. —¿Tan bien, eh?—

Suspiré y le serví una copa. —La verdad es que no puedo quejarme; me gusta mi trabajo. Pero hay días más largos que otros.—

—Igual. Y cuando termina mi jornada, sigo sin poder relajarme.—

Incliné la cabeza, intrigada.

—Vivo en un edificio para no fumadores, pero tengo un vecino que fuma. Lo he denunciado, pero la administración no hace nada al respecto. A veces la alfombrilla delante de mi puerta aparece del revés, como si alguien lo hiciera solo para fastidiarme. Creo que está enfadado porque lo denuncié.—

—Da un poco de miedo.—

Ella asintió. —Lo es. Hace tiempo que no soy feliz allí y he estado intentando decidir qué hacer, pero ahora siento que tengo que marcharme.—

—Sí, yo también me iría. ¿Tienes idea de adónde vas a ir? —

Se encogió de hombros. —He estado pensando en comprarme una casa.

—Eso es emocionante. ¿Has empezado ya a buscar?

Negó con la cabeza. —Acabo de empezar a pensar en esto. Sé que este es el momento ideal para comprar porque es cuando hay más ofertas, pero no estoy segura. No quiero precipitarme. Apenas nos hemos hecho cargo del salón y sería muy fácil que todo se me fuera de las manos.

—Pero el hecho de que lo estés pensando es una buena señal. Mi madre era muy ahorradora. Siempre vivió por debajo de nuestras posibilidades. La mayor parte del tiempo trabajaba en dos empleos, pero ahorró muchísimo dinero. Cuando murió, yo no necesité nada.

—¿Tu padre te ayudó?

Asentí. —Se ocupó de todo cuando me fui a vivir con él. Quería que fuera a la universidad y pagó mis estudios, aunque nunca terminé. Desde entonces no le he pedido nada.

—He pensado en volver a casa de mis padres. Lo único que me frena es que siento que sería admitir que soy un fracaso.

—No tienes por qué pensar eso. Cada situación es distinta y, mientras estéis todos de acuerdo, no hay nada de malo en vivir con ellos. Yo probablemente viviría con mi madre si siguiera viva.

—¿De verdad?

Solté una risita. —Era mi mejor amiga. Si siguiera viva, casi seguro que todavía viviría con ella.

—Vaya. Me siento un poco mejor.

—¿Eres cercana a tus padres? —pregunté.

Chelsea y yo empezamos a conocernos un poco cuando Haley se mudó al pueblo. Haley se instaló en el mismo edificio que yo, trabajaba con Chelsea y acabó presentándonos. Yo era amiga de la prima de Chelsea Elise, pero solo había tratado a Chelsea de pasada hasta que llegó Haley.

Otro golpe en la puerta nos hizo dirigirnos al salón. Esta vez eran Haley y Piper.

—¿Cómo he llegado antes que tú? —preguntó Chelsea a Haley.

—He hecho una paradita —admitió Haley. Sus mejillas se tiñeron de rosa, dejándonos claro a todas dónde había hecho esa parada.

—¿Cómo está Knox? —preguntó Chelsea.

—Está bien. Dijo que os mandara saludos a todas.

—¿Cómo van las cosas entre vosotros dos? —preguntó Piper. Piper no había estado tanto con Haley durante el último año como yo. Estaba ocupada con el hostal y con la vida en general, pero las cosas empezaban a aflojar y estaba intentando pasar más tiempo con las amigas.

Haley asintió. Todavía era un poco cautelosa con todo el mundo. Se había mudado a Cala MacKellar para estar más cerca de su novio sin saber que él estaba casado. Fue un desastre, pero Haley encontró a un buen chico en Knox y ahora eran felices. Sin embargo, no todo el mundo en el pueblo se alegró cuando Haley y Knox empezaron a salir.

—Me alegro mucho por ti —dijo Piper. Yo sabía que lo decía de verdad y, a juzgar por cómo se relajaron los hombros de Haley, ella también lo sabía.

—Chelsea me estaba diciendo que está pensando en

comprar una casa —comenté, cambiando de tema antes de que Haley se pusiera demasiado nerviosa. No le gustaba ser el centro de atención.

—Sí —respondió Chelsea, siguiéndome el hilo. Arrugó la nariz—. Tengo que salir de mi piso actual y mis opciones son comprar una casa o mudarme con mis padres. Me encanta vivir con ellos y somos muy cercanos, pero siento que ya estoy preparada para tener mi propio espacio. Nada enorme, creo, pero sí algo donde pueda invitar a gente.

—¿No quieres alquilar otro sitio? —preguntó Piper.

Chelsea negó con la cabeza. —Quiero tener más control sobre mi espacio. Además, quiero un perro, un jardín y quizá un jacuzzi.

—Me encantaría tener un jacuzzi —dijo Piper con un gemido.

—Paso tantas horas de pie que disfrutaría de un lugar al que pudiera llegar y relajarme. Invitar a mis amigas. Cocinar y ver la tele todo lo alto que quiera sin que nadie me moleste. Nunca he tenido algo así. —continuó Chelsea.

—¿Estás pensando en un barrio o en algo un poco más alejado con terreno? —preguntó Piper. Era una inversora excelente y le encantaba hablar de dinero y de la mejor forma de gastarlo. No siempre había sido así pero finalmente había aceptado que era uno de sus puntos fuertes y estaba dispuesta a ayudar cuando la gente le pedía consejo.

No es que Chelsea se lo hubiera pedido, pero a ella no'le importaba.

—Definitivamente en un barrio —dijo Chelsea—. —Me' encantaría tener hijos, pero no' sé si eso' va a suceder. En cualquier caso, quiero vivir en un sitio que me haga sentir segura, donde los vecinos me oigan si grito.

—Vivimos en Cala MacKellar —dijo Haley—. —¿Qué podría pasar aquí?

—Nunca se sabe—. Chelsea se estremeció con un miedo imaginario justo cuando sonó mi móvil.

—Mierda —murmuré al ver el número del centro de llamadas en mi móvil. —Habla Sofía.

—Hola —dijo una voz suave—. Soy Daniel. Me preguntaba si podría contar con su ayuda.

—Por supuesto. ¿Cuál' es el problema?

—Eh... se ha fundido una luz en mi baño'?

¿Me lo estaba preguntando o simplemente informando? —¿Qué luz?

—Sobre el lavabo. El otro día, cuando me mudé, parpadeaba. No le di importancia, pero ahora se ha'fundido'.

—Normalmente programo este tipo de avisos. ¿Puedo pasar mañana?

—¡No! —soltó—. —Perdón. Solo quería decir que estaría muy bien que lo arreglase esta noche. Ya sabe, para poder verme. En la ducha. Está oscuro.

¿Estaba borracho? ¿Qué demonios le pasaba?

No importaba. Era un inquilino y yo era la encargada de mantener la propiedad. Tenía que responder.

—De acuerdo. Estaré ahí en un minuto. Supongo que está en casa, ¿verdad?

—Sí, estoy en casa. Puede pasar en cuanto llegue.

—No, no puedo. Tengo que anunciar mi presencia. Llamaré a su puerta en cuanto llegue.

—Oh. Eh... vale. Supongo que está bien. Hasta ahora.

—Ya voy —le dije.

Colgué el teléfono y me encontré con la mirada de mis amigas.

—Ha sido raro —crucé la mirada con Piper—. Daniel dice que se ha fundido una bombilla en el baño, pero sonaba como si no estuviera seguro y quiere que lo mire de inmediato.

—¿Cree que hay algún problema eléctrico o algo así? Piper preguntó.

Encogí los hombros. —Ni idea. Estaba rarísimo.

—¿Qué decíais sobre que nunca pasa nada en Cala MacKellar? —preguntó Chelsea.

Piper rodó los ojos. —Es inofensivo. Créeme. Creo que quizá esté colado por Sofia, pero, a menos que los orgasmos sean ahora peligrosos, ella está perfectamente.

Puse los ojos en blanco. —No está colado por mí.

—¿Cómo lo sabes? Erestodo un partidazo —dijo Haley con un guiño.

—Ni hablar. No me interesa. Si realmente está colado por mí, que se las apañe solo. Pero como no lo está, no es para tanto.

—Pero... —empezó Piper.

Levanté la mano. —No. Tengo que irme. Volveré en cuanto pueda. El dip está en el horno; puede que ya esté listo. Las margaritas están en la encimera. Guardadme algo de comida. Y una copa.

—¿Estás en condiciones de trabajar? —preguntó Piper.

Asentí. —Solo he dado un sorbo. Estoy bien.

Piper sostuvo mi mirada un segundo más y luego asintió. Nunca me pondría en peligro; ella lo sabe.

Subí las escaleras hasta el piso de Daniel. Música y un aroma a rosas se escapaban por debajo de la puerta. Llamé con fuerza para asegurarme de que me oía. Me sentí mal por haber sacado conclusiones sobre él. Tenía una cita y yo me preocupaba pensando que estaba raro. Seguramente solo quería impresionar a quien estuviera dentro.

La puerta se abrió enseguida. Daniel apareció con unos vaqueros ajustados y una camisa negra abotonada, desabrochada lo justo para lucir pecho. Un vello oscuro cubría su piel bronceada y me atrajo de inmediato.

Hacía mucho que no me sentía atraída por un hombre.

Podía reconocer que algunos eran guapos, peroninguno me había provocado gran cosa. La primera vez que conocí a Daniel estaba nublada por la vergüenza de no haberme enterado de su llegada, pero esta vez...

...me nublaba otra cosa.

—Hola —dijo con una voz grave y rasposa que bastó para sacarme de mi ensimismamiento.

—Hola. Perdona que haya tardado un poco en subir. Puedo revisar la luz y quitarme de en medio.

Se apartó para dejarme pasar. —No me estorbas. Tómate el tiempo que necesites.

Eché un vistazo alrededor, intentando localizar a su acompañante. No había nadie en el sofá, pero la puerta del dormitorio estaba ligeramente entornada. Su cita debía de estar ya dentro. Y yo les estaba fastidiando la velada.

—No me llevará mucho tiempo. Luego podrá volver a su velada.

Él me siguió hasta el baño. Pulsé el interruptor y no ocurrió nada. Ninguna luz se encendió.

Lo cual era raro, porque hacía unos días funcionaba perfectamente.

Apagué de nuevo el interruptor y alcé la mano para ajustar las bombillas. Normalmente se fundían una a una, no todas de golpe, y menos cuando eran nuevas, pero...

La primera estaba floja. No tanto como para caerse, pero sí lo suficiente para no encenderse. También la segunda. Y la tercera. Las apreté todas y accioné de nuevo el interruptor.

Las tres bombillas se encendieron.

—Vaya. Disculpe por eso. Debo de no haber apretado bien las bombillas cuando las coloqué el otro día. No me di' cuenta y estaban flojas.

—¡Oh! Eh... Vale. Bueno, eso fue fácil. ¿Quiere quedarse a cenar?

Me tomé mi tiempo para recoger la bolsa de herramientas, intentando comprender qué estaba pasando. —Eh... De hecho, esta noche ya tengo planes.

—Oh, no me di cuenta de que le estaba quitando tiempo a una cita.

—No es una cita. Solo voy a pasar el rato con mis amigos.

—Así que no tiene cita. ¿Está saliendo con alguien?

—¿Perdón?

—Solo tenía curiosidad por saber si sale con alguien.

—Eso no es asunto suyo.

—No pretendía ser raro. Solo quiero saberlo.

—¿Y cree que eso lo hace menos raro?

—No, yo solo... —Tomó aire y lo soltó despacio—. No quería pasarme de la raya cuando salgamos a una cita.

—¿Y qué le hace pensar que voy a salir a una cita con usted?

Esbozó una sonrisa ladeada. —Porque vi cómo me miraba.

He dado un paso atrás, dejándole espacio a su ego. —Vaya. De acuerdo. Sí, es atractivo. Y sí, me he sentido atraída por usted. Pero eso ya se ha terminado. Me marcho. Que pase buena noche.

—¡Espere!

Me he detenido con la mano en el pomo de la puerta. He soltado el aire despacio, consciente de que no podía ser una completa cabrona con él si íbamos a vernos una y otra vez. —¿Sí?

—Lo siento. No quería comportarme como un imbécil. Es solo que... Voy a estar aquí tres meses y quería conocerla.

—Lo entiendo —mentí. No lo entendía en absoluto. Era un capullo que pensaba que me desharía en halagos por él porque no estoy delgada. Los hombres creen que las mujeres de talla grande necesitamos una ayudita y, con treinta y nueve años, es aún peor. Era como si llevara un letrero de neón sobre la cabeza que gritara que soy un caso perdido e indefenso en cuestiones de citas y que aceptaría cualquier migaja que me ofrecieran.

Ni de broma. Ni por asomo. Estaba soltera porque elegía estarlo. Porque era más feliz así que siendo la mitad de una relación condenada al fracaso.

—¿De veras? —preguntó.

Lo he mirado y he visto algo distinto en su mirada, un destello de sinceridad que indicaba que ocurría algo más. —Claro.

Él negó con la cabeza. —No es cierto. Pero me está dejando libre de culpa. Lo siento, Sofia. De verdad, no soy un mal tipo.

—Estoy segura de que no lo está. Que tenga una buena noche, Daniel.

Ha asentido, con una leve mueca ante mi clara despedida.

No podía preocuparme por eso. Era un desconocido y, además, un inquilino. No tenía intención de involucrarme , y mucho menos con un hombre de paso.

He vuelto a entrar en mi piso. He dejado mi bolso junto a la puerta, donde lo guardo por si tengo que salir corriendo a ayudar a un inquilino. Chelsea, Haley y Piper estaban en la cocina, comiendo, bebiendo y charlando.

—¿Qué tal Daniel? —preguntó Piper.

—Raro. Creo que le van los tríos —dije.

Chelsea se ha atragantado con su margarita. Haley se ha quedado boquiabierta. Piper ha negado con la cabeza.

—¿Por qué demonios piensas eso? —preguntó Piper.

Me encogí de hombros. —Me invitó a quedarme a cenar.

—¿Y eso significa que quería un trío? ¿No hacen falta tres personas para eso? —preguntó Chelsea.

—La puerta del dormitorio estaba casi cerrada. Creo que había alguien dentro.

—No eres de tríos, por lo que veo —bromeó Haley.

Negué con la cabeza. —Nunca lo he probado. La verdad,

no me interesa. No he tenido muchos compañeros sexuales y, cuando he estado con alguien, me gusta concentrarme en un solo hombre. Sé que hay gente a la que le funciona y lo disfruta, pero no es lo mío.

—No comparto bien —dijo Piper—. Si Gavin lo sugiriera, me dolería.

—Creo que es distinto cuando estás en una relación con una persona y quieres incluir a otra —dijo Chelsea.

—Cierto —convino Piper—. Y que Daniel te invitara a cenar no signifi—que hubiera otra persona allí. A lo mejor simplemente le gustas.

Negué con la cabeza y cogí mi margarita. —No impo'rta. Dijo que sabía que yo le gustaba y que quería conocerme.

—¿Por qué es algo malo? —preguntó Haley.

—Fue raro, inquietante. No lo s'é. Simplemente me hizo sentir incómoda.

—Lo s'iento. ¿Quieres que lo eche? —preguntó Piper.

Negué con la cabeza. —Estará b'ien. Sim'plemente mantendré las distancias con él.

—¿Y si necesita que le repares otra cosa? —preguntó Chelsea.

—Iré cont'igo —dijo Haley—. Si llama, iré con'tigo. Asegúrate de no quedar'te a solas con él.—

Negué con la cabeza. —No puedo ha'cer eso. Para empezar, no está permitido entrar en otros pisos sin el permiso del inquili'no. Adem'ás, seguramente sea todo imaginación mía. Quizá solo estaba siendo amable. Le he dado demasiadas vueltas.

Las tres me miraron atentamente; ninguna se creyó la mentira que estaba contando, pero todas sabían que no me harían cambiar de opinión.

—Solo sé que esta salsa está increíble —dijo Haley—. Tienes que darme la receta.

—Lo mismo digo —añadió Chelsea.

—Quizá tengamos que añadir una noche mexicana en el Inn —dijo Piper—. Creo que los huéspedes se volverían locos con algo así. Demonios, yo metería esto en un taco también.—

—Es facilísimo y delicioso. Me encanta. Es mi comodín cuando no voy a Just Tacos —dije.

—Me encanta Just Tacos —dijo Chelsea.

—Yo también —dijo Haley—. Knox me llevó allí la otra noche. Probé sus tostadas. ¿Las habéis probado alguna vez?

Y, tan deprisa como eso, se me han olvidado las preocupaciones sobre Daniel. Hemos hablado de comida y hemos disfrutado de la cena y las bebidas, luego nos hemos ido al salón. Hemos puesto una película que ninguna de nosotras ha visto, porque seguimos charlando hasta que empezamos a quedarnos dormidas en los sofás. Haley y Chelsea han subido a su piso, y Piper ha preguntado si podía dormir en su antigua habitación.

—¿Cuándo llega tu padre? —preguntó mientras esponjaba la almohada.

—Dentro de una semana, el domingo que viene.

—Es dentro de nada. ¿Estás preparada?

Resoplé. —Ni de lejos. Pero ya veremos si al final aparece.

—Quizá deberías empezar a aceptar algunas de esas coincidencias en En Busca del Galán de Papel. Así tendrás excusas para no estar aquí cuando él venga de visita.

Me reí. —Puede que lo haga —dije tras pensarlo un instante—. Es triste que, para mí, salir con desconocidos resulte mejor que pasar tiempo con mi padre.

Piper se rió entre dientes. —Cierto. Pero quizá conozcas a alguien estupendo y resulte positivo. Y tal vez la visita de tu padre vaya bien.

—O quizá no se presente y pueda seguir como siempre.

—También puede ser —dijo Piper—. Siento haber empeorado las cosas al añadir a Daniel como inquilino.

Negué con la cabeza y abracé a mi mejor amiga del mundo. —No tienes nada de lo que disculparte. Todo irá bien, lo sé.

—Espero que sí.

He sonreído y le he deseado buenas noches, luego me he ido a mi habitación. Todo tenía que salir bien. No había otra opción.

4

¿Cuándo se volvieron los hombres tan asquerosos? Uf. Estaba claro que llevaba demasiado tiempo fuera del mercado. O quizá simplemente era demasiado mayor. Nunca me había sentido así, pero a mis treinta y nueve tenía mucha menos paciencia para las gilipolleces que hace una o dos décadas.

Decidí zambullirme de nuevo en En Busca del Galán de Papel. Me inscribí hacía siglos, pero no había' tenido mucha suerte, así que la mayor parte del tiempo me olvidaba de él. Pero con la visita de mi padre' cada día más cerca —apenas quedaban dos días para que llegara—, decidí que había llegado el momento de armarme de valor y seguir el consejo de Piper'.

Joder, cómo me arrepentí de aquella decisión.

Dos tíos se presentaron describiendo sus pollas. Con todo lujo de detalles. Y luego me contaron lo que querían hacerme. Puaj. Quiero decir, si estuviéramos en una relación y me dijeran eso, sería excitante, pero eran unos desconocidos.

Mierda. Esperaba que de verdad fueran desconocidos. Si no lo eran', no iba a poder volver a mirarlos a la cara. De verdad esperaba no averiguarlo nunca.

Esos tíos eran la razón por la que no salía' con nadie desde hacía años. Nate Catalan era la razón por la que casi nunca salía', pero cuando estaba dispuesta a intentarlo, eran los babosos los que me hacían volver a mi trabajo, mis amigas y mi vida tranquila.

Pasé unas cuantas respuestas más y me repetí que no todos los hombres eran unos cerdos, aunque tuviera pocas pruebas de ello. Por suerte, apareció uno nuevo que sonaba menos imbécil y más como alguien con quien podría hablar.

Y su nombre me intrigó.

GIOIOSO

Hola, Háblame como un nerd. ¿Dónde se esconden los libros cuando tienen miedo?

Vale, puede que mi nombre de usuario invitara a los frikis que creían que era un juego de palabras, pero no lo era'. Me pareció gracioso cuando lo inventé.

Al parecer, Gioioso lo había pillado.

El mensaje era de hace dos días, lo cual no estaba 'nada mal para mí. Normalmente me olvidaba por completo de En Busca del Galán de Papel y de los chicos que me escribían allí.

HÁBLAME COMO UN NERD

¿Bajo las sábanas?

Solté una risita mientras tecleaba. Me encantaba ese chiste. En realidad, me fascinaban los chistes malos, y me apasionaba leer, así que combinar ambas cosas siempre me hacía reír.

Fui a cerrar la aplicación y vi tres burbujas, como si me estuviera respondiendo. Dudé entre cerrarla a toda prisa, para no quedarme atrapada en una conversación con un desconocido, pero la curiosidad por saber qué iba a decir pudo conmigo.

GIOIOSO

Sí. ¡Yo hago lo mismo! Jajaja

HÁBLAME COMO UN NERD

Por favor, dime que tienes edad suficiente para estar aquí.

GIOIOSO

La tengo. Probablemente soy demasiado mayor, pero a veces está bien conocer a alguien nuevo. ¿Y tú?

HÁBLAME COMO UN NERD

¿No sabes que no se le pregunta la edad a una mujer?

GIOIOSO

Bueno, supuse que, como tú preguntaste primero, estaba permitido. Y, en mi defensa, yo no pedí ningún número.

HÁBLAME COMO UN NERD

Cierto. Supongo que lo dejaré pasar. Y sí, podría tener dos perfiles aquí y seguir siendo legal.

GIOIOSO

Jajaja. Sí. Estoy en mis, ejem, treintaytantos largos. Una chica de diecinueve años me escribió y me sentí como un viejo verde.

HÁBLAME COMO UN NERD

Si te consuela, hay muchos viejos verdes por aquí que probablemente tengan la mitad de tu edad.

GIOIOSO

¡No estoy seguro de que eso me consuele!

Solté una carcajada. Era gracioso. Y tenía cierto encanto. Lo que equivalía a peligroso.

HÁBLAME COMO UN NERD

Creo que cuanto más mayor me hago, menos tolerancia tengo a muchas cosas que hace unos años me parecían poca cosa.

GIOIOSO

Lo mismo. En muchísimos sentidos.

HÁBLAME COMO UN NERD

Tengo que preguntarte por tu nombre. ¿Sabes lo que significa?

GIOIOSO

Imagino que te refieres a mi nombre de usuario y no al de verdad. A no ser que seas un mago y conozcas mi nombre real.

HÁBLAME COMO UN NERD

Me reservo la respuesta sobre si soy una maga, pero no, me refería a tu nombre de usuario.

GIOIOSO

¡Puede que seas alguien valioso a quien conocer! En cuanto a mi nombre de usuario, significa interpretar con alegría. Mi profesora de piano solía darme esa indicación constantemente cuando estaba aprendiendo a tocar.

HÁBLAME COMO UN NERD

La mía también. Aunque mi profesora era mi madre.

GIOIOSO

Creo que lo único peor que mi profesora de piano habría sido vivir con ella. ¿Cómo lo llevabas?

HÁBLAME COMO UN NERD

Mi madre era mi mejor amiga. Me enseñó en
su teclado. No podíamos permitirnos clases
de verdad, así que me enseñó ella misma.

GIOIOSO

Eso está muy bien. Y lo siento.

HÁBLAME COMO UN NERD

¿Perdona?

GIOIOSO

Has dicho «era», así que lo supuse.
Perdóname si me equivoco y ella sigue
formando parte de tu vida.

HÁBLAME COMO UN NERD

Siempre formará parte de mí, pero falleció
hace años. Y gracias.

GIOIOSO

No debe de ser fácil.

HÁBLAME COMO UN NERD

¿Tus padres siguen formando parte de tu
vida?

GIOIOSO

¡Vaya pregunta tan profunda! Vale. Sí, siguen
vivos, pero no somos cercanos. No lo somos
desde hace mucho tiempo, si soy sincero.

HÁBLAME COMO UN NERD

Perdona. No quería ser tan personal.

GIOIOSO

No me importa. Forma parte de esto, ¿no?
Conocernos. Sin conocernos de verdad.

HÁBLAME COMO UN NERD

Cierto. Siempre me pregunto si la gente con
la que me emparejan es gente que conozco.

GIOIOSO

Sería raro. Supongo que eso significa que no debería decirte quién soy hasta que sepa si estoy dispuesto a pasar por alto que quizá ya nos conozcamos.

HÁBLAME COMO UN NERD

Pues ahora sí que quiero saberlo.

GIOIOSO

Jajaja. Yo igual. Pero no voy a preguntar. El misterio tiene su gracia.

HÁBLAME COMO UN NERD

Cierto. Entonces, ¿qué te gusta hacer en tu tiempo libre?

GIOIOSO

Trabajo mucho, así que no dispongo de demasiado tiempo libre. Al menos, nunca lo parece. ¿Tienes algún tatuaje?

HÁBLAME COMO UN NERD

Vaya. Eso es bastante personal.

GIOIOSO

Solo si la respuesta es que sí y no quieres decirme cuál es.

No se equivocaba. Tenía un tatuaje. El que me hice después de Nate. Para recordarme exactamente quién era.

HÁBLAME COMO UN NERD

Tengo uno. Es una clave de sol con pájaros.

GIOIOSO

¿De verdad? ¿Te gusta la música? Obviamente, ya que tocaste y sabías lo que significaba mi nombre, pero eso va más allá de «aprendí piano de niño».

HÁBLAME COMO UN NERD

La música siempre fue muy importante para
mí. Hoy en día no estoy muy involucrada,
pero hubo un tiempo en el que sí lo estaba.

GIOIOSO

Eso de «había una vez» hace que parezca
que detrás hay toda una historia.

HÁBLAME COMO UN NERD

No es de las que terminan bien.

GIOIOSO

Yo también lo siento.

HÁBLAME COMO UN NERD

Gracias.

GIOIOSO

Mi primer tatuaje fue fruto de un reto. Un
amigo me dijo que era demasiado pulcro y
perfecto, que jamás sería del tipo de persona
que se hace tatuajes.

HÁBLAME COMO UN NERD

¿Y le demostraste lo contrario?

GIOIOSO

Jajaja. Desde luego. Ahora tengo veinte.

HÁBLAME COMO UN NERD

Vaya. Eso es... un montón.

GIOIOSO

Sí. Pero me encanta. Cada uno es la
expresión de una parte de mí, algo
importante que me pasó o que significó algo
para mí.

HÁBLAME COMO UN NERD

No sé si sería capaz de mostrar tanto de mí.

GIOIOSO

Muchos no se ven en un día cualquiera.
Algunos solo los ha visto mi tatuador.

HÁBLAME COMO UN NERD

Qué curioso. Mucha gente quiere presumir
de ellos, sobre todo cuando lleva tantos.

GIOIOSO

No soy como la mayoría.

HÁBLAME COMO UN NERD

Bueno, está bien saberlo.

GIOIOSO

La vida es más interesante cuando brillamos
con luz propia.

HÁBLAME COMO UN NERD

Es una buena forma de ver las cosas.

La pantalla se oscureció y luego parpadeó con una llamada entrante. Me asusté y casi se me cayó el móvil, sobre todo cuando vi que era mi padre quien llamaba.

—Hola, papá —dije al contestar el teléfono.

—¡Sofía! Bien, estás en casa.

Siempre daba por hecho que estaba en casa si contestaba al teléfono. —Sí, lo estoy.

—¿Puedes venir a abrirme?

—¿Cómo? Creía que ibas a venir el domingo.

—He decidido venir un poco antes. Quería verte.

Miré a mi alrededor en el piso. No estaba preparada. Claro, el piso estaba limpio, todo recogido. Tenía sábanas que podía poner en la cama y bastante comida en la cocina. Pero no estaba preparada.

—¿Estás ahí?—preguntó papá, alzando la voz, como si ya hubiera hablado un par de veces y yo no lo hubiera escuchado.

—Sí. Perdona, papá. Es que... me has pillado por sorpresa. Ahora mismo voy.

—Bien. Colgó.

Me quedé mirando el móvil mientras volvía a la aplicación. Había un nuevo mensaje de Gioioso.

GIOIOSO

Todos deberíamos poder celebrar aquello
que nos hace únicos.

Suspiré. Sonaba como un hombre que' jamás se hubiera enfrentado a las duras realidades de la vida. Me encanta la idea, pero no' siempre coincide con la realidad.

Como ahora mismo. Mi padre era el alma de la fiesta. Era extrovertido y hablador. Nunca veía a nadie como malo, incluso cuando le demostraban lo contrario. Solo quería divertirse.

Su hija introvertida era un quebradero de cabeza. Cuando tuve que unirme a él en la gira, no' sabía qué hacer conmigo. Cuando me enfadé porque no' echó a Nate de la gira, tampoco supo qué hacer conmigo. Nunca' sabía qué hacer conmigo.

Por eso no' éramos cercanos.

Pero él estaba fuera. Esperando a que le dejara entrar.

Mierda.

HÁBLAME COMO UN NERD

Lo siento, pero tengo que irme. Ha surgido
algo. Ha sido un placer hablar contigo.

Cerré la aplicación antes de que pudiera responder y hacer que quisiera ignorar a mi padre para hablar con aquel hombre divertido y amable al que no conocía en vez de con el que sí conocía.

Entorné la puerta de mi piso y fui hasta la entrada principal. Empujé la puerta de seguridad y dejé pasar a mi padre, que soltó un bufido, como si le hubiera fastidiado tener que esperar fuera unos minutos después de presentarse con dos días de antelación.

—No puedo hacer eso todo el tiempo.' Si hay una puerta cerrada, debería haber alguien que te deje pasar en lugar de dejarte a la intemperie.

Hacía veintiséis grados y brillaba el sol. Ni una nube en el cielo.

—Ajá —dije en lugar de contestar.

—¿Tienes a alguien que pueda subir mis cosas?

—Ya lo cojo yo. ¿Dónde está tu coche?

—¿No tienes a alguien para esto?

Suspiré. Él sabía que no tenía a nadie. Yo era esa persona. Ya habíamos pasado por esto. —No, no lo tengo. Puedo coger tus cosas si me dices qué coche conduces.

Él hizo un gesto con la mano y se encaminó hacia un sedán negro brillante aparcado junto al bordillo. El coche pitó al acercarse y entonces el maletero se abrió solo. Dentro había un juego de maletas a juego apilado. —En el asiento trasero hay más.

Me tragué un gruñido. Aquel hombre no viajaba ligero.

Saqué las maletas del maletero. Dios no lo quiera, fuera a dañarse las manos. Con ellas se ganaba la vida. Me lo había repetido más veces de las que podía contar, y yo podía contar bastante alto.

Cuando tuve todo en la acera, lo miré. Llevaba una bolsa colgada del hombro, un maletín en la mano y tres bultos junto al coche.

—¿Puedes coger alguna de estas? —pregunté, agarrando las asas de dos de las maletas.

—Esperaré a que lleves esas dentro y vuelvas. No quiero arriesgarme a que alguien se lleve algo —comentó, mirando la calle desierta de arriba abajo como si los delincuentes aguardaran a que apartase la vista antes de abalanzarse sobre su preciada carga.

Asentí, pasando por alto la pulla sobre el sitio que había elegido para vivir, y metí las dos primeras maletas dentro. Puse los ojos en blanco al ver el logo de las maletas y me contuve para no arrastrar una contra la pared o dejar que la puerta se cerrase sobre ella.

Después de dejar las dos primeras en la habitación en la que se alojaría, regresé al coche. Observaba a una pareja de jóvenes que se acercaba como si constituyeran una amenaza.

Alcé la mano y les saludé. Ellos sonrieron y devolvieron el saludo, lanzando una mirada de reojo a mi padre.

—¿Estás listo para entrar? —le pregunté, apartando su atención de la peligrosa amenaza de los vecinos.

—Sí —agarró el asa de una maleta, dejándome con otras dos y un bolso de viaje—. No entiendo cómo puedes vivir aquí.

Me tragué la réplica y me dirigí hacia la puerta. Cerró con llave el coche caro, asegurándose de que pitara más de una vez, y luego me siguió al interior del edificio.

Había dejado la puerta de mi piso abierta y, en cuanto la vio, soltó un jadeo.

—Hay alguien dentro. Tenemos que llamar a la policía. ¿Hay policía aquí?

—No hay nadie ahí dentro. La he dejado abierta.

—¿Por qué harías eso? Cualquiera podría entrar sin más.

—Esas cosas no pasan aquí. Es un edificio seguro y todos nos conocemos. Está todo bajo control.

Me dedicó una mirada escéptica y se quedó atrás mientras yo entraba en el piso. Cuando no di ningún grito de dolor por un ataque, me siguió.

—¿Ésta es la habitación que me has preparado? —preguntó cuando llegó al dormitorio en el que estaba colocando sus cosas.

Asentí. —Ajá. Es una habitación privada. Tienes tu propio baño. Las cortinas son opacas, así que podrás dormir cuando quieras.

—Es... muy pequeña.

Respira hondo. —Sí, es pequeña, pero es todo lo que tengo. Si quieres, puedes hospedarte en la posada del pueblo...

—¿Una posada?

—Si tienen habitación. El hotel más cercano con una suite y las comodidades a las que estás acostumbrado está a dos horas de aquí.

Miró alrededor de la habitación con el ceño fruncido.

Me costó un mundo no disculparme. Era complaciente por naturaleza. Me gustaba caer bien. Y él era mi padre. De todas las personas del mundo cuya aprobación pudiera desear, era la suya. Era a él a quien ansiaba agradar.

Detestaba necesitarlo, pero así era. Siempre lo había sido. Desde el momento en que supe que era mi padre quise que me apreciara, que se sintiera orgulloso de mí y pensara que era una buena persona.

No es que sus criterios y los míos coincidieran. Me di cuenta de eso enseguida. Pero hay algo que te empuja a querer que tus padres aprueben tus decisiones. No conoc'o a nadie que no sienta lo mismo.

—No será para siempre. Me ocuparé de ello —dijo por fin.

Solté el aire que había estado conteniendo y forcé una sonrisa. —Estupendo. Te dejo para que te acomodes. Las cómodas y el armario están vacíos. En el baño hay algunas cosas bajo el lavabo para cuando tengo invitados, pero debería haber espacio suficiente para lo que necesites. — Eché un vistazo a su equipaje y supe que en todo mi piso no cabría ni de lejos todas sus pertenencias.

—He contratado a alguien para que se ocupe de eso.

—¿Cómo dices?

Se encogió de hombros. —He contratado a un asistente personal para cuando esté aquí. Alguien que coloque mis cosas y se asegure de que tenga un sitio donde comer la comida que me gusta.

—¿Me estás tomando el pelo?

—¿Por qué iba a bromear con eso?

Suspiré. No tenía ni idea de cómo funcionaba el resto del mundo. —Vale. Entonces, ¿hay algo que quieras hacer?

—¿Aquí?

¿Por qué acepté que se quedara conmigo? ¿Que viniera de visita? No sé en qué estaba pensando. Han pasado cinco malditos minutos y ya quiero estrangularlo.

Y ni siquiera podía decir que me sorprendiera. Siempre había sido un imbécil pomposo que creía que todo el mundo giraba a su alrededor.

—Si prefieres ir a otro sitio, también puedes hacerlo.

—¿No vienes conmigo?

—Papá, no sabía que ibas a venir hoy. Me dijiste el domingo. Es viernes por la tarde. Todavía tengo trabajo que hacer. Tengo que revisar un piso y hacer algo de mantenimiento en el edificio.

—Oh. Estás ocupada. No me di cuenta de que iba a ser una molestia.

Solté un largo suspiro. Había olvidado lo bueno que era haciéndome sentir culpable. Era eso o una visita guiada. Nunca nos íbamos de vacaciones ni hacíamos nada divertido; solo visitas y chantajes emocionales.

—Tengo que acabar mi trabajo. Podemos comer algo más tarde esta noche y me cuentas qué pasa. ¿Te parece bien?

Asintió. —Tendrá que ser así.

—Sí. Me alegro de verte, papá. Volveré en unas horas.

—Diviértete. Yo me quedaré sentado aquí.

No iba a caer en su juego. No pensaba tirar mi día por la

borda y cambiar mis planes solo porque él hubiera cambiado los suyos sin avisar. Me pasaría el día con un nudo en el estómago por ello, pero algún día tenía que aprender a respetarme.

Aunque me matara obligarle.

5

TREY

Lancé el bolígrafo sobre el cuaderno y me dejé caer en el sofá. Joder. Cuando empecé, escribir era fácil. Las palabras salían como si fueran inspiración divina. Como si fueran a estar siempre ahí.

Con los años se fue complicando, pero al final siempre encontraba las palabras. Hasta que un día todo desapareció. Las palabras dejaron de aparecer como por arte de magia cada vez que cogía un bolígrafo. La última sesión de escritura… No podía volver a ser así'. No si quería un nuevo contrato. No si quería seguir cantando mis propias canciones en lugar de ir al mercado a buscar temas.

Me enorgullecía de no haber tenido que hacerlo nunca. ¿Colaborar? Claro. Encantado. Pero ¿comprar una canción a otra persona? ¿Sus emociones y sus palabras?

Preferiría no grabar. Y eso era lo que iba a pasar si no' espabilaba.

Había pasado más de una semana y lo único que había conseguido era que Sofia pensara que yo era un rarito. Le aseguré a Piper que no era así cuando me llamó a la mañana siguiente de haber llamado a Sofia con una falsa avería.' Me sentía tan imbécil que llevaba evitando a Sofia desde entonces. Pero tenía que conocerla. Mi carrera dependía de ello.

Un ruido en el pasillo llamó mi atención. Quizá era Sofia. Tal vez tendría ocasión de volver a hablar con ella.

Abrí la puerta y me encontré con una mujer mayor que forcejeaba con las llaves y con dos bolsas de papel llenas de la compra. Una de ellas se inclinó de lado y estuvo a punto de volcarse antes de que ella bajara el cuerpo y la sujetara.

—Vaya por Dios —susurró.

—¿Puedo ayudarla? —pregunté.

Alzó la vista hacia mí con desconfianza en sus ojos castaños oscuros. —¿Para qué? ¿Para colarse a la fuerza en mi piso?

Estuve a punto de reírme. Era la mitad de mi tamaño, pero el doble de combativa, a juzgar por la cadera ladeada y la mandíbula adelantada. Me recordó a la mejor amiga de mi madre cuando yo era niño. La señora Emily era tan rápida con el ingenio como con la cuchara de madera. Era capaz de soltar un chiste un segundo y darme un azote al siguiente, para luego volver a lo suyo como si nada hubiera pasado.

—En absoluto —dije, retrocediendo hacia mi piso—.— Solo intentaba ser amable.

La mujer entrecerró los ojos al mirarme. —¿Es usted el chico nuevo? ¿El que va a estar aquí todo el verano?

Asentí, deteniendo mi retirada. —Así es. E-Estoy intentando descansar un poco y decidir mis próximos pasos. Soy Daniel.

—¿Es usted narcotraficante, Daniel?

Solté una risa nerviosa, pero ella no bromeaba. —Eh… no, señora. No consumo drogas ni las vendo.

—¿Cómo puede permitirse pagar el alquiler de todo el verano sin trabajar?

—Tengo trabajo. Bueno, tenía trabajo. He ahorrado dinero.

Alzó una ceja oscura. Su piel morena estaba surcada de arrugas alrededor de los ojos y colgaba bajo la barbilla. Llevaba un vestido largo que le llegaba por debajo de las rodillas y unas zapatillas que no eran precisamente de moda. Cruzado sobre el pecho, llevaba un bolso negro, medio oculto por las bolsas de la compra que aún sujetaba con firmeza. —Pero usted no es narcotraficante, ¿no?

Negué con la cabeza y apreté los labios. —No. No lo soy.

—¿Está intentando entrar en mi piso?

—Solo quería ayudarla con la compra.

Entrecerró los ojos de nuevo, luego asintió y me plantó las bolsas en las manos.

Apenas tuve tiempo de atraparlas antes de que ella se volviera hacia su puerta y la abriera. Me guió al interior sin dirigirme la palabra hasta llegar a la cocina, donde apartó unas cartas para que dejara las bolsas.

Di un paso atrás y eché un vistazo a su piso. Era la imagen especular del mío. Sus muebles no eran tan buenos como los de mi apartamento, lo que me hizo pensar que no todo el mundo alquilaba los pisos amueblados.

—Espero que no' espere una propina. Estos apartamentos son asequibles, pero vivo aquí porque sé que Piper cuida del edificio.

He asentido. —Nunca' esperaría una propina. No he estado en otros pisos aparte del mío. Solo estoy echando un vistazo. Es un edificio bonito.

—Normalmente lo es. Sofia se ocupa de que todo esté en orden. ¿Ya ha conocido a Sofia?

He asentido. —Cuando me mudé.

—Será mejor que la trate bien.

—Ni se me ocurrir'ía otra cosa.

—Bien. Ahora tiene que irse. Tengo que guardar la compra y no he compr'ado suficiente para darle de comer.

He soltado una risita y he asentido, dirigiéndome hacia la

puerta. —Ha sido un placer conocerla. Llame a mi puerta si necesita algo.

—¿Qué cree que voy a necesitar?

He negado con la cabeza. —Supongo que nada. La veré por aquí.

Ella me ha hecho un leve gesto con la cabeza y ha vuelto a guardar la compra mientras yo salía.

He vuelto a mi piso e he ignorado el cuaderno que me provocaba desde la mesa. Tenía que largarme de allí. Hacer algo distinto. Tal vez conocer a una mujer. Demonios, la que hablaba conmigo en aquella aplicación era interesante, pero hay un límite a lo que puedo soportar sin contacto humano de verdad.

En cuanto se me pasó la idea por la cabeza, supe que no lo haría. ¿Dónde estaba el límite? ¿Cuándo pasé de ser una estrella del rock cañón a un viejo inquietante? ¿Lo había traspasado ya?

Sin duda sentía que ya lo'había cruzado. Cuando unas adolescentes lanzaban sus bragas al escenario y prometían que podían hacer cosas que yo'jamás había visto, y hacía cuentas y me daba cuenta de que podrían ser mis hijas, la sensación predominante era de puro escalofrío.

Háblame como un nerd no'había respondido a mi último mensaje, así que cogí las llaves y salí de casa.

El agua estaba preciosa. Caminé hacia ella, dejándome atraer. Gavin había dicho que uno de los chicos construía barcos. ¿Ian, quizá? No'volví a su noche de chicos' otra vez después de incomodar a Sofía, pero tal vez pudiera entrar en O'Kelley's y averiguar dónde estaba el taller de Ian'.

Sin darme cuenta, me encontré en la plaza del pueblo, contemplando el agua, hasta que me vi en mitad de una multitud. Camiones de comida llenaban las calles y una banda calentaba bajo el templete en lo alto de la colina.

—¡Daniel! —gritó alguien a pocos metros de distancia.

Ian. Justo en quien estaba pensando. Iba acompañado de una morena guapa, la camarera del local de desayunos al que fui el otro día, si no recordaba mal. Tenía en brazos a un niño pequeño que no paraba de moverse.

Me acerqué a ellos y, cuando estuve lo bastante cerca, le tendí la mano. —Ian, ¿verdad?

—Buena memoria. Ella es mi esposa, Blake, y este pequeño terror es nuestro hijo, Maddox.

Me reí de su evidente broma. —Es adorable. ¿Trabajas en Cracked?

Blake asintió. —Sí. El otro día no quise presentarme porque me pareció que sería raro.

—¿Sabías quién soy?

—Pueblo pequeño. Aquí todo se sabe —respondió Ian por ella.

Blake asintió.

Me entró el pánico. ¿Significaba eso que sabían por qué estaba allí? ¿O que sabían quién era?

—Aquí viene mucha gente en verano, pero entran y salen. Cuando Ian dijo que viniste a la noche de los chicos' la semana pasada, estuve buscándote. Aunque no'estés aquí para siempre, no tenías ese aire apresurado de los turistas —explicó Blake.

—¿Los turistas parecen ir con prisas? —pregunté, intentando disimular mi pánico.

Blake se rió entre dientes y asintió. —Oh, sí. Intentan coger un ferry, llegar a una excursión o ver algo antes de que cierre por el día. Aquí tenemos una actitud bastante relajada, pero los que vienen solo una semana actúan como si tuvieran que verlo todo ahora mismo.

—La vida va deprisa —dije.

Maddox balbuceó algo, llamando la atención de Blake e Ian.

—Sin duda. Vamos a'coger algo de comer. ¿Has venido por la banda? —preguntó Ian.

—Solo necesitaba un descanso de estar todo el día en mi piso. En realidad iba a ver si averiguaba dónde estaba tu tienda. Me preguntaba si alquiláis barcos o algo así —le dije.

—No, no'hago alquileres. Pero tengo un par que puedes usar —dijo Ian. Se meció con el bebé para calmar el berrinche que asomaba.

—No podría hacer eso. Tendría que pagarte.

—¿Por qué? Si solo está allí parado, viene bien que alguien los saque al agua. Eres bienvenido a lo que tenga. Estoy en Ontario Street, no tiene pérdida. Pásate el lunes.

Asentí mientras se alejaban, hablándole al bebé y pasándoselo de uno a otro para mantenerlo entretenido. Ian se rió de algo que dijo Blake, y aquella punzada me golpeó de lleno en el pecho otra vez.

Eso'no es lo que quiero.

Me aparté de la familia feliz y seguí mi camino.

La gente me saludaba con la mano mientras pasaba a su lado, dirigiéndome hacia la actividad de la que'acababa de alejarme. Familias y parejas se arremolinaban camino al centro del pueblo.

Era como sacado de una película. Nunca'había vivido en un pueblo pequeño y estar allí me hacía sentir atrapado. Sobre todo después de que Blake dijera que sabía quién era yo.

Eso me hizo preguntarme por qué nadie me había delatado todavía. Si todos me reconocían, ¿acaso este pueblecito estaba tan perdido en el mapa que'nunca habían oído hablar de *Broken Record*?

Los primeros compases de nuestro primer éxito inundaron el aire mientras aquel pensamiento me atravesaba la mente. Los chavales sobre el escenario. Estaban tocando nuestra canción. Mi canción. La que escribí cuando apenas era lo bastante mayor para saber lo que significaba querer ser una estrella del rock. La canción que garabateé en el reverso de una servilleta una noche. Cuando componer solía ser fácil.

Me detuve y me senté en un banco en mitad de la acera. Cerré los ojos y dejé que la música familiar me inundara.

No podía'recordar la última vez que disfruté de la música. Cuando no'era un trabajo. Cuando podía sentirla dentro de mí como algo físico, como si fuera un órgano que solo algunas personas poseen; como un apéndice musical del que se puede prescindir, pero que algunos tienen la suerte de conservar para siempre.

Sentía que a mí me lo habían extirpado, que me faltaba esa parte de mí que antaño parecía la más importante.

Pero al oír a esos chavales interpretar mi canción, cantarla con toda su alma y desgañitarse con la letra que en su día brotó de mi subconsciente como si ya no'pudiera retenerla, supe que no'había perdido del todo esa parte de mí. Seguía allí. Mi órgano musical estaba afinando sus instrumentos, intentando volver a salir a la superficie.

La canción terminó y los chicos enlazaron con otra versión de otro grupo. Abrí los ojos y me centré: no'estaba sobre el escenario. No'había sido yo quien cantaba. Solo era un tipo sentado en un banco.

Me alejé del concierto y fui abriéndome paso por las calles del pueblecito hasta donde Ian dijo que estaba su taller. Era un enorme edificio metálico junto al agua y, desde luego, era imposible no verlo.

Di media vuelta hacia el centro del pueblo, consciente de que tenía que atravesar todo aquel bullicio para volver a mi apartamento. No'me hacía demasiada gracia, pero era necesario.

Terminé a una manzana del agua y seguí caminando, convencido de que era imposible perderse en un pueblo del tamaño de la mayoría de los recintos donde tocábamos.

Llegué a mi edificio sin toparme con demasiada gente y me descubrí de nuevo en el sofá, con el bolígrafo en la mano.

Cerré los ojos e intenté volver a conectar con la sensación que había tenido al escuchar cómo tocaban mi canción, pero dentro de mí volvió a reinar el silencio. El momento había pasado. La oportunidad se había esfumado.

Mierda.

EL DOMINGO por la tarde salí a pillar algo de comer. No estaba acostumbrado a cocinar mis propias comidas, pero pensaba ponerme con ello. Algún día. Hasta que aprendiera a no quemar ni el agua, iba a probar los restaurantes del pueblo.

Ya casi los había probado todos.

Por ahora, Just Tacos era mi favorito, aunque Will Work For Burgers le seguía muy de cerca. Cracked era excelente para desayunar, pero no era de desayunar a cualquier hora y, por lo general, me conformaba con un batido ya preparado. Cuando me levantaba antes del mediodía.

Acababa de recoger comida italiana de Gino's y me disponía a entrar cuando alguien tiró de la puerta, me la arrancó de las manos y me mandó al suelo de culo.

El recipiente se abrió de golpe y mi comida para los próximos dos días se desparramó por la acera y por encima de mí.

—Dios mío. Lo siento muchísimo. No estaba pendiente de por dónde iba. No te he visto. No... Déjame reemplazarte la comida y pagarte la tintorería. O lo que haga falta. De verdad, lo siento muchísimo.

Alcé la vista hacia Sofia; las palabras le salían tan deprisa que se atropellaban unas a otras. Tenía los ojos enrojecidos y las mejillas surcadas de lágrimas. Se retorcía las manos frente a sí, aun mientras me ofrecía ayuda para levantarme del suelo.

—¿Estás bien? —pregunté. Hacía mucho que había aprendido que una mujer llorando era algo peligroso. Ignóralo y podía acabar en desastre. Prestarle atención y también podía acabar en desastre.

Sofia me ayudó a incorporarme y asintió. —Yo... Yo debería haber estado atenta a por dónde iba.

—¿Estás a salvo? Salías del edificio con mucha prisa. ¿Te persigue alguien?

Soltó una carcajada sin pizca de alegría. —Solo si cuentas a un padre queintenta compensar en un solo verano toda una vida de ausencias.

Se me arquearon las cejas. —¿Tu padre está aquí? No lo sabía.

Me miró como si estuviera loco. Probablemente porque así lo parecía.

—Solo quería decir que no sabía que vivieras con él.

—No, normalmente. Vino de visita. Se suponía que llegaba hoy, pero apareció el viernes, y nada de lo que hago le parece suficiente. Nunca lo fue, así que no es una sorpresa, pero llevaba veinte años sin tener que lidiar con ello—. Soltó todo el aire de los pulmones, volvió a inspirar hondo y lo exhaló.

—Los padres pueden ser un reto. Los míos apenas tenían tiempo para mí cuando crecía. Me trataban más como una carga que como la bendición que la gente dice que son los hijos.

—Lo siento.

Me encogí de hombros. —Supongo que ya estoy acostumbrado.

—Aun así, fastidia.

Asentí, consciente de que necesitaba una respuesta.

—En fin, siento mucho haberte chocado. Parece que tú

también estabas recogiendo la cena para una cita. Te fastidié la noche entera.

Miré la carnicería de pasta y salsa en el suelo y solté una risita. —No hay ninguna cita. Solo estaba aprovisionándome para unos días. No cocino mucho, así que estoy probando todos los sitios de comida para llevar del pueblo.

—Ginos está riquísimo. Puedo llamarlos y pedirles que te preparen la comida de nuevo ahora mismo.

—No tienes que hacer eso.

—Ha sido culpa mía.

—A mí me parece que la culpa ha sido de tu padre.

Ella resopló. —La de terapeutas que se pondrían las botas con esa afirmación.

Me reí con ella. Estaba preciosa cuando reía. Y cuando lloraba. Y cuando se mostraba decidida.

Joder, simplemente era preciosa.

Labios carnosos y sensuales, y un cuerpo de curvas generosas. Ojalá hubiera sabido que era ella quien me arrolló. Me habría tomado un momento para disfrutar del contacto de su cuerpo contra el mío.

En lugar de eso, me quedé deseando tener otra oportunidad de acurrucarme entre sus curvas.

—Hola, cielo, soy Sofia. ¿Habéis preparado comida para Daniel?

Hizo una pausa en su lado de la conversación y me sonrió. Estaba tan absorto en mis pensamientos que no me había dado cuenta de que había hecho una llamada.

—Sí, lo he estropeado todo. Está en la acera. ¿Podéis volver a prepararlo? Cárgalo a mi cuenta. Alguno de nosotros pasará por allí en veinte minutos.

Alzó las cejas hacia mí. Asentí, aunque no estaba seguro de a qué estaba diciendo que sí.

—Gracias —hizo otra pausa—. Oye, ¿puedes añadir una ración de raviolis en una bolsa aparte para mí? Mejor, olvídalo. Creo que voy a comer allí, si tenéis mesa para uno. Se rió por algo. —Gracias. Llegaré enseguida.

Colgó y se guardó el teléfono en el bolsillo.

—Te traeré la comida cuando estés lista. Así no tendrás que volver a salir.

—O podría acompañarte a cenar —propuse.

He contenido la respiración mientras ella sopesaba sus opciones. Cuando asintió, yo sentí que había ganado algo.

—¿Me das cinco minutos para cambiarme?

Sonrió. —Por supuesto. Te espero aquí.

—¿No vas a dejarme plantado?

Soltó una risita. —Puede que se me haya pasado por la cabeza, pero sabes dónde vivo y adónde voy, así que creo que sería una pérdida de tiempo.

—Pero en realidad no quieres ir a cenar conmigo.

Alzó la vista hacia mí. Sus ojos azules eran más intensos de lo que me había dado cuenta antes. Tenían un matiz de tristeza, quizá de soledad, algo que me decía que escondía secretos. Muchos de ellos.

Secretos sobre los que quería saber más.

Y no solo porque quisiera llegar hasta su padre. Había algo en Sofia a lo que me estaba costando resistirme.

—No suelo tener muchas citas. Y sé que esto no es una cita, pero...

—¿Por qué no lo es?

Volvió a bufar. —No sé por quéestás aquí, Daniel, pero tengo claro que no es porque estés pensando en mudarte a Cala MacKellar. ¿Y yo? No me voy a ir. He estado en mil sitios y aquí me siento bien. Me gusta la tranquilidad. Me gusta poder pensar. Me gusta la vida sencilla. Pero estoy dispuesta a que seamos amigos.

Le sonreí, dejando que mi sonrisa obrara su magia.

Ella soltó un suspiro profundo, como si le costara resistirse al encanto que yo desplegaba sin reparos.

—Podemos empezar siendo amigos —dije, bajando la voz para que oyera mi deseo, dejándole claro que nome conformaba con ser solo su amigo.

Y cuando se estremeció, supe que la tenía.

Pero, por primera vez, no sentí esa descarga al darme cuenta de que había hecho cambiar de opinión a una mujer. Nome sentí poderoso. Me sentí un imbécil. Porque noestaba siendo sincero con ella.

Y Sofia... Algo me decía que noiba a aceptar eso.

Pero, tal como ella había dicho, mudarme noentraba en mis planes. Tres meses. Eso era todo. Después me marcharía y, con un poco de suerte, mellevaría conmigo un puñado de nuevos éxitos.

6

SOFIA

¿En qué estaba pensando? La puerta se cerró tras él y me quedé allí, mirándola y preguntándome qué demonios me pasaba. Un chico guapísimo me pestañea y yo' ya estoy perdida. Me rindo sin pensármelo dos veces.

Mierda.

No sabía qué tenía él para que me comportara como una idiota.' No es que fuera el primer tío atractivo que me hubiera prestado atención.' No sucedía muy a menudo, pero de vez en cuando pasaba.' Antes nunca había caído. Entonces, ¿qué tenía Daniel?

Negué con la cabeza y decidí que no' importaba. Como mínimo le debía una cena. Después de la estúpida discusión con mi padre, me vino bien escaparme unas horas. Por eso salí disparada por la puerta. Necesitaba un respiro.

Respiraciones profundas. Inspira. Espira.

Los planes de mi padre' abiertos podrían matarme. Me gustaba la estructura y la rutina. Me gustaba saber lo que iba a pasar. Y me gustaba mi vida tal y como era.

Vivir con mi padre era totalmente distinto de vivir con

Piper o con cualquiera de mis antiguas compañeras de piso. Mi padre era desconsiderado y desordenado. ¡Y' solo llevaba allí unos días! Mi piso ya estaba a rebosar de sus cosas. Ni siquiera me había dado cuenta de que tenía tantas.' Y fui yo quien las metió todas.

Uf. Tenía que encontrar la forma de hablar con él. Aún no había' averiguado por qué estaba allí, así que caminaba de puntillas a su alrededor, intentando no provocar una pelea. Era como un niño caprichoso cuando se le llamaba la atención, así que dejaba pasar las cosas. Siempre. Y él presionaba, porque sabía que podía.

La puerta de entrada se abrió de golpe, sacándome de mis pensamientos. Daniel miró a su alrededor como si de verdad esperara que lo hubiera dejado plantado. Cuando su mirada se posó en mí, una sonrisa iluminó sus ojos y curvó sus labios, y me hizo sentir que no era' solo una cita por lástima ni me estaba inventando nada.

Estaba contento de que yo siguiera allí. No pod'a recordar la última vez que un hombre se alegró de verme.

—Gracias por esperar —dijo, como si le hubiera hecho un favor.

—Era lo menos que podía hacer, teniendo en cuenta que soy la razón por la queno estás dentro disfrutando de tu comidaahora mismo.

Él ensanchó la sonrisa y luego se giró hacia Gino's. Me acomodé a su paso; el silencio entre nosotros no era del todo cómodo, pero tampoco incómodo.

—Entonces, ¿tu padre es un incordio, eh? —preguntó después de unos minutos.

Solté una risita; me resultaba imposible contenerme mientras un desconocido juzgaba mi relación. — Nuncahemos sido muy cercanos. La mayoría de las veces no sé qué decirle y élnunca me ha comprendido.

—¿Pero ha venido unos días para cambiar eso?

Me encogí de hombros. —No creo que sea solo cuestión de unos días. Ha traído suficiente equipaje para aguantar unos cuantos meses. Aunque no es precisamente de los que viajan ligeros, así que podría ser solo una semana.

—Hay gente así. Mi colega Seth es terrible:siempre mete más trastos de los que necesita y luego se cabrea porque no le cabe todo de vuelta en la maleta después del viaje.

Me eché a reír. —Siempre acabo haciendo la maleta demasiado ligera. He tenido que comprar cosas durante las vacaciones que podría haber traído de casa, pero me convencí de que no las necesitaba.

—¿Ropa interior, verdad? ¿Te quedaste sin bragas?

Resoplé y asentí. —Sí. Dos veces. Ahora es lo único que llevo de más. Prefiero traer bragas limpias de vuelta a casa antes que tener que comprar unas nuevas.

—Desde luego. Daniel se detuvo frente al restaurante y me abrió la puerta. Sonrió mientras yo pasaba por delante de él.

Puede que balanceara un poco más las caderas al pasar junto a él. Tal vez.

—¡Hola, Sofia!— Lucy era la propietaria y, por lo general, ejercía de anfitriona del restaurante. Su marido, John, era el chef. Sus hijos, Amy y Tina, ayudaban a llevar el local. Era un auténtico restaurante familiar y conseguían que todo el pueblo se sintiera parte de la familia extensa.

—¡Hola, Lucy!— Abracé a la mujer mayor, aspirando el aroma a salsa de tomate que siempre parecía envolverla.

—Tu pedido para llevar está listo y os hemos reservado una mesa para que no tuvierais que esperar' —Lucy miró por encima de mí hacia donde Daniel no había dicho nada.—Pero podemos emplatar uno de esos pedidos para llevar para que los dos podáis disfrutar de la comida juntos.

—Gracias —dijo Daniel, acercándose. Su mano descansó

en mi espalda, posesiva, como si él y yo ya estuviéramos juntos. Como si tuviera derecho a tocarme.

No me ha molestado'.

Lucy me dedicó una sonrisa pícara; sus ojos estaban muy abiertos y su sonrisa aún más. Negué con la cabeza, pero fue inútil. Lucy ya había decidido que estábamos juntos.

Nos condujo hasta una mesa donde nos esperaba un plato humeante de raviolis, acompañado de una copa de vino tinto y un vaso de agua. La bolsa para llevar no estaba' allí, pero sabía que volvería en breve con una comida menos dentro.

—Aquí tenéis —dijo Lucy, señalando la mesa—. —Espero que esto os parezca bien para esta noche.

—Está' bien, Lucy. De verdad.

—Perfecto —dijo Daniel—.— Muchísimas gracias. Sofía dice que la comida aquí es increíble. ¿Es gracias a ti?

Lucy se sonrojó y, joder, me di cuenta de que no era' la única mujer que caía bajo su hechizo. ¿Qué tenía Daniel para hacer que las mujeres se sintieran especiales?

—No, yo no —respondió Lucy—.— Mi marido es el maestro en la cocina. Y en el dormitorio, si te soy sincera'. Lucy se tapó la boca con la mano, los ojos muy abiertos, como si no pudiera' creer lo que acababa de decir.

—Las dos estancias más importantes —dijo Daniel sin pestañear.

—¡Eso es lo que dice! —Lucy se echó a reír, olvidada ya su vergüenza.

—Un hombre listo.

—Y con talento.

Daniel se rió con ella; sus ojos chispeaban de picardía. — Bien por ti.

Lucy volvió a reír. —Sí, lo es de verdad.

—Aquí tenéis la cena —dijo Tina, evitándonos más historias sobre Lucy y John—. Y el resto del pedido para llevar está atrás, donde podemos mantenerlo caliente.

—Gracias, Tina. ¿Cómo estás? —le pregunté, señalando con un gesto su vientre de embarazada.

Tina se acarició la barriga y sonrió. —Muy bien. Aún faltan dos meses, pero me encuentro genial. Gracias, Sofía. Disfrutad los dos. Tina condujo a su madre fuera, como si supiera que había motivos para alejar a Lucy de Daniel.

—¿Vienes mucho por aquí? —preguntó Daniel.

Alcé una ceja. —¿Esa es tu frase para ligar?

Soltó una carcajada y negó con la cabeza. —No era mi intención. Las dos te conocían.

Asentí. —En parte porque esto es un pueblo pequeño y en parte por la comida maravillosa. Soy una gran fan de la cocina italiana y la de ellos es excepcional.

—Entonces lo espero con ganas. Alzó un bocado de su scampi de gambas y lo sostuvo en alto como si fuera una copa de vino para brindar.

Solté una risa y atravesé un ravioli con el tenedor, chocándolo contra el suyo. Nuestras miradas se entrelazaron mientras comíamos; el aire chisporroteaba entre nosotros.

Se le cerraron los ojos y gimió. Dejó el tenedor, que chocó contra el borde del plato. —Dios mío, esto está buenísimo. ¿Cómo he podido esperar tanto para venir?

—Bueno, te habría dicho que vinieras aquí primero.

—Ojalá lo hubieras hecho en vez de salir corriendo de mi piso aquella primera noche.

Se me encendieron las mejillas al recordarlo. —Te estabas comportando de forma extraña. Me hizo sentir incómoda.

Se irguió. —¿De verdad? No me di cuenta. —¿Qué hice?

Negué con la cabeza. —Ya no importa. Me equivoqué y me alegro de que hayamos podido venir esta noche.

Sostuvo mi mirada un momento más, luego asintió y dejó pasar la pregunta.

Comimos deprisa, sin esperar apenas a que se enfriara antes de devorar la cena.

—¿Creciste aquí? —preguntó Daniel mientras raspaba el último bocado de su plato.

—No. Más bien crecí por todas partes.

—¿Militar? —preguntó, alzando la vista hacia mí. Su mirada volvió al plato.

—¿Vas a lamer el plato?

Se le arqueó una comisura de los labios. —Estaba intentando averiguar cómo hacerlo sin darte asco. Quizá deberías mirar a otro lado.

—¿Quieres que te deje a solas con tu plato?

Me miró, luego volvió a bajar la vista al plato y asintió con solemnidad. —Sí, creo que sí.

Me eché a reír, negando con la cabeza mientras intentaba recordar la última vez que había disfrutado tanto de una cena con casi un desconocido. Me hacía reír, y no se limitaba a hablar de sí mismo. Me hacía preguntas sobre mí y parecía importarle de verdad lo que respondiera.

Volvió a dejar el plato sobre la mesa y me dedicó una sonrisa. —Tu risa es como el amanecer después de una noche de juerga.

Abrí la boca para darle las gracias hasta que asimilé el resto de la frase. —¿Una noche de juerga?—me reí. —¿Eso se supone que es un cumplido?

Bajó la barbilla y se encogió de hombros, como avergonzado. —Solo quería decir que es refrescante.

Asentí, pensando que era poético de un modo oscuro y retorcido. —Entonces gracias.

—No ha sido muy bueno . Lo siento.

Sonreí. —Era original.

Su sonrisa resultó forzada y tensa. —Probablemente deberíamos volver.

Levantó la mano para pedir la cuenta, pero negué con la cabeza. —¿Me estás diciendo que no quieres postre?

—¿Tienen postre? —Su tono sonaba emocionado y ansioso.

Mostré una amplia sonrisa. —Los mejores de la ciudad. Cannoli, tiramisú y tartas que te mantendrán con un subidón de azúcar durante días.

—No estoy seguro de qué es más peligroso, si tú o este sitio.

—¿Yo?— No estaba acostumbra da a sentirme ofendida y halagada en la misma frase.

—Me estás presentando todos los manjares que ofrece Gino's. Acabo de pedir pasta de gambas al ajillo y lasaña. Me has estado tentando con raviolis toda la noche y ahora me tientas con el postre.

—Solo' es una tentación si no' lo disfrutas. Entonces' es un placer.

—Puedo' enseñarte lo que es el placer.

El calor me inundó el cuerpo y se me abrió la boca.

—Joder, lo siento muchísimo. No' quería decir eso.

Daniel Ryan era un misterio. No podía evitar soltar una risita ante sus comentarios fuera de lugar y sus extraños cumplidos. Había algo en él que despertaba mi curiosidad por saber qué sería lo próximo que saldría de su boca.

—Quizá deberíamos empezar por el postre y seguir a partir de ahí.

Abrió la boca para decir algo, pero volvió a cerrarla y una sonrisa ladeada se le fue dibujando despacio en los labios. Era la clase de mirada que indicaba que sabía exactamente lo que yo decía, y exactamente lo que pensaba, y que estaba completamente de acuerdo.

—¿Postre esta noche? Tina preguntó mientras rellenaba nuestros vasos de agua y apoyaba la jarra en su vientre.

—Ella me ha convencido —dijo Daniel—.— ¿Qué nos recomiendas? Porque casi quiero uno de cada.

—Tenemos un plato degustación de postres —comentó

Tina—.— Incluye un cannoli, una porción pequeña de tarta de mousse de chocolate, media ración de tiramisú y un trocito de tarta de limón.

—Hecho, —dijo Daniel. Me miró. —¿Y tú qué vas a pedir?

—Solté una carcajada y negué con la cabeza. —Creo que yo' tomaré lo mismo.

Tina pulsó la pantalla para introducir ambos pedidos y después se alejó.

—Tengo la sensación de que voy a venir aquí todas las semanas.

—Si pudiera permitírmelo, yo también lo haría.

—Tengo más dinero que habilidades, así que tengo que depender de otros para que cocinen por mí.

—Puedo cocinar para ti alguna vez —ofrecí antes de que mi cerebro pudiera impedir que las palabras salieran—; quiero decir, si alguna vez prefieres no salir a comer.

Me miró tanto tiempo que creí que se echaría a reír y se marcharía. No estaba acostumbrada a lanzarme con los hombres. Yo era la callada. La mujer a la que nadie veía. La que trabajaba en tu piso y luego se iba. No era la bomba con la que todos los hombres del local querían cenar. A lo sumo, era la mejor amiga.

Pero la forma en que Daniel me miraba… no podía explicarlo. No lograba descifrarlo. Había algo en sus ojos, algo que decía que no estaba siendo amable solo porque yo fuera quien respondiera a sus llamadas si tenía algún problema. Quería hablar conmigo.

Era excitante, desconcertante y maravilloso.

—Quizá deberías venir a mi casa y cocinar allí, así te libras un rato de tu padre.

—Se suponía que tu casa iba a ser mi vía de escape —solté de nuevo, antes de pensar lo que decía—. Eso no era propio de mí. Siempre meditaba lo que iba a decir y hacer. Pero Daniel seguía cortocircuitándome el cerebro.

—¿A qué te refieres?

Tina nos trajo los postres antes de que pudiera contestar. Daniel gimió en voz baja al ver aquel plato rebosante de dulzura. —Madre mía. Voy a engordar un montón si paso aquí todo el verano.

Solté una risita. —Lo dudo. Parece que nada se te pega.

Negó con la cabeza. —Desde luego la naturaleza me regaló un metabolismo rápido, pero me doy demasiados caprichos demasiado a menudo.

—A veces tenemos que darnos un capricho. La vida resulta mucho más placentera.

Se atragantó con el tiramisú, aspiró con fuerza y el cacao en polvo esparcido por encima se le fue a la garganta.

—¡Lo siento muchísimo!

Expulsó el cacao de los pulmones tosiendo mientras se le humedecían los ojos. —Ha merecido la pena. Está demasiado bueno para desperdiciarlo.

Corté un trozo del mío. —Lo es, de verdad. Acercaba el bocado a mis labios cuando le vi observándome y me detuve.

—¿Vas a intentar que me atragante?

Negó con la cabeza. —Ni se me ocurría. Solo quería verte disfrutarlo.

Las palabras podían parecer inocentes, pero su tono rezumaba deseo y tentación. Ambas cosas me hicieron removerme en el asiento y desear que llegara la cuenta para poder largarnos de allí.

Daniel saboreó cada uno de los postres; gemía de placer y los elogiaba al probarlos. No dejó ni una migaja y luego se lamentó de lo lleno que estaba.

Tina trajo la cuenta y Daniel insistió en pagar por los dos, aunque yo hubiera arruinado su primer intento de cena.

—Vale la pena disfrutar de la compañía de una mujer tan hermosa —dijo Daniel, haciéndome sonrojar.

Cuando salimos del restaurante, con la bolsa para llevar

de Daniel llena de algunos extras, caminamos de vuelta al piso. El aire nocturno era tranquilo y fresco, lo suficiente para recordarme que, en esencia, estaba en una cita con un hombre con el que ninguna de mis amigas había salido. Un hombre con el que nadie que conociera había salido. Un hombre que no era prohibido ni permanente.

Daniel iba a estar allí tres meses. Lo sabía porque yo lo había hecho posible. Era temporal.

Pero, del mismo modo que mi boca soltaba palabras sin que mi cerebro las procesara y aprobara, estaba dispuesta a hacer otras cosas sin su consentimiento.

Daniel abrió la puerta del edificio y la sostuvo para que yo entrara antes. Hacía girar las llaves en un dedo, como al final de una cita en la que se intenta ganar tiempo. Nos quedamos al pie de las escaleras: él dispuesto a subir y yo quieta en el mismo sitio.

—Gracias por cenar conmigo —dijo—. —Y por tentarme con esos postres de los que nunca me 'canso.

—Gracias por invitarme, Daniel. La próxima vez pago yo.

—Ya' veremos.

Se inclinó hacia mí y yo me lancé. Incliné la cabeza y fruncí los labios. Cerré los ojos justo antes de que mis labios rozaran los suyos.

—Oh —dijo.

Mis labios acabaron en su mandíbula; él la giró a un lado al verme acercarme, dispuesta y preparada para besarle.

Un beso que, obviamente, él no quería.

—Yo... Eh...

—Mierda. Yo... —respiré hondo y di un gran paso atrás, alejándome del hombre que solo estaba siendo amable y no intentaba ligar conmigo. No podía mirarle—. Que pases buena noche.

—Sofia, —empezó.

Pero no me quedé a escuchar lo que fuera a decir. Me giré

y corrí hacia mi puerta, agradeciendo a Dios que la llave entrara en la cerradura sin oponer resistencia.

Cerré la puerta de un portazo y me apoyé en ella, cerrando los ojos y fingiendo que no acababa de plantarle un beso por sorpresa a un hombre que no quería que lo besara.

—¿Dónde estabas? —ladró mi padre.

Vaya noche de mierda.

7

TREY

Me dejé caer en el sofá y me quedé mirando la pared. Conocer mujeres era mucho más fácil cuando los dos sabíamos a lo que íbamos. Cuando había un acuerdo, aunque no estuviera escrito.

Ser el guitarrista principal de Broken Record significaba que podía conseguir a cualquier mujer que quisiera. Se nos echaban encima. Nunca pasaba una noche solo si no me apetecía.

Pero con Sofia...

Quería besarla. Quería invitarla a subir a mi apartamento. Quería hacer que gritara mi nombre y me suplicara más.

Pero todo era mentira. Yo no era quien ella creía. No era Daniel, el chico que estaba en el pueblo por el verano. Yo era Trey Ryan. Una estrella del rock que necesitaba una canción nueva. Una canción que había venido a conseguir de su padre.

Nunca me imaginé que él realmente estuviera en el pueblo, que se dejara ver. Pensé que le sacaría su paradero con un poco de seducción y mi mejor cara de buen chico.

Y entonces la conocí.

Conocía a mucha gente en la industria musical. Ninguna se parecía a Sofia. Despiadados, implacables y manipuladores serían las primeras palabras que usaría para describir a cualquiera que se moviera en la música. Sofia no tenía ninguno de esos atributos. Era dulce, amable y generosa.

Follar con ella y largarme sería el mayor error de mi vida. No podía hacerlo.

Lo que significaba que no podía besarla.

Ella sabía que me marchaba, pero no sabía nada más. No sabía que no había ni una posibilidad de que me quedara. Ya me había cruzado con más de una que pensaba que podría hacerme cambiar de opinión, que creía que sería la que me convenciera de abandonar la vida que me había labrado. Ninguna lo había conseguido, y ninguna lo haría.

Ni siquiera Sofia.

Un hombre mejor le pediría perdón. Le explicaría la situación. Intentaría enmendar el daño.

Me gustaba Sofia. Me gustaba estar cerca de ella. Y sabía que podía conseguir lo que necesitaba.

Solo necesitaba dormir un poco y aclarar mis ideas. Podía hacerlo. Podía conseguir la presentación que necesitaba, grabar una canción y volver a mi vida bien lejos de Sofia Frank y de la gente entrometida de Cala MacKellar.

A UNA HORA INDECENTEMENTE TEMPRANA, sonó mi móvil. Se me había olvidado ponerlo en silencio cuando me desplomé en la cama y lamenté ese despiste cuando los agudos tonos del tono de llamada de la discográfica me hicieron revolverme a toda prisa para silenciarlo.

—¿Sí?—ladré al teléfono. No estaba precisamente encantado y quería que quien demonios me llamara tan temprano lo supiera.

—¿Tiene ya una canción?

Cerré los ojos. ¿La voz al otro lado? No era un tipo al que le importara un carajo haberme despertado o cabrearme. Robert Miller era el ejecutivo responsable de nuestro contrato. Cuando él llamaba, pasaban cosas. Y si no pasaban, la siguiente llamada era de un abogado rescindiendo el contrato.

—Todavía no, señor.

—¿Tiene localizado a Jensen Carmack?

—Sí, sé dónde está.

—Para eso ha ido usted hasta allí. ¿Cuándo se marcha?

—En realidad está en el pueblo, señor.

—¿Carmack está en… Cala MacKellar, Nueva York?

—Sí, señor. Está aquí visitando a su hija. En el mismo edificio en el que me alojo.

—Bueno, supongo que tendré que admitir que estoy impresionado. Cuando se le ocurrió esta idea, estaba convencido de que era una gilipollez.

—Ha salido a mi favor, señor.

—Ahora que está allí, debería ser aún más fácil terminar una canción. ¿Ha empezado algo con él ya?

Solté un suspiro. —No, señor. Técnicamente aún no lo he conocido.

—Entonces vaya a llamar a esa maldita puerta. Preséntese. Es un acabado. Tiene que sacar músculo y demostrarle que usted es lo próximo grande, y, si quiere otra oportunidad de grabar música, le echará una mano.

He asentido, aunque no podía verme. —Sí, señor.

—Consígame algo, Trey. Pronto.

He abierto la boca para responder, pero ya me había colgado.

—Mierda —murmuré.

Lo último que quería era llamar a la puerta de Sofia y presentarme ante su padre. Pero para eso estaba allí.

Habría sido más fácil averiguar dónde estaba y largarme de la ciudad. Dejarla al margen en cuanto supiese su paradero. Que él estuviera en la ciudad, viviendo con ella, lo complicaba todo.

Lo complicaba todo.

Había una persona que podía ayudar. Una persona que comprendía lo que estaba pasando. Deslicé el dedo hasta encontrar el número de Seth y pulsé la pantalla. Era temprano para él, pero me daba igual. Necesitábamos hablar.

—¿Pero qué coño, tío? Son las malditas tantas de la noche —respondió Seth.

—Me acaba de llamar Robert Miller —le dije.

—Guau. ¿En serio? —Seth sonaba mucho más despierto al oír eso.

—Sí. Quiere la canción. Ahora.

—Pues dale una canción.

—No tengo ninguna. Todavía no.

—No sabes dónde está Carmack, ¿verdad? Ya sabía que su hija no lo sabría. No son muy cercanos.

—Ahora mismo vive con ella.

Seth soltó una carcajada. —¿Me estás tomando el pelo? ¿Carmack está en ese pueblucho cutre al que fuiste?

—Vive dos plantas más abajo de la mía.

—Pues joder, ve a hablar con él. Dile que quieres componer una canción juntos. Dile lo que sea. Mejor aún, ahora no tienes que follarte a su hija para acercarte a él.

La imagen de Sofía en mi cama cruzó fugazmente por mi mente. ¿Cómo se vería cuando se corriera? ¿Qué diría? ¿Sería silenciosa o ruidosa? ¿Hablaría sucio? ¿Querría que yo lo hiciera?

—¡Eh! —gritó Seth en mi oído.

—¿Qué?

—¿Se ha puesto buena? Solo la vi un par de veces y siempre estaba un poco rellenita para mi gusto. ¿Está atractiva ahora? ¿Es por eso que estás pensando en tirártela de todos modos?

—No estoy pensando en tirármela.

—Sí que lo estás. No te juzgo, colega. Lo que haga falta para sacar el trabajo adelante.

Seth no se equivocaba. Oírle decirlo asentó una parte de mí que llevaba revuelta desde que conocí a Sofía. Esto era negocio. Teníamos un contrato que cumplir. Seth no era compositor, pero era la imagen de Broken Record. Era el cantante principal. Él me metió en el negocio. Él hacía que las cosas sucedieran para mí.

—Escucha, sé lo que significa para ti componer nuestras canciones. Lo entiendo. Pero si tú estás hecho un lío y no puedes escribir nada, esto es lo que tienes que hacer. Miller no se caracteriza precisamente por dar segundas oportunidades. Si no tenemos algo pronto, vamos a acabar grabando lo que le salga de los cojones.

—Lo sé —gruñí.— Lo sé. Tengo que hacerlo. Tengo que acercarme a ella, conocer a Carmack y conseguir que esto funcione.

—¿Crees que se acuerda de ti? —preguntó Seth, la misma pregunta que llevaba rondándome la cabeza desde que Sofía dijo que su padre estaba en la ciudad.

Solo nos habíamos visto una vez. Yo estaba en un concierto con Seth y su hermano. El hermano de Seth nos presentó, pero fue algo rápido. Fue solo después, cuando Seth y yo formamos Broken Record y descubrí que Jensen Carmack era quien componía la mayoría de las canciones que interpretaba su banda, que me quedé impresionado. Aquello me inspiró a empezar a escribir mi propia música.

La música siempre había formado parte de mi vida. La adoraba. Mi padre era el responsable del ministerio de música en la iglesia cuando éramos pequeños. Lo dejó, pero yo ya me había enamorado de la música. La llevaba dentro, era parte de mí. Tanto como cualquier otra cosa que hubiera amado.

—Lo dudo —respondí por fin a la pregunta de Seth.

—¿Vas a decirle quién eres?

—Creo que será mejor si lo hago. Aunque la cabreará.

—Se le pasará. Siempre se les pasa. Fírmale un par de cosas y se le pasará.

—Su padre es famoso. ¿De verdad crees que un par de firmas la impresionarán?

—Quizá si le firmas las tetas. Seth se rió como si fuera el mejor chiste que había contado en su vida. Era un grosero, pero era mi mejor amigo. Había sido el único que había estado ahí para mí durante los últimos veinte años. La grosería era parte del trato, una parte que podía soportar.

Solté una carcajada con él, sabiendo que a Sofía no le haría la misma gracia el chiste y preguntándome cuán suave sería su piel. Quizá pudiera firmarle algo.

Negué con la cabeza. Ganarme a Sofía tenía que ser algo aparte de tirármela. Estaba claro que ella estaría dispuesta, pero no me gustaba ir dejando un reguero de mujeres con el corazón roto a mi paso. Nunca ha sido mi estilo.

—Tienes que relajarte —dijo Seth mientras su risa se desvanecía—. Y también necesitas echar un polvo. Quizá deberías follártela y quitártela de encima. O encontrar a otra. Pero, joder, sin sexo te vuelves un gruñón.

—Que te jodan.

—Sí, sí. Yo no soy el que se ha despertado esta mañana con su propia mano agarrándose la polla. Yo ya tengo unos labios en mi rabo y mis dedos dentro de un coño. ¿Tú qué tienes?

—Joder, tío. No necesitaba saber eso.

—Entonces no deberías haberme despertado.

Los suaves gemidos de una mujer llegaron a través del teléfono y se me atragantó la respuesta. —Te dejo.

—Manténme al tanto. Dime si tengo que ir ahí arriba y sacrificarme por el equipo.

—Todo bien, tío. Disfruta de la mañana.

—Ya lo hago. Hasta luego, colega.

Colgué, la polla dura e inútil sin nadie que me echara una mano. No recordaba la última vez que había tenido que hacerme una paja, pero Seth no se equivocaba. No aguantaría tres meses sin algo de acción. Ya me estaba convirtiendo en un cabrón gruñón.

Aparté las sábanas y caminé desnudo hasta el baño. El agua de la ducha estaba caliente y mi mano rodeando mi polla era mejor que nada.

Especialmente cuando evocaba la imagen de Sofía y la luz de sus ojos cuando se reía.

Eyaculé por toda la pared de la ducha, luego terminé de ducharme y me vestí.

El edificio bullía de actividad cuando salí por la puerta. Los vecinos se apresuraban al trabajo, al colegio y a cualquier otro sitio donde pasaran el día. Eché la llave y los seguí escaleras abajo, rumbo al centro y a Cracked.

Blake estaba de turno otra vez; me saludó con la mano y señaló una mesa. Me encaminé hacia allí y entonces comprendí que señalaba a Ian y a su hijo, Maddox.

—Eh, tío. ¿Vienes a por la barca hoy? —preguntó Ian.

Asentí. —Sí, claro. ¿Después de desayunar?

—Perfecto. Blake vendrá enseguida. ¿Café?

Volví a asentir.

Ian volteó una de las tazas que había sobre la mesa y me la llenó de café. Pasé de la leche y el azúcar y le di un sorbo negro. Era intenso y caliente, perfecto para una mañana que había empezado demasiado pronto.

—¿Todo bien? —preguntó Ian. El bebé que tenía en el regazo le sujetaba los dedos y mordisqueaba uno de ellos. Ian parecía perfectamente feliz con su vida de pueblo.

—Todo bien. ¿Has vivido aquí toda tu vida?

Ian asintió. —Sí. Mis padres siguen en el pueblo. Mi hermana y su familia también. No puedo imagin'me en ningún otro sitio—. Sonrió cuando Blake pasó junto a nosotros.—¿Adónde vuelves cuando termines aquí?

—Los Ángeles —solté sin pensarlo.

Ian silbó. —Qué lujo. ¿A qué te dedicas allí?

—Me dedico al negocio de la música. Ahora mismo estoy entre proyectos, pero confío en que salga algo' —dije, procurando no revelar demasiado.

—Espero que te vaya bien.' Es estupendo dedicarte a algo que te apasiona.

—¿Algo que me apasiona?

Ian se encogió de hombros. —Claro. ¿Por qué estás en un sector tan duro si no te apasiona? Empecé a trabajar la madera en el instituto. Me encantaba tener cada pieza entre las manos. Los barcos vinieron después, pero siempre supe que haría algo así. Blake es artista. Trabaja aquí porque le gusta charlar con la gente y ver a todo el pueblo, pero su pasión es su arte.

—No lo sabía.

—La vida aquí es distinta que en otros lugares. Es más lenta, así que tenemos más oportunidades de averiguar qué nos hace felices. Demasiada gente llega desde las grandes ciudades y es infeliz. Han pasado toda la vida en un trabajo que odiaban, solo para darse cuenta de que hay otra forma de vivir. Otra forma de ser.

—Es verdad —asentí.

—Creo que todos tenemos algo que nos da miedo hacer. Para la mayoría es el trabajo. Temen renunciar a la seguridad que su empleo les da, aun cuando detestan lo que hacen. Para mí, fue jugármela por amor. Decirle a Blake que la deseaba.

—Pero al final salió bien —dije.

Ian asintió cuando Blake se acercó a nosotros. —Sí. Soy un hombre afortunado.

—¿De qué habláis los dos por aquí? —preguntó Blake.

—Solo le estaba diciendo a Daniel cuánto te quiero —respondió Ian.

Blake se inclinó y lo besó. Maddox agarró el collar que ella llevaba y Blake soltó una carcajada antes de besar al bebé. Le apartó los deditos del collar y rodeó los hombros de Ian con el brazo.

—¿Qué te pongo para desayunar, Daniel?

—Un café para empezar está bien. ¿Qué tal una tortilla?

—¿Y qué le echamos?

—Champiñones, cebolla, pimientos y cheddar.

—Lo pondré ahora mismo. Puede que el de ellos salga primero, pero le pediré a Earl que lo agilice.

—No te preocupes, pero gracias.

Blake se alejó, dejándome de nuevo con Ian y Maddox. —¿Cuántos años tiene?

—Cumplirá dos en noviembre. Justo antes de que nazca nuestro segundo. Ian mostraba en el rostro un orgullo y una emoción inmensos mientras compartía la noticia.

—Enhorabuena. No tenía ni idea.

Ian asintió. —Gracias. A cabamos de empezar a contárselo a la gente. Ella no deja de insistir en que ya se le nota y que todo el mundo lo sabe, pero nadie lo sospechaba. O fueron lo bastante amables como para no decir nada.

—Voy aprendiendo que así es aquí. La gente es bastante amable.

Ian se rió entre dientes. —La mayoría de las veces. Ha habido algunas situaciones en las que la buena gente de Cala MacKellar no fue tan amable con los recién llegados.

Alcé las cejas, preguntándome si se refería a mí por algo de lo que no estaba al corriente.

—A ti no—dijo Ian—. Aquello implicaba a un marido

infiel, a su novia que apareció en el pueblo y se quedó. Al final todo salió bien, pero no fue fácil para ella.

—Este sitio guarda algunos secretos —comenté mientras Blake dejaba platos delante de Ian y de mí.

—¿Le estás contando lo de Finley y Trent? —preguntó Blake.

—¿Quién? —pregunté.

Blake resopló. —Ya veo que no.

—Le estaba hablando de Valentina, Dawson y Haley —explicó Ian.

—Creo que hay una Haley en mi edificio —dije.

—Es su novia —dijo Ian—. Exnovia, y no tenía ni idea de en medio de qué estaba.

—Guau. Entonces, ¿quiénes son Finley y Trent?

—Finley es mi hermana —dijo Ian—, y Trent es su marido, pero esa tampoco empezó demasiado bien. Ven a O'Kelley's el jueves por la noche y te contaremos todas las historias.

—Solo no te creas todas las historias —bromeó Blake.

Me reí con ellos.

—¿Necesitáis algo más?

—Todo bien, guapa —respondió Ian.

—Todo listo —le dije.

Le guiñó un ojo a Ian y fue a atender a otros clientes.

La mirada de Ian se quedó fija en ella hasta que Maddox emitió un gruñido de frustración.

—Siempre interponiéndose entre mi chica y yo —rió Ian —. ¿Tienes a alguien en LA?

Negué con la cabeza. —No. La palabra era cierta, pero nada en mi vida era sencillo. Especialmente últimamente.

—¿Seguro? No parecía que fuera así.

Negué con la cabeza. No 'iba a soltarle toda mi historia a un hombre al que apenas conocía. No 'tenía la sensación de que estuviera rebuscando mierda, pero 'había aprendido por las malas que no se podía confiar en todo el mundo. Joder, la mayoría de las veces no se podía confiar en nadie.

—Sí, estoy soltero'.

—Genial. Entonces que quedes con Sofia no será un problema'.

—¿Quién ha dicho que vaya a quedar con Sofia'?

Ian alzó una ceja. —Anoche tuvisteis una cita y la acompañaste hasta su casa. Solo sumo dos más dos. Aquí las cosas van 'deprisa, sobre todo cuando se trata de alguien como Sofia, a quien todo el mundo aprecia. 'Solo me aseguro de que la vayas a tratar bien'.

Pensé en cuando intentó besarme y yo lo esquivé. Si Ian supiera toda la historia, ni siquiera 'me estaría hablando.

—Voy a hacer lo mejor que pueda'.

Ian asintió. —Suficiente para mí.

8

Pasé el día en el agua. Ian me dio una clase rápida sobre el barco, además de indicarme por dónde debía navegar para evitar que me arrollaran las barcazas u otros barcos de gran tamaño.

Era tranquilo. Era precioso. Era aburridísimo de cojones.

No estaba acostumbrado.'A tener tanto tiempo libre. Quería estar haciendo algo. Tocar, componer o pasar el rato con mi grupo. Quería una mujer en la que perderme o un club en el que desatarme.

Pero no tenía nada de eso.'Solo contaba con un pueblecito adormilado a orillas del río San Lorenzo, con una ensenada rodeada de casas y vecinos que se conocían todos entre sí.

Y estaba dando largas.

Esa no era toda la verdad.'Estaba aterrado. ¿Y si trabajaba con Jensen y aun así no salía ninguna canción'? ¿Y si se negaba a colaborar? ¿Y si mis oportunidades de triunfar se habían esfumado? ¿Si aquello era el final? ¿Si con treinta y siete años ya era un juguete roto?

No estaba seguro de estar preparado para enfrentarme a nada de eso.'Sí, podíamos tocar canciones escritas por otros.

Podíamos hacerlas nuestras. Pero cuando Seth y yo fundamos Broken Record, decidimos que lo haríamos todo nosotros: escribir nuestra propia música, tomar nuestras propias decisiones, hacer con la banda lo que quisiéramos.

Por el camino'habíamos perdido muchas de aquellas promesas que nos hicimos al principio. Firmamos con una discográfica que se hizo con el control de un montón de cosas. Pero la música era nuestra. La música era pura. La música era original. Nadie había escuchado nuestras canciones antes que nosotros porque eran nuestras. Pero ahora...

No podía imaginar otra opción.'No estaba'preparado. Aún no.

Pero eso significaba que tenía que arriesgarme. Significaba que debía lograr que Sofía me presentara a su padre y pedirle que trabajara conmigo. Y no aceptar un no por respuesta.

Devolví el barco a Ian y le di las gracias por la dosis de relax. Él sonrió como quien sabe que su artesanía es excepcional. Era una embarcación preciosa, un capricho en el que me habría dejado llevar si fuera de aquí. Pero yo no era'de aquí. No lo'sería jamás. Me iría en cuanto consiguiera una canción y recuperara esa chispa.

De vuelta en el apartamento que ahora llamaba casa, miré el móvil, sorprendido al encontrar un mensaje de Háblame como un nerd.

HÁBLAME COMO UN NERD

¿Cómo sabes si estás interpretando bien las señales de un chico?

Me lo he pensado un minuto y me he puesto a teclear.

GIOIOSO

Los hombres apestan. Las señales
confunden. La única manera de saberlo es
preguntar.

HÁBLAME COMO UN NERD

Pues vaya ayuda.

GIOIOSO

Lo siento. Es la verdad.

HÁBLAME COMO UN NERD

¿Existe alguna vez en que los hombres no
apesten ni resulten confusos?

GIOIOSO

Ojalá.

HÁBLAME COMO UN NERD

¿Por qué hacen eso los hombres?

GIOIOSO

Insisto, los hombres apestan. Sinceramente,
no creo que la mayoría pretenda resultar
confusa. Estamos igual de confundidos.

HÁBLAME COMO UN NERD

Me cuesta creerlo. Los hombres siempre
mandan.

GIOIOSO

No tanto como crees. Nunca siento que lleve
las riendas cuando se trata de mujeres.

HÁBLAME COMO UN NERD

Salí con alguien la otra noche y creí que
estaba recibiendo todas las señales de que
le interesaba, pero al final, nada. No me pidió
otra cita, ni intentó besarme, ni nada. Las
citas apestan.

GIOIOSO

Quizá intentaba ser respetuoso.

HÁBLAME COMO UN NERD

Puede, pero no lo parecía. Creo que simplemente no estaba interesado. Perdona por darte la lata con esto, de todas formas.

GIOIOSO

No me importa. Si algún día decidimos vernos, me aseguraré de no enviarte señales confusas y de dejar claro lo que pienso.

HÁBLAME COMO UN NERD

Pues, gracias. Si ahora pudieras enviarle ese mensaje al resto de la población masculina, te lo agradecería.

GIOIOSO

Sacando ahora mismo mi móvil de HOMBRE. Enviando una alerta.

HÁBLAME COMO UN NERD

¡Jajaja! Las mujeres del mundo agradecen la ayuda. Yo agradezco la risa. La necesitaba.

GIOIOSO

¿Día duro?

HÁBLAME COMO UN NERD

Mi día ha ido bien. Sigo algo descolocada por mi cita. Sé que no debería dejar que esas cosas me afecten, pero siento que lo interpreté todo mal.

GIOIOSO

Los hombres apestan.

HÁBLAME COMO UN NERD

Sí, es cierto. Aunque, siendo sincera, estoy segura de que la mayoría de las veces las mujeres no somos mucho mejores.

GIOIOSO

No tengo muchas citas. Supongo que no soy
la mejor apuesta cuando se trata de algo a
largo plazo.

HÁBLAME COMO UN NERD

¿Cuál ha sido tu relación más larga?

GIOIOSO

Unos pocos meses. Me mudo
constantemente.

HÁBLAME COMO UN NERD

No es fácil. Cuesta conocer a alguien si solo
estás cerca durante un tiempo.

GIOIOSO

Sí. Pero me gusta mi vida. No puedo
quejarme.

HÁBLAME COMO UN NERD

Lo entiendo perfectamente. Soy muy casera.
Me encanta estar en casa, rodeada de mis
cosas. No puedo imaginarme mudándome
más de una vez cada década, pero sé que la
mayoría no es como yo.

GIOIOSO

Solo de pensarlo me entran escalofríos.

HÁBLAME COMO UN NERD

Jajaja. Bueno, las diferencias entre las
personas son parte de lo que hace que la
vida sea interesante. Si fuésemos todos
iguales, sería realmente aburrido. Y muy
silencioso si todo el mundo fuera como yo.

GIOIOSO

El silencio no siempre es malo. No es lo que
prefiero. Últimamente he tenido más de la
cuenta. Ahora mismo me vendría bien algo
de ruido.

HÁBLAME COMO UN NERD

Yo no. Estoy en mi sofá, con una copa de vino y una película puesta. Estoy de lo más a gusto.

GIOIOSO

¿Qué película estás viendo?

HÁBLAME COMO UN NERD

Walk The Line

GIOIOSO

¿En serio? Me encanta esa película.

HÁBLAME COMO UN NERD

Es muy buena. No puedo quejarme. Soy una romántica empedernida.

GIOIOSO

A mí solo me gusta la música.

HÁBLAME COMO UN NERD

También está bien.

GIOIOSO

Entonces, tengo una pregunta.

HÁBLAME COMO UN NERD

Vale.

GIOIOSO

¿Cómo debería disculparse un chico si siente que la ha fastidiado?

HÁBLAME COMO UN NERD

¿Qué tan grave ha sido? ¿Infidelidad? No hay disculpa posible; que se marche. ¿Olvidó su cumpleaños? Sin duda, un regalo.

GIOIOSO

¿Y si le mandó señales contradictorias?

HÁBLAME COMO UN NERD

¡Uf! ¿En serio? No me digas que le hiciste
eso a una mujer.

GIOIOSO

Vale, no te lo diré.

HÁBLAME COMO UN NERD

Eso no mola nada.

GIOIOSO

¿Tiene arreglo?

HÁBLAME COMO UN NERD

Depende del motivo.

GIOIOSO

Ella se merece a alguien mejor que yo.

HÁBLAME COMO UN NERD

Siempre podrías intentar decírselo.

GIOIOSO

¿Le creerías a tu cita si te dijera eso?

HÁBLAME COMO UN NERD

Ehm...

GIOIOSO

Justo lo que temía.

HÁBLAME COMO UN NERD

Supongo que sentiría que es una salida fácil.
Como si lo dijera para conseguir otra
oportunidad sin demostrarme que se la ha
ganado. Sin hacerme pensar que merece
que vuelva a arriesgar mi tiempo y mi
corazón por él.

GIOIOSO

Vaya, joder. No puedo rebatir eso.

Se quedó callada un minuto. Dejé que sus palabras calaran. Lo último que quería era que Sofía pensara que no merecía la pena el riesgo, pero era verdad. No lo merecía. Era una mala apuesta y un tipo de mierda porque estaba dispuesto a acercarme a ella para congraciarme con su padre.

HÁBLAME COMO UN NERD

Lo siento, pero tengo que irme. Ojalá averigües qué decirle.

GIOIOSO

Gracias. Lo intentaré.

He cerrado la aplicación justo cuando ha resonado un fuerte golpe en el pasillo. Me he puesto en pie antes de pensarlo dos veces. Como un fisgón, he mirado por la mirilla y he visto a Sofía entrar en el piso de enfrente.

La puerta se ha cerrado tras ella. ¿Qué tan raro sería salir al pasillo justo cuando ella saliera del piso?

He negado con la cabeza. Súper raro. No podía hacer eso.

Pero quería hacerlo.

HE PASADO los dos últimos días intentando descifrar el horario de Sofia'. Si me la encontraba por casualidad, podía intentar hablar con ella, pero no 'logré descubrir ninguna rutina.

Y llamar a su puerta no 'era una buena idea.

He probado más restaurantes locales y un día acabé en Cove Bakery. La señora que lo regentaba me convenció para llevarme a casa algo de desayuno extra, de modo que tuviera algo que disfrutar durante unos días. Fue la mejor decisión que he tomado en toda la semana. Y la más afortunada.

Volvía al edificio cuando vi a Sofia. Estaba frente a su puerta. La cerró con llave y se giró hacia mí. Su mirada se endureció al verme, pero se suavizó cuando vio la caja rosa que llevaba en las manos.

—¿Has ido a Cove Bakery? —preguntó con voz suave y llena de admiración.

—Sí. Harriett me convenció para que me llevara a casa unas cuantas cosas de más—abrí la caja para que Sofia pudiera ver todo lo que había dentro; era más de lo que acabaría en varios días y estaba encantado de compartirlo—. Puedes coger lo que quieras.

Negó con la cabeza y se giró, como si aceptar un pastel de mi parte fuera traspasar un límite.

—Por favor, Sofia. También quiero disculparme por la otra noche.

—No tienes nada de lo que disculparte.

—Sí la tengo—di un paso hacia ella, acorralándola para que no pudiera escapar. Sabía que era una jugada sucia, pero en cuanto la oí inhalar supe que sentía la misma atracción que yo desde que nos conocimos—. Quería besarte. Con todas mis fuerzas. Pero solo voy a estar aquí tres meses. Sería un imbécil si no hablase contigo de eso antes de que pasara nada.

—Sé perfectamente cuánto tiempo te quedas —dijo en voz baja.

—Bien. Pero ¿estás de acuerdo con eso en alguien con quien salgas?

Dio un paso atrás y alzó la vista hacia mí. Su mirada se despejó y entornó los ojos. —¿De verdad esa es la razón por la que no me besaste?

—Créeme, Sofia, no había nada que deseara más que besarte aquella noche. Pero he tenido a demasiadas mujeres en el pasado enfadadas conmigo porque no fui claro. No quiero que eso nos pase a nosotros.

—¿Y si me parece bien que te vayas dentro de tres meses? ¿Entonces qué? ¿Me estás pidiendo un lío de verano?

Respiré hondo y la miré. Era hermosa e inocente, pero no era una niña. Tenía edad suficiente para entender de qué hablábamos. No se iba a dejar engañar ni a sentirse manipulada. Lo sabía.

En gran parte. Sabía que solo estaría allí tres meses. Sabía que me marcharía. Pero no sabía que quisiera ganarme a su padre. No sabía que salía en las portadas de las revistas. No sabía que las canciones que escribiría en el futuro podrían hablar de ella.

Quería que lo que ella sabía y lo que no sabía permanecieran separados. Una cosa no debía influir en la otra. Podíamos vivir un romance de verano, yo podría conocer a su padre y encauzar de nuevo mi carrera, y todo estaría bien.

—No estoy seguro de elegir esas palabras, pero sí. Me atraes. Disfruté cenando contigo. Quiero pasar más tiempo contigo. Pero no soy un hombre de «para siempre». Ni voy a serlo.

—¿Nunca? —preguntó. La expresión de sus ojos era de tristeza, no de decepción. No albergaba la esperanza de ser ella quien me hiciera cambiar de idea. Sentía lástima por mí.

Aquello fue un puñetazo en el estómago.

—Nunca me he imaginado con una familia. Casado, con hijos, asentado. No es la vida que quiero. Ya tengo la vida que deseo.

—Una en la que siempre estás de paso y todo es temporal.

Asentí con la cabeza.

—No sería feliz si me pidieras que cambiara, así que no sería justo pensar que podría cambiarte.

Inspiré hondo. Nunca había conocido a una mujer que viera esa verdad. Siempre querían cambiarme. Convertirme en alguien que no soy. Tomar al rockero y convertirlo en el marido de las afueras.

Saber que ella no solo no buscaba eso, sino que tampoco pretendía cambiarme resultaba reconfortante y triste.

No es que quisiera cambiar. Me encantaba mi vida.

Y a ella le encantaba la suya.

No había motivo para que eso fuera algo malo.

—¿Y bien? —pregunté, dedicándole mi sonrisa más encantadora.

—Mi padre se queda conmigo, así que tendremos que ir a tu casa.

—¿Eso es un sí?

Ella asintió. —Sí, pero antes necesito uno de esos brownies, un cruasán y una quiche.

Abrí de nuevo la caja y sonreí mientras ella elegía sus dulces. Gimió al morder el brownie, y mi polla se endureció con aquel sonido.

—Si hubiera sabido que bastaba con comprarte brownies para hacerte gemir, lo habría hecho el día que me mudé.

Abrió los ojos de par en par. Me miró, a la vez sorprendida y divertida. —Los brownies pueden hacer cosas mágicas.

—Lo recordaré.

—Bien. Se metió el último trozo de brownie en la boca, luego se colocó el cruasán entre los labios y alzó la quiche a modo de brindis. —Gracias —murmuró antes de subir las escaleras delante de mí.

—Podría habértelo sostenido.

Ella negó con la cabeza, sus caderas balanceándose delante de mi cara. Quise alargar la mano y agarrarle una nalga, sentir su peso en la palma, pero eso sin duda habría sido cruzar la línea.

—Estoy acostumbrada a comer sobre la marcha. No puedo entrar en otra vivienda con comida en las manos.

Ya se había terminado el cruasán y estaba empezando con el miniquiche.

—Me alegro de haber podido compartir el desayuno contigo. Quizá algún día podamos hacerlo en mi piso.

—Tal vez —dijo— si prometes traer más brownies.

—Arrasaré la tienda todos los días —gruñí.

Ella se echó a reír y luego se apartó de la escalera para dirigirse a una vivienda en la segunda planta. —La verdad es que creo que serías capaz de hacerlo.

—Sin duda lo haría. Si estás dispuesta a darme otra oportunidad y te parece bien que esto tenga que ser así, haré lo que sea.

Ella alzó una ceja. —¿Lo que sea?

El brillo en sus ojos me puso un poco nervioso. —Eh... ¿quizá?

—O es lo que sea o no lo es.

—De acuerdo. Lo que sea.

Ella asintió despacio. —Está muy bien saberlo.

Empezó a alejarse, pero yo aún no estaba listo para que nuestra conversación terminara. —¿No vas a decirme en qué estás pensando?

—Quizá algún día. ¿Cenamos?

—¿Esta noche?

Ella negó con la cabeza. —Mañana. A las siete. Te esperaré delante del edificio.

—Allí estaré.

—Ponte algo cómodo.

—¿Por qué?

Ella esbozó una sonrisa ladeada. —Ya lo verás.

Luego se fue pasillo abajo y llamó a la puerta de un piso.

Negué con la cabeza y subí la caja de dulces. La dejé sobre la encimera, consciente de que me la comería entera si la mantenía cerca. Cogí mi guitarra y me senté en el borde del sofá.

Se me dibujó una sonrisa al recordar cómo se balanceaban las caderas de Sofia al subir las escaleras. Deslicé los dedos por las cuerdas, sin hacer ruido, pero recordando la sensación de la música fluyendo a través de mí.

Estaba ahí. Como un recuerdo. Justo fuera de mi alcance, pero seguía ahí. Podía sentir su fuerza, su llamada. No se había ido. Por primera vez en meses, sabía que no se había ido.

Solo dormía. Latente.

Casi un año esperando a que regresara, preguntándome si alguna vez volvería a sentirme yo mismo, y todo cambió por culpa de una mujer.

Una mujer que no quería nada de mí.

Era la única persona que'nunca me había pedido nada. Que'nunca me había exigido nada. Todo el mundo quería algo. Una canción, una gira, una aparición.

La pensión alimenticia.

Sofia no. Ella no tenía ningún plan. Ninguna exigencia.

¿Cómo iba a resistirme a eso?

9

SOFIA

Ya estaba vestida y lista para nuestra cita. No estaba segura de que Daniel fuera a estar de acuerdo, pero tenía mis propios planes y pensé que era una buena prueba. Y también una forma estupenda de hacerle lamentar todas aquellas señales contradictorias.

—Salgo esta noche —le dije a mi padre, que estaba en el salón cuando salí de mi habitación—. No te quedes despierto esperándome.

—¿Adónde vas?

—Te dije que hago voluntariado en el Centro Comunitario; una vez al mes voy a ayudar a arreglar cosas.

—Ah, cierto. ¿Y es esta noche?

—Sí.

—Apenas hemos pasado tiempo juntos.

—Papá, te dije que iba a estar trabajando. Puedo cogerme algo de tiempo libre, pero cada vez que te lo pido…

—No, no. Nunca te pediría que faltaras al trabajo. Ya encontraré algo que hacer. ¿Queda algo de comida? ¿Algo que pueda cenar?

Contuve un gruñido. Llevaba una semana entera alojado

conmigo y he descubierto que es aún más inútil de lo que pensaba. No sabe cocinar y apenas es capaz de calentar la comida él solo. El primer día que usó el microondas dejó un tenedor en el plato. Por suerte lo vi antes de que pusiera el temporizador, pero se enfadó conmigo.

Y todavía no me había dicho por qué estaba allí ni cuánto tiempo pensaba quedarse. No iba a sobrevivir al verano. Por eso Daniel era una buena distracción.

—Hay comida en la nevera que puedes calentar. Nada de metal en el microondas.

—No soy tonto, Sofia —espetó.

Me apreté los labios. Aquel hombre tenía sesenta y seis años y no sabía que no se puede meter metal en un microondas. Era inteligente, pero a veces carecía de sentido común.

—Lo sé, papá. Solo quería recordártelo.

—Solo pasó una vez y ni siquiera ocurrió nada.

—Lo sé, papá. Pero tengo que irme.

—¿He venido hasta aquí para visitarte y no piensas pasar la noche conmigo?

—Me comprometí con esto hace mucho tiempo. ¿Qué te parece si pasamos mañana por la noche juntos?

Hizo un puchero, retorció los labios y frunció el ceño. —Vale.

Asentí. —Me parece bien. Piensa qué te gustaría hacer, papá. Lo que quieras, mañana por la noche es para nosotros.

—No sé muy bien qué se puede hacer en este pueblecito, pero lo intentaré.

—Gracias, papá. Intentaré ser silenciosa cuando vuelva a casa para no despertarte. Que pases buena noche.

Él hizo un gesto desdeñoso con la mano, molesto porque me marchaba. Esa había sido su actitud constante desde que llegó. Apenas salía del piso, alegando que lo acosarían sus fans si se dejaba ver en público. Su asistente, una universitaria que pasaba el verano intentando ganar algo de dinero, le traía comida y hacía la compra, además de ocuparse de las tareas del piso. Erika era muy agradable, pero a veces le veía el cansancio en los ojos, el temor de no poder con todo lo que le pedían y acabar perdiendo un trabajo que seguramente le parecía fácil y cómodo para el verano.

No podía permitirme seguir pagándole si él se echaba atrás. Solo se había quejado de ella un par de veces, normalmente por la noche, cuando yo salía y él se aburría.

Pero no podía dejar de vivir mi vida. Él nunca dejó de vivir la suya por mí, y yo no estaba dispuesta a dejar de vivir la mía por él.

Daniel me esperaba fuera del edificio cuando salí. Se giró en cuanto aparecí y sonrió al verme. Su mirada se posó en mi bolsa de herramientas y frunció el ceño. —¿Debería preocuparme de que vayas a cortarme en trocitos y deshacerte de mi cuerpo?

—¿Has hecho algo que lo justifique?

—Que yo sepa, no, pero la noche aún es joven.

Me eché a reír, disfrutando de lo fácil que resultaba todo entre nosotros. Sebastian, que era como un hermano para mí, era uno de los pocos hombres con los que sentía la misma cercanía, y jamás me había sentido atraída por mi amigo.

Con Daniel la cosa era distinta.

—Entonces, ¿qué pasa con las herramientas? —preguntó Daniel mientras me giraba para bajar por la calle hacia donde he aparcado. Se puso a mi paso.

—Vamos a echar una mano en el Centro Comunitario. Reparaciones menores y arreglar algunas cosas para los críos. Muchos niños utilizan el Centro Comunitario con regularidad y, una vez al mes, se organiza una noche en la que quien esté disponible y sea manitas —o simplemente quiera ayudar— viene y hace lo que se pueda.

Levantó las manos. —No soy especialmente mañoso. Nunca lo he sido.

—No pasa nada. Seguro que hay algo con lo que puedas ayudar. Siempre hay proyectos más pequeños para los niños que vienen con sus padres o para la gente que quiere aportar su granito de arena pero no tiene las habilidades.

Parecía nervioso, como si fuera a vomitar. —Eh... no estoy tan seguro de que se me vaya a dar bien esto.

Me detuve justo antes de llegar a mi todoterreno y me volví hacia él. —No tienes que venir. Ya tenía estos planes y pensé que sería divertido hacer algo juntos, pero si no te apetece, podemos vernos en otro momento.

Me sostuvo la mirada. Sabía que era una prueba. Sabía que yo esperaba ver qué iba a hacer. Si se marchaba, no estaba segura' de volver a verlo'. No para una cita. Él fue quien evitó mi beso y me hizo sentir como una idiota. Necesitaba saber que podía confiar en que no lo repetiría.

—¿Estás seguro de que habrá cosas que no requiera'n habilidades?—

Asentí. —Siempre las hay—

—Vale. Haré lo que pueda, pero no esperes' gran cosa.—

Contuve la sonrisa. Había superado la primera prueba. No es que de verdad pretendiese ponerlo a prueba, pero estaba dispuesto a salir de su zona de confort, intentar algo nuevo y ayudar a una comunidad de la que' no formaba parte.

Le indiqué con un gesto mi todoterreno, rodeé la parte trasera para meter mi bolso y después me senté al volante.

—Espero no defraudarte—, dijo.

—Estoy segura de que no lo harás. El Centro Comunitario siempre necesita ayuda. Una amiga mía va todas las semanas y hace manualidades con los niños. La madre de su marido dirige el lugar. Muchos críos del pueblo van allí para todo, desde actividades extraescolares hasta entrenamientos y partidos. Es un buen sitio para que los pequeños se mantengan activos y se diviertan.

—Había un sitio así donde crecí. Mi hermano y yo íbamos cuando estábamos en primaria.—

—No sabía que tenías un hermano.—

Asintió. —Murió, eh… murió cuando yo estaba en el instituto.—

—Oh, Daniel, lo siento muchísimo. No puedo imaginar perder a un hermano siendo tan joven. Yo perdí a mi madre cuando tenía catorce años. Aunque es distinto.—

—Creo que, sea como sea, es difícil superar una pérdida así.—

Asentí con la cabeza. Podría decir que aún no' había superado lo de mi madre. Perderla como la perdí, que me arrebataran en un abrir y cerrar de ojos a la única persona que' siempre había estado a mi lado me fuera arrebatada en un parpadeo. Fue devastador. Y luego mi padre, esa parte rota de mi historia. Alguien que no estu'vo presente durante tanto tiempo y que durante años llegó a dudar si yo era realmente su hija... Construir una relación con él no fue nada fácil. Ni siquiera después de tanto tiempo.

—Dicen que el tiempo lo cura todo, pero creo que hay heridas que nunca llegan a cerrarse del todo.

—Esa ha sido mi experiencia tambi'én.

Hemos compartido una sonrisa triste en el silencio del vehículo. Las personas que conocen la pérdida están unidas de una forma que los demás no lo esta'n. Y nosotros' acabábamos de descubrir un nuevo lazo.

Las voces del exterior me han devuelto a la noche, y abrí la puerta para reunirme con los demás y ayudar con las reparaciones. Cogí mi bolso de la parte trasera y entré con Daniel.

—¡Daniel! —gritó una voz nada más entrar.

Él saludó a James con la mano.—Voy a saludarlo.

Asentí.—Su madre lleva este sitio. E's de quien te hablé.

—Ah. Bueno saberlo. Gracias.

Se ha ido y yo me puse a buscar a Amelia, para acabar encontrándola con Sebastian.

—¡Hola!—dije, sorprendida y feliz de ver a Sebastian. Desde que él y Zoey, el amor de su vida, empezaron a salir, 'habían estado muy ocupados. Zoey tenía dos niños y se quedó embarazada de un tercero poco después de regresar al pueblo. Sebastian era un padre estupendo. Adoraba a su familia y estaba más feliz de lo que le había visto nunca.

—¡Hola!—me dio un abrazo cálido. —¿Cómo estás?

—Esto'y bien. ¿Y tú? ¿Cómo están Zoey y los peques?

—Todos están bien. Los niños están deseando que llegue el verano, pero creo que a Zoey le gustaría que pudieran quedarse un poco más en el colegio. Ya está intentando buscar cosas que puedan hacer todos juntos.

—Seguro que aquí habrá varias opciones —dije, incorporando a Amelia a la conversación.

—Eso mismo le estaba diciendo a Sebastian. Los mayores tendrán más opciones, pero la peque todavía podrá salir algunas mañanas. Dale un respiro a tu mujer de vez en cuando.

Sebastian asintió. —Va a necesitarlo. El verano es una época muy ajetreada para mí. Estaré por aquí tanto como pueda, pero casi todo recaerá sobre Zoey.

—Seguro que habrá otros padres en la misma situación. Quizá sea la oportunidad de poner en marcha un nuevo programa. Este año abre el nuevo campamento de verano, pero sé que Zoey no quiere tenerlos allí todas las semanas.

Sebastian negaba con la cabeza mientras Amelia hablaba. —Solo necesita unos cuantos días a la semana.

Amelia se lo pensó un momento. —Quizá me ponga en contacto con Natalie y veamos qué podemos idear. A ver si hay alguna manera de colaborar para echarles una mano a los padres del pueblo.

—Sería increíble —dijo Sebastian.

—Bueno, ¿con qué necesitas ayuda hoy para que todo quede listo cuanto antes? —le pregunté a Amelia.

—La lista está en la pared —respondió ella entre risas—. Hay un par de cosas en las que podría pediros que trabajéis juntos. Teneros a los dos aquí es un chute de energía. Si no os importa.

—En absoluto —respondí, sonriendo a Sebastian.

—Ejem.

He pegado un respingo; la voz había sonado justo detrás de mí. Me he girado y me he encontrado a Daniel a mi espalda. —Oh. Hola.

—Eh —saludó con voz algo fría mientras le tendía la mano a Sebastian—. Soy Daniel.

—Encantado. Gavin comentó que te habías mudado a la ciudad. Soy Sebastian.

—Encantado —gruñó Daniel—. ¿Conoces a Gavin?

Rodé los ojos. No me interesaban las exhibiciones de posesión ni de celos; ya había visto suficientes al crecer.

—Gavin es mi cuñado.

Daniel examinó con más atención a Sebastian, reparando en el anillo de su mano izquierda, y luego negó con la cabeza. —Lo siento, tío. He sido un imbécil.

—No pasa nada. Sofia es una gran mujer; no te culpo por ponerte un poco protector.

—Estoy aquí mismo, chicos —exhalé con fuerza.

—Lo es. Y ya tengo un punto en mi contra, así que debería ir con más cuidado antes de cabrearla, confesó Daniel.

Sebastian se echó a reír. —Sé cómo va eso; mi mujer también tiene su genio.

—¡Eh! —grité.

Ambos hombres se volvieron hacia mí con las cejas alzadas y sonrisas idénticas.

Solté un suspiro y me giré, caminando con paso firme por el gimnasio hasta la pizarra donde estaban todas las tareas.

Amelia me siguió, riendo entre dientes mientras venía detrás. —¿Quién era ese?

—Daniel. Vivirá en mi edificio los próximos meses.

—¿Y'estáis saliendo?

—No. Sí. Más o menos, supongo. Hemos salido la semana pasada, pero quiso asegurarse de que supiera que se marchaba. Solo'estará aquí tres meses.

—Es'mono. ¿A qué se dedica?

Pensé un momento y me di cuenta de que nunca se lo había preguntado. —En realidad, no lo sé.

—Bueno, sea lo que sea, le gustas. Te ha estado mirando desde que vinimos, y ha estado fulminando a Sebastian con la mirada desde el momento en que fuiste y lo abrazaste.

—Estaba hablando con James. Me sorprende que James no le haya dicho quién era Sebastian.

—¿Conoces a mi hijo? —preguntó Amelia con un deje burlón en la voz.

—¡Ja! Cierto. Seguramente James disfrutó viendo cómo Daniel se enfadaba.

—Exacto.

Negué con la cabeza. —Bueno, no he venido aquí para preocuparme por hombres. He venido a trabajar. ¿Qué quieres que haga?

—¿Estás segura de que te va bien trabajar con Sebastian? ¿Daniel no se va a enfadar?

—Daniel no va a quedarse aquí para siempre. Y Sebastian está felizmente casado. No hay razón para que me preocupe por los sentimientos de Daniel. Sea lo que sea lo nuestro, será temporal.

—De acuerdo. Si estás segura, os voy a pedir a los dos que

sustituyáis algunos tramos del suelo. No está mal cuando llevas zapatos, pero si los niños se caen acabarán llenos de astillas.

—Eso no estaría bien —asentí.

—Nop. Déjame enseñarte.

Seguí a Amelia hasta los puntos del suelo donde estaba dañado. Podía haber sido humedad de hacía tiempo o quizá algo más reciente, pero fuera lo que fuese, esas tablas debían salir.

—¿Tienes piezas de repuesto?

Amelia asintió.

Cogí las piezas y, cuando regresé, Sebastian estaba de pie sobre una de las zonas irregulares del suelo. Dio una leve patada con la punta del pie y se desprendió una pequeña astilla de madera.

—¿Esto es lo que vamos a hacer? —preguntó Sebastian.

Amelia asintió. —Si queréis.

—Por mí, perfecto.

—Muchas gracias a los dos. Os lo agradezco mucho. Si necesitáis más ayuda, avisadme y buscaré a alguien que haga de chico de los recados.

Sebastian y yo intercambiamos una mirada y negamos con la cabeza. —Estaremos bien.

—Perfecto. Gracias, chicos.

Sebastian y yo trabajamos juntos sin dificultad. Él sacaba una pieza y yo encajaba una tabla nueva en el hueco. Reemplazamos las secciones una a una y ya llevábamos la mitad cuando Sebastian se detuvo, echó un vistazo alrededor y luego me miró.

—Entonces, ¿qué pasa entre tú y Daniel?

—No pasa nada —solté con brusquedad. Adoraba a Sebastian y lo consideraba uno de mis amigos más cercanos, pero no me gustaba que me preguntasen por cosas que ni yo misma acababa de entender.

Sebastian se rió entre dientes. —¿Recuerdas lo que me dijiste cuando lo de Zoey empezaba?

Negué con la cabeza. Hablamos muchas veces sobre Zoey; no estaba segura'de cuál de ellas hablaba.

—Te presentaste en mi casa una noche. Me sacaste que estábamos juntos pero no se lo habíamos dicho a nadie. Yo seguía convencido de que lo mío con Zoey era temporal; no estaba'preparado para admitir que quizá se quedara. Dijiste que me estaba equivocando.

—Daniel es distinto —dije.

—Sé que lo crees. Pero vi cómo te miraba. Creo que intentó romperme la mano; apretó bastante. Puede que él se'diga que lo suyo es pasajero, pero él'no está actuando como si lo vuestro fuera algo temporal.

Suspiré. No podía'llegar hasta ahí. Ni siquiera nos habíamos'besado aún. Solo'habíamos tenido una cita. Pensar en algo que durara más de tres meses'no se me pasaba por la cabeza.

No es que pensara admitirlo, de todos modos.

—Ahora sé por qué te enfadaste tanto conmigo aquella noche —dije.

Sebastian se echó a reír. Pero no'insistió. Sabía que no debía hacerlo.

Trabajamos unos minutos más. Me eché hacia atrás y lo miré. —Hace'mucho'que no salgo con nadie.

—¿Y eso significa que no'puedes tener esperanza?

Exhalé una risita. —Significa que no'sé cómo tener esperanza. ¿Tú tenías alguna?

Él se rió entre dientes. —Ya sabes que'no. Tú y yo... siempre'hemos podido vernos. Sé cómo te sientes ahora.

—¿Y tú?

Asintió. —Tienes'miedo porque quieres creer que es posible, pero no lo'crees.'Es'la peor paradoja del mundo. Porque es'tu corazón.'

—Mi corazón se rompió hace mucho tiempo. No'estoy segura de haber descubierto cómo recomponerlo.

—¿Tu madre? —preguntó.

Negué con la cabeza. —Ella fue solo el principio.

—¿Confías en él?

Contuve el aliento. —Esa'es siempre la pregunta, ¿verdad?

Él sonrió. Lo entendió. Sabía lo que decía y lo que callaba. 'Ya había estado allí.'Lo había vivido.'Lo comprendía.

Se inclinó, pasó su mano por detrás de mi nuca y me acercó. Nuestras frentes se tocaron. Compartimos el mismo aire durante un instante.

Todo lo demás se desvaneció. Solo éramos mi amigo y yo, compartiendo un momento.

Y supe que él'siempre estaría ahí para mí. Si las cosas no'salían bien con Daniel, todavía'tendría a Sebastian, a Piper, a Haley y a todos mis otros amigos.

Tal vez estaba bien arriesgarme. Con Daniel. Con mi corazón. Con el amor.

10

—¿Te apetece comer algo? —preguntó Daniel mientras salíamos al exterior tras la limpieza del Centro Comunitario.

—Claro, me apetece.

—Genial. Por supuesto, tengo que pedirte que decidas adónde iremos.

Me reí entre dientes. —¿Qué te parecen unos tacos?

—Uno de los mejores inventos gastronómicos de la historia.

Solté una carcajada. —Opino lo mismo. ¿Has ido a Just Tacos?

Gruñó. —Creo que a estas alturas se saben mi pedido, voy tan a menudo.

—Yo igual. Pero vale la pena.

—Estoy de acuerdo.

He salido del aparcamiento junto con todos los que han trabajado en la reparación del gimnasio y de otras zonas del Centro Comunitario. Estoy contenta con el trabajo que Sebastián y yo hemos realizado. Hemos sustituido todas las partes del suelo que se estaban levantando y hemos anotado algunas más que habrá que cambiar pronto. Amelia tenía material de sobra, y Sebastián y yo acordamos que volveríamos el mes que viene para adelantarnos a las siguientes zonas.

—Tú y Sebastián parecéis muy unidos —comentó Daniel una vez que íbamos de camino de vuelta al pueblo.

—Sí, lo somos. Es como un hermano para mí.

—No lo parecía —murmuró Daniel.

—¿Qué ha sido eso? le he preguntado, aunque lo había oído.

Ha suspirado. —Nunca he visto a nadie tan cariñoso con un hermano. Ni siquiera con alguien que no sea su pareja.

He negado con la cabeza, intentando averiguar cómo explicar mi relación con Sebastian. Luego he decidido que no tenía por qué hacerlo. Era mi relación. Y si a Daniel no le gustaba, no tenía por qué quedarse.

—No necesitas entenderlo. Y no tienes derecho a juzgarnos. Su mujer es amiga mía, y Seb y yo llevamos años siendo muy unidos. Le quiero como a un hermano y él siente lo mismo por mí. No es distinto de lo que siento por Piper, Gavin, Knox o Haley. Solo vas a estar aquí tres meses. No voy a cambiar relaciones que mantengo desde hace años porque te resulten incómodas.

Se quedó callado el resto del camino hasta Just Tacos. He estado a punto de ir directamente a nuestro edificio de apartamentos, pero tenía hambre. Si él no quería cenar conmigo, podía sentarse en otra mesa, pero yo no iba a saltarme la cena porque él no tuviera amigos como los que tengo yo.

—Tienes razón —dijo antes de que abriera mi puerta—. Si fuera mujer, ni siquiera lo pensaría dos veces, pero eso es de mente cerrada y está mal. Estaba celoso, y eso es una mierda. No estoy acostumbrado a sentirme así.

Lo he mirado con dureza. —Tienes que superarlo. Sebastian es un buen amigo. Mucha gente de este pueblo es muy cercana a mí.

—Y no tengo derecho a decirte cómo debes comportarte con ellos. Te pido perdón por haberlo intentado. Extendió la mano y sujetó la mía con firmeza.

—Gracias. Se me cortó la respiración. Me miró con una intensidad que rara vez veía dirigida a mí.

—Sofia, —susurró. Se inclinó hacia mí. Se detuvo a medio camino, dejándome decidir si quería besarlo.

Lo deseaba. Más de lo que quería admitir. Me incliné hacia delante, sin apartar la vista. Me detuve cuando aún nos separaban unos centímetros. No iba a ser yo quien se lanzara de nuevo al beso. No después del épico fracaso de la última vez.

Alzó la mano y me rozó el cuello. La yema de sus dedos jugueteó con los finos cabellos que no se habían quedado atrapados en mi coleta. Enroscó los dedos y me atrajo hacia él presionando sobre la nuca.

Me incliné, poniendo a prueba mi confianza en él de nuevo. Él se encontró conmigo a mitad de camino, sus labios suaves rozando los míos. Contuve el aliento, con la sorpresa, la dicha y el alivio fundiéndose en uno.

Sus labios se movieron sobre los míos, apartándose solo para volver a presionarlos. Su lengua se deslizó, juguetona, entre mis labios y me hizo suspirar de puro placer.

Se abrió paso con la lengua en mi boca sin encontrar la más mínima resistencia. Deslicé la mía junto a la suya y gemí suavemente ante su tímida provocación. Sus dedos se aferraron con más fuerza a mi nuca y me acercaron mientras él se acomodaba en el asiento.

—Sofia, —susurró.

—¿Sí?

—Llevo queriendo hacer eso desde el día en que nos conocimos.

Solté una risita. —Lo dudo. Me pasé nuestra primera reunión durmiendo.

Tenía el rostro muy cerca; nuestros labios seguían rozándose mientras hablábamos. Sus ojos estaban abiertos, buscando los míos. —Cuando te vi en la acera, pensé que eras deslumbrante.

Resoplé y me aparté. —Estoy contenta con mi aspecto, pero sobre todo porque me gusta estar sola. No necesito una relación para sentir que me va bien. Eso me lo enseñó mi madre.

Se quedó callado un momento. Echaba de menos la sensación de su mano en mi nuca, sus labios sobre los míos. Pero había sido yo quien se había apartado.

—Siempre he querido la aprobación de los demás. Parte de eso parece consistir en estar con alguien. No se me dan bien las relaciones; siempre lo estropeo todo.

—Quizá sea porque invitas a una mujer a salir y luego te niegas a besarla porque crees que se ha olvidado de que solo estarás aquí tres meses.

Su sonrisa se ladeó, cargada de humor autocrítico. —Por ejemplo, ¿no?

—Sí, solo un ejemplo al azar de lo que podría haber ocurrido.

Soltó una risita. —Quizá algún día consiga entender a las mujeres.

—Lo dudo. Somos confusas y frustrantes, igual que los hombres.

—Desde luego.

Nos reímos juntos y después nos bajamos de mi todoterreno. Daniel insistió en pagar la comida otra vez, aunque yo había dicho que esta vez pagaría yo. Desestimó mi intento con un gesto y entregó suficiente dinero para cubrir nuestra comida y la de la familia que hacía cola detrás de nosotros.

—Ha sido un gesto muy bonito—susurré cuando nos sentamos.

Se encogió de hombros. —Es bueno devolver un poco. Las familias siempre son un buen objetivo porque la mayoría lo pasa mal. Incluso si no es así, llevan una vida más dura que la mía.

—Es muy amable por tu parte.

—Gracias. Entonces, ¿cómo te involucraste en el Centro Comunitario?

Di un sorbo de agua y traté de recordar la primera vez que estuve allí. —Hace tiempo. La esposa de James, Trinity, empezó a trabajar allí cuando se mudó al pueblo. No la conocía, pero conocía un poco a James. Piper empezó a juntarse con ese grupo y me arrastró con ella.

—Lo dices como si no quisieras ir.

Negué con la cabeza. —La verdad es que no. No me desenvuelvo bien en grupos grandes. Me resulta más fácil cuando estoy con pocas personas. Piper trabajaba de camarera en O'Kelley's. Es' muy simpática y habladora, y siempre les atendía cuando entraban. La invitaron a salir con ellos un fin de semana y siguió yendo. Ahora me encuentro más a gusto con ellos, pero al principio me resistía a ir.

—Es agradable tener amigos con quienes pasar el tiempo.

—Sí. Muchas de ellas están casadas o salen con los chicos que conociste en O'Kelley's.

—¿Cómo sabes que conocí a los chicos en O'Kelley's?

—Pueblo pequeño. Y supuse que era eso o que James te había detenido, pero pensé que probablemente no llamaría a gritos a alguien a quien hubiera arrestado.

Daniel se echó a reír. —Buena capacidad de deducción.

—Eso pensaba.

—¡Sofia! —llamó María desde la barra.

—Ya voy yo —dijo Daniel.

Lo observé acercarse al mostrador. Le dijo algo a María.

Ella le sonrió y se rió de lo que fuera que le dijo. Miró hacia mí y agitó la mano. Yo le devolví el saludo, riéndome cuando Daniel se giró hacia mí y María se derritió detrás del mostrador.

—¿De qué te ríes? —preguntó Daniel mientras dejaba nuestra bandeja sobre la mesa.

—Nada —mentí.

Frunció los labios para contener la sonrisa y negó con la cabeza, pero no insistió en que se lo contara.

Repartimos la comida, cada uno cogiendo sus tacos preferidos. Desenvolví el primero y le di un bocado, gimiendo al mismo tiempo que Daniel.

Nuestras miradas se cruzaron y ambos soltamos una risita.

—Está buenísimo —dijo.

Asentí. —Siempre. Buena elección.

—La elegiste tú.

Sonreí. Algunos hombres se atribuirían el mérito, pero Daniel estaba dispuesto a admitir que había sido idea mía. No lo pensé hasta después de que lo dijo.

Nos comimos los tacos deprisa, devorando la comida y recogiendo con nachos lo que se caía. Daniel preguntó por el Centro Comunitario y los niños a los que ayudan allí, y propuso volver el mes que viene.

—No sé si fui de mucha ayuda, pero me lo pasé bien. No suelo tener la oportunidad de hacer cosas así.

—¿A qué te dedicas? —pregunté, dándome cuenta de que no sabía mucho de su vida.

—Trabajo en la industria musical.

Me quedé helada. ¿Cuáles eran las probabilidades? Mi padre estaba allí durante el verano y Daniel también. ¿Conocía a mi padre? ¿Se había enterado de que se iba a quedar conmigo y decidió venir? ¿Había algún motivo para que él estuviera allí?

—¿De verdad? —pregunté—. No mucha gente de esta zona tiene nada que ver con la industria musical.

Se rió. —Lo sé. Resulta refrescante.

—¿A qué decías que habías venido?

—Necesitaba un descanso. Unos meses fuera para alejarme del ambiente tóxico en el que siempre estoy.

—Desde luego —murmuré.

—¿Qué has dicho?

—Nada. He oído que no es precisamente positivo. ¿Qué haces en la industria?

—Ahora mismo nada. Estoy, digamos, entre proyectos —dijo, bajando la mirada hacia su envoltorio y cogiendo un diminuto trozo de queso rallado. Se lo metió en la boca y luego me sonrió. —¿Estás lista para irnos?

El cambio de tema me hizo preguntarme si ocultaba algo. Nunca había percibido de él malas vibraciones ni sentido que intentara llegar hasta mi padre, pero ya me habían engañado antes.

Tiramos la basura y dejamos la bandeja sobre el contenedor. Daniel me sostuvo la puerta y me siguió hasta el todoterreno. Lo puse en marcha y me quedé pensativa.

—Solía conocer a alguien de la industria musical —confesé—. Salimos durante un tiempo.

Su rostro delató su sorpresa, aunque enseguida se recompuso.

—Le tengo mucha antipatía a cualquiera que esté metido en ese mundillo.

—¿Incluso a mí? —preguntó.

—No te conozco lo suficiente como para saberlo con exactitud.

—Vaya —se recostó en su asiento, y la sonrisa se le borró —. No conozco a muchas mujeres que tengan esa sensación. La mayoría quiere meterse en mi cama con la esperanza de que pueda cambiarles la vida. Y no solo mientras estamos en la cama.

Me reí de su comentario, consciente de que era la pura verdad. Lo había visto más veces de las que podía contar. Mujeres que querían acostarse con un rockero y se conformaban con un técnico de sonido o un roadie si eso les permitía entrar en un lugar donde el público general no tenía acceso.

—Me prometí a mí misma que nunca volvería a involucrarme con nadie de la industria musical.

—No me esperaba eso.

Inhalé hondo. Cuando tomaba una decisión, jamás daba marcha atrás. Nunca. Pero nunca había tomado dos decisiones que se contradijeran entre sí. Decidí involucrarme con Daniel antes de saber a qué se dedicaba. Quizá fue una tontería no hacer más preguntas antes de aceptar pasar los próximos meses con él, pero quizá lo más tonto había sido decidir no relacionarme con nadie del mundo de la música solo por culpa de Nate.

Había hombres de mierda en todos los ámbitos de la vida. Tipos dispuestos a hacer lo que fuera por avanzar. Hombres que veían a las mujeres como peones y posesiones que manipular y usar a su antojo.

Si Daniel era así, no importaba cuál fuese su trabajo, yo no querría estar con él. Pero yo no creía que fuera él. No podía decir que confiara por completo en él, pero me atraía. Y hacía mucho que no me sentía atraída por un hombre, por ningún hombre. Salir con alguien era un ejercicio frustrante, como todo ejercicio, y llevaba años sin disfrutarlo.

Pero disfrutar del tiempo con Daniel me encantaba. ¿Y aquel beso? Todavía me hormigueaban partes que no habían sentido cosquillas en mucho tiempo.

No tenía un buen motivo para negarme a pasar tiempo con él. Puede que cambiara mi vida, pero yo solo buscaba aquello de cambiarme la vida en la cama, no en el mundo real. No me interesaba involucrarme de nuevo en la industria musical. Y cuando Daniel se marchara en tres meses, le saludaría con la mano y lo vería volver felizmente a esa vida.

Antes de que pudiera echarme atrás en la decisión que había tomado, me incliné sobre la consola central y le agarré de la camiseta. La expresión de sorpresa en su rostro bastó para hacerme saber que no' esperaba que cambiara de opinión, pero la manera en que me sujetó de la cadera e intentó arrastrarme por encima de la consola me dejó claro que estaba totalmente de acuerdo con lo que estaba haciendo.

Nuestros labios se encontraron con las lenguas marcando el camino; los labios eran algo secundario. Su sabor me recordó vagamente a tacos, aunque estaba segura de que yo también sabía a lo mismo. Solo quería sentirlo, demostrarme que había tomado la decisión correcta.

Y los gemidos y suspiros que se me escapaban confirmaban que así era.

—Tu casa —jadeé, apartándome. Engrané la marcha y dirigí el coche hacia nuestro edificio.

Su mano me abrasó el muslo a través de los vaqueros. Quería que la subiera más, pero sabía que sería una pésima idea. Sus dedos se tensaron sobre mi pierna, luego aflojaron y acariciaron la carne que habían apretado.

Aparqué a una manzana de nuestro edificio, gruñendo al ver que todas las plazas cercanas estaban ocupadas. Apagué el motor y me dispuse a salir, pero él me detuvo.

—Una más —murmuró mientras me atraía para otro beso.

Su mano fue a mi nuca, acercándome y manteniéndome donde quería mientras devoraba mis labios. Su lengua irrumpió en mi boca, provocándome y saboreándome. Su mano me mantenía quieta, aunque no tenía la menor intención de apartarme.

Dejé que mis manos lo exploraran, deseando sentir la firmeza de su cuerpo bajo mis dedos. Hacía demasiado tiempo que no' me sentía capaz de soltarme. El sexo era una liberación, pero resultaba tan esporádico para mí que había' olvidado que podía atraparme de tantas maneras: que el roce de su barba de las cinco me enviara cosquillas de anticipación por todo el cuerpo; que su aliento en mi mejilla despertara un murmullo de excitación en mi interior; que sus músculos firmes y sus gruñidos suaves me hicieran desesperar por quitarle la ropa y tener su cuerpo sobre el mío.

—Dentro —supliqué, necesitando descaradamente más de él. La decisión estaba tomada y me había dejado elegir sin influir en mis opciones. No' iba a echarme atrás y, ahora que había llegado el momento, estaba más que lista para soltarme y disfrutar del resto de la noche.

Nos separamos, los dos a regañadientes, y volvimos a juntarnos para otro beso antes de salir por fin del vehículo. Me esperó en la acera, tomó mi mano y me apremió hacia el edificio mientras el último resplandor de la noche se desvanecía.

De repente, la puerta del edificio parecía tener la cerradura más enrevesada del mundo, y se me cayeron las llaves tres veces antes de conseguir abrirla y dejarnos entrar. No tenía nada que ver con los besos que me dejaba en la nuca ni con la forma en que sus manos se extendían sobre mi vientre y jugueteaban con la cintura de mis vaqueros. Tenía que ser culpa de la puerta.

Dentro, nos detuvimos en el recibidor, pero me aparté antes de perder la cabeza. No quería que ningún vecino me viera morreándome con alguien del edificio. Arrastré a Daniel escaleras arriba y le siseé para que guardara silencio cuando llegamos a su puerta.

—A nadie le va a importar —me aseguró.

—A la señora Watson le importará, y mucho —dije, señalando con un gesto el piso frente al suyo.

—Le caigo bien. Todo en orden.

—¿Le caes bien? —solté. La señora Watson no soportaba a nadie.

—Sí. Un día la ayudé a subir la compra. Charlamos.

—Eso no significa que le caigas bien.

Se encogió de hombros, introdujo la llave en la cerradura, giró el cerrojo y por fin nos dejó entrar en su piso. —Tampoco significa que le caiga mal.

Estaba a punto de replicar, pero él cerró la puerta y me empujó contra ella al instante. Sus llaves cayeron al suelo y su cuerpo entero se pegó al mío, incluida una larga, gruesa y dura protuberancia que moría por acariciar.

Sí, con las dos.

11

TREY

$\mathcal{M}$i cerebro me decía que aflojara, pero mi cuerpo le ordenó que se sentara y se callara. Dios, esta mujer. No tenía ninguna agenda oculta. Ningún deseo añadido de conocer al siguiente tipo que le hiciera subir otro peldaño. Me quería a mí.

No podía recordar la última vez que una mujer me quiso por mí mismo. Sinceramente, no estaba seguro de que hubiera pasado alguna vez. La primera mujer con la que estuve fue una a la que el hermano de Seth me presentó. Dijo que cuidaría bien de mí. Era una groupie, pero le gustaban los chicos jóvenes. Fue mi regalo de decimoctavo cumpleaños de parte de Seth, que había cumplido dieciocho unos meses antes que yo y sabía que Valerie sería un regalo perfecto.

Y vaya si lo fue; ni siquiera se rió cuando me corrí contra su pierna la primera vez, antes siquiera de entrar en ella, y después me dejó intentarlo de nuevo, tomándoselo con filosofía cuando solo aguanté dos minutos. Me dio instrucciones para que a ella también le valiera la pena y, acto seguido, me permitió otro intento. Esa vez duré cinco minutos y me sentí un rey.

Después de Valerie me lancé de cabeza: primero aprovechando mis contactos más tímidos, luego los reales y, finalmente, mi propia fama para meter mujeres en la cama. Tiraban bragas al escenario con números de teléfono escritos en ellas. Me metían papelitos en los bolsillos. Números en servilletas. Y luego estaban las mujeres que los mánagers y los ejecutivos nos traían. Mujeres que pagaban un extra por conocer a la banda y que, a veces, recibían como bonus acostarse con alguno de nosotros.

Para todas y cada una de ellas, yo era Trey Ryan. Daniel no existía. Nadie conocía el nombre Daniel, mi segundo nombre, y ninguna lo sabría jamás. Era el nombre que compartía con mi padre y mi hermano, una tradición familiar transmitida desde mi bisabuelo.

Pero Sofía me llamaba Daniel. Susurraba el nombre mientras mis manos se ceñían a sus caderas y le acariciaban el trasero. La atraje hacia mí, dejándole sentir lo que me provocaba.

La deseaba. Más de lo que había deseado a ninguna mujer en mi vida. Porque era un premio. No me la habían puesto en bandeja. Tuve que esforzarme para conseguir que subiera a mi piso. No podía exhibir mi estatus de estrella del rock y lograr que se quitara las bragas. Lo hizo porque de verdad me quería a mí.

—Dormitorio —susurró, con una voz tan desesperada como la sangre que me latía en las venas.

Me obligué a separarme de ella y tiré de su camiseta, levantándola por encima de su cabeza. Llevaba el sujetador deportivo menos sexy que había visto en mi vida y, aun así, me puse más duro al encontrar sus senos plenos envueltos en él.

—Está claro que no pensaba acabar así esta noche.

—Yo tampoco, pero eso lo hace mejor, ¿verdad?

Ella asintió. —Devolver la jugada es lo justo. Alargó la mano hacia mi camiseta y agarró el borde mientras una sonrisa le curvaba los labios.

Me incliné hacia atrás y la ayudé a quitármela.

Ella soltó un jadeo que me fue directo a la polla. Un rubor le subió por el cuello y, joder, estaba a punto de perder el control. Esta mujer era tan sincera y pura.

—Estás... jodidamente bueno —susurró.

Solté una risita, sorprendido por sus palabras. —Podría decir lo mismo de ti.

Ella bajó la vista a su cuerpo. —Lo sé.

Me eché a reír cuando ella movió las caderas y dejó que su vientre se balanceara. Estaba impresionante. No se le marcaban los huesos bajo la piel. No podía contarle las costillas. Ni se le sobresalían las clavículas. No se parecía en nada a la mayoría de las mujeres con las que me había acostado. Era mucho mejor.

Volvimos a fundirnos; las manos encontraron piel desnuda y las bocas se unieron. Avanzamos a trompicones hacia el dormitorio, y a mitad de camino me di cuenta de que Sofia conocía mi casa tan bien como yo. Tal vez mejor.

Empujamos la puerta y encendimos la luz. Sofia se apartó de mí, pero yo negué con la cabeza.

—Quiero verte. Necesito verte.

Ella mordisqueó su labio, pero no protestó ni intentó apagar la luz.

Le cogí la mano y la guié hasta la cama. Nos sentamos en el borde, las manos entrelazadas. —Sé que ya hemos hablado de esto, pero no quiero hacerte daño, Sofia. Me gustas. Si las cosas fueran distintas... Me marcho cuando termine el contrato de alquiler. Y no te lo digo para hacerte daño.

—¿Esta es tu manera de echarte atrás? ¿O crees que 'eres

tan increíble que no 'hay forma de que pase 'tres meses contigo y no me enamore de ti?

Me reí de su sincera valoración. —No te guarda's nada, ¿verdad?

—Ya 'hemos hablado de esto. Más de una vez. Si quieres que me vaya, lo haré, sin hacer preguntas. Pero si hemos llegado hasta aquí y vuelves a echarte atrás, no te daré una tercera oportunidad. Incluso dos ya es mucho para mí.

—No me estoy echando atrás. 'Apenas me mantengo en pie ahora mismo. 'Me está costando todo mi autocontrol no desnudarte y ver cómo me cabalgas.

—Yo 'no soy quien está frenando las cosas aquí.

Le aparté el pelo detrás de la oreja y sonreí. Tenía razón. Llevaba esperando a que fuera como todas las demás mujeres que 'había conocido, pero no lo 'era. En cada paso me 'había demostrado que era diferente. El problema lo tenía yo.

Se acabó. La quería. El hecho de que además fuera hija de Jensen Carmack'era irrelevante. Éramos dos adultos que consentíamos y que estábamos bien juntos. Eso era lo único que importaba.

Me deslicé hacia atrás sobre la cama, dejando los pies en el suelo, y tiré de ella hacia mí. Le agarré la cadera, animándola a trepar sobre mí.

Lo hizo, pero se detuvo antes de besarme. Sus ojos se encontraron con los míos, buscando algo, antes de inclinarse lentamente.

Era el puto momento de empezar.

La mujer era una amenaza para mi cordura. Meneó las caderas mientras me besaba, arrastrando su cuerpo enfundado en vaqueros sobre mi polla y haciendo que el muy ansioso suplicara por más.

Estaba a punto de perder la puta cabeza dentro de mis malditos pantalones cuando me empujó hacia atrás.

—Si voy a montarte, más te vale tener condones, porque no pienso irme a mi piso ahora mismo.

—Baño —murmuré.

—Desnúdate. Ahora vuelvo.

Se dio la vuelta y se dirigió al baño, deshaciéndose del sujetador deportivo por el camino. Lo dejó caer al suelo antes de desabrocharse los vaqueros y, acto seguido, desapareció en el diminuto espacio que comunicaba el dormitorio con el salón.

Salí de mi trance, me desabroché los vaqueros y bajé la cremallera antes de ponerme en pie y empujar pantalones y bóxers por mis piernas. Me incliné para quitarme los calcetines y lo aparté todo de una patada justo cuando una Sofía completamente desnuda regresaba a mi habitación con una tira de condones.

—He pensado que es mejor venir preparada —dijo, arrancando uno y dejando el resto sobre la mesilla.

—Joder, eres preciosa —susurré.

Su vientre estaba lleno y redondo. Sus pechos descansaban sobre él, con los pezones rosados erguidos. El vello entre sus muslos era más oscuro de lo que esperaba y tan espeso como el resto de ella. No era una mujer que se acicalara y puliera su cuerpo para agradar a un hombre. Era una mujer natural que me dejaba sin aliento y me hacía desear adorar sus curvas para siempre.

No. No para siempre. Durante tres meses. Nada más.

—Soy un valor seguro, Daniel. No hace falta que me endulces el oído.

Negué con la cabeza. —Para nada intento engatusarte. Solo soy sincero.

—Entonces, gracias.

—Ven aquí —susurré. Quería sentirla entera pegada a mi cuerpo. Su calor, su suavidad, sus curvas.

Fue incluso mejor de lo que me había dicho a mí mismo

que sería. Dejé que mis manos se deslizaran por su espalda, su vientre y sus pechos. Acaricié sus pezones y jugueteé con su ombligo. Le sujeté el culo y la atraje con fuerza hacia mí.

Gemía, jadeaba y gruñía. Sus manos vagaban tanto como las mías; sus uñas me arañaban la espalda y sus dedos me retorcían los pezones.

Nuncahe explorado a una mujer así. Nunca me he tomado el tiempo de averiguar lo que le gustaba. Y jamáshe permitido que ninguna descubra lo que me gusta. Joder, ni siquiera sabía que me excitaban unas uñas en la espalda ni el susurro de su aliento en mi rostro.

Una de mis manos se deslizó entre nosotros, separándole los muslos. Ella noprotestó ni dudó en dejarme entrar; los abrió de par en par para que mi mano apartara su vello y llegara a sus labios.

Gimió cuando rocé su clítoris por primera vez. Seguí adelante, queriendo comprobar lo húmeda que estaba. Sus labios rebosaban y su flujo empapaba mis dedos antes de introducir uno en su interior.

—Estás jodidamente mojada —gemí.

—Hace bastante.

—Gracias por elegirme.

Ella gruñó. —Creo que quien debería dar las gracias ahora mismo soy yo.

Sus dedos se clavaron en mis hombros para sostenerse, pero nose movió hacia la cama. Añadí un segundo dedo a su interior antes de deslizar ambos hacia arriba y acariciar su clítoris. Con un dedo a cada lado, sus caderas se balanceaban conmigo y ella jadeaba.

—Oh, joder —susurró.

—Te sientes tan jodidamente bien —le dije.

—Ajá —gruñó, con los muslos temblándole mientras yo la acariciaba más rápido y su orgasmo la sacudía.

La sostuve con la mano libre, soportando su peso cuando

las rodillas le flaquearon. Me mordió con fuerza el hombro, sus caderas chocando contra mis dedos.

—Sí, sí, sí —gemía y sollozaba, sus súplicas apenas audibles con mi hombro en su boca.

—Más, Sofía, —exigí, hundiendo tres dedos en ella y presionando su clítoris con el pulgar. —Otra vez.

Gimió, pero no se apartó. Sus caderas siguieron moviéndose, rogándome justo lo que le estaba dando. Tenía la boca entreabierta, los ojos cerrados y parecía estar en el cielo.

Estaba enganchado. Joder, quería más. Podría mirarla toda la noche. Ni siquiera necesitaba correrme yo; bastaba con verla perder la cabeza.

Nunca he visto nada más hermoso.

—Daniel —susurró, llevando sus labios a mi cuello. Lamió el punto donde se juntan el cuello y el hombro.

Mi polla dio un respingo, rechazando la idea de no participar en aquello.

—Córrete para mí, Sofía. Encogí los dedos en su interior, acariciando su punto G, y dejó de respirar. Sus caderas se quedaron quietas.

Entonces estalló. Gimió largo y fuerte, incapaz de contenerse. Su cuerpo tembló. Sus caderas se acercaban a mi mano y se apartaban en cuanto tocaba su clítoris. Su rostro se contrajo, como si le doliera. Me rodeó el cuello con los brazos, presionó su cara contra él de nuevo, abrió la boca y clavó los dientes en el tendón que bajaba hasta mi hombro.

—Joder —sisée. El dolor me sacudió con un chispazo de placer y ya no estaba seguro de aguantar hasta estar dentro de ella.

—Sí, hagámoslo —dijo, apartándose de mí y buscando un preservativo—. Ahora.

Sostuvo el condón con los dientes y me empujó hacia la cama. Me acarició con ambas manos, una en sentido contrario a la otra, y me hizo poner los ojos en blanco.

—Joder, Sofía. Yo... Tienes que parar.

Me dedicó una sonrisa ladeada. La bribona sabía perfectamente lo que hacía. Pero no era el único a punto de perder la cabeza. Le temblaban las manos mientras rompía el envoltorio del condón. Me lo colocó despacio y volvió a acariciarme cuando estuvo completamente puesto.

Se me pusieron los ojos en blanco y se quedaron así. Hasta que la sentí subir a la cama y colocarse a horcajadas sobre mí.

La vi abrir sus muslos sobre mi cuerpo. Estaba húmeda, carnosa y perfecta. Quería saborearla. Lamerla hasta que se corriera con fuerza y me suplicara más.

La próxima vez.

—Métete dentro de mí —susurró con la voz estrangulada.

Sujeté mi polla con una mano y coloqué la otra en su muslo. Ella me observaba mientras yo veía cómo me deslizaba dentro de ella. Se tragó la mitad antes de alzarse y volver a bajar, abriendo los muslos para acoger más de mí. Tres embestidas y su cuerpo chocó con el mío.

Ya estaba jodidamente al límite. Sólo aquel poquito de su estrecho canal sobre mí me tenía a punto de explotar. Quería follarla duro, pero si lo hacía, todo habría terminado en unos segundos.

—Fóllame, Daniel —murmuró.

Mi mirada se enganchó a la suya, una mirada de párpados pesados, llena de lujuria, que gritaba fóllame. No tenía respuesta para ella. Ni réplica. Ni argumento.

Sólo mi ansiosa polla y la mujer más sexy que jamás había tenido en mi cama, ambos del equipo de lo duro y lo rápido.

Mis manos fueron a sus muslos. Ella se alzó al mismo momento, sus músculos se tensaron y me demostraron lo fuerte que era. Me impulsé dentro de ella cuando volvió a bajar y ambos gemimos.

Nuestro ritmo era fácil; el chasquido de nuestros cuerpos

mojados marcaba un compás al que ninguno podía resistirse. Sus jadeos y mis gruñidos añadían profundidad a la música que creábamos. Sus muslos de acero y su centro suave trabajaban juntos, bombeándome y suplicándome que la llevara adonde necesitaba llegar.

—Daniel —susurró. Su ritmo vaciló.

Presioné su clítoris y su compás volvió a sincronizarse con el mío. Sus pechos botaban, su vientre ondulaba, todo su cuerpo se movía al ritmo de nuestra follada.

Era una canción preciosa, erótica y apasionada. Me hormigueaban las manos, la polla me palpitaba, los huevos me dolían.

Y entonces Sofia se corrió.

Ha gritado su orgasmo, la voz principal de nuestra canción carnal. Su sexo ha latido y se ha contraído a mi alrededor. Se ha dejado caer hacia delante apoyándose en las manos; sus uñas se me han clavado en el pecho.

Todo ello me ha arrastrado con ella; mi orgasmo me ha tomado desprevenido mientras contemplaba el impactante espectáculo de Sofía.

—Oh, joder —he gemido. La explosión me ha oscurecido la vista y me ha encogido los dedos. El que tenía sobre su clítoris la ha lanzado a otro orgasmo, ordeñando mi polla mientras palpitaba dentro de ella.

—¡Oh! —gritó.

Un segundo después se ha desplomado sobre mí, completamente exhausta.

Una de mis manos ha quedado atrapada entre los dos. La otra sujetaba su muslo. Mi polla se niega a aflojar, ansiando otra ronda con ella.

Por una vez, mi cerebro y mi polla están de acuerdo.

Una melodía ha sonado en mi mente. Una que no conozco. Sé que es mi musa burlándose de mí otra vez.

Nuestra respiración es el único sonido más allá de la

melodía en mi cabeza. Cierro los ojos e intento aferrarme al ritmo, pero se esfuma. Cuando Sofía se incorpora y se aparta de mí, la canción ya ha desaparecido.

—Vaya —ha dicho Sofía.

Me he reído por lo bajo. —Sí.

—No sé ni qué decir. Ha sido alucinante.

He negado con la cabeza y la he atraído de nuevo hacia mí. Con la mano libre he podido abrazarla con las dos. —No hay palabras para eso. Creo que aún no se han inventado.

Ella ha reído, su aliento en mi pecho mientras apoyaba la cabeza sobre mí.

No ha intentado apartarse de mí ni correr al baño. Simplemente se ha quedado allí, tan contenta como yo de prolongar el momento un poco más.

La melodía volvió, con la cabeza de Sofía' sobre mi pecho. Era demasiado suave para que la tarareara, pero ahí estaba. Por primera vez en meses, había música en mi mente.

—Es' bueno saber que mi sujetador deportivo de algodón no te ha cortado el rollo' —dijo, incorporándose de nuevo y apartándose de encima de mí.

Mi polla se relajó, pero no se' vino abajo. Seguía medio dura y lista para la acción con un poco de estímulo. Me incorporé y observé cómo Sofía salía de la habitación.

La oí usar el baño; la puerta abierta revelaba un nuevo nivel de intimidad para mí. El váter se vació y el agua corrió. Luego volvió.

—Probablemente necesitemos uno nuevo antes de la próxima vez —dijo, señalando mi polla mientras hablaba.

Bajé la vista, preguntándome qué le pasaba antes de darme cuenta de que se refería a un preservativo nuevo. —Me has asustado por un momento —admití.

Ella se echó a reír. —Ni hablar de cambiar de polla. Esa es adictiva.

Me puse en pie, invadiendo su espacio personal. —Y tu' coño también.

Jadeó ante la palabra tan cruda, pero una sonrisa lenta se dibujó en sus labios. —Entonces creo que necesitamos un minuto para recargar antes de volver a sucumbir a nuestra adicción.

—Sucumbiré' a esa adicción todo lo que tú' quieras —susurré.

La besé con fuerza y le acaricié entre los muslos, encantado de que gimiera y se abriera para mí. Deslicé un dedo en su interior y comprobé que seguía empapada.

—Desde' luego, aún no he terminado contigo esta noche.

Ella sonrió de medio lado. —Bien.

12

SOFIA

Mi despertador sonó demasiado temprano a la mañana siguiente. En realidad tenía intención de volver a mi piso, pero Daniel fue muy, muy persuasivo y me convenció de compartir su cama toda la noche.

—¿Qué hora es? —preguntó con la voz ronca de la mañana.

Un escalofrío me recorrió la espalda. Su mano me rodeó la cintura y me volvió a meter bajo las mantas calientes, pegándome a mi otra cosa favorita de la mañana.

Y pensar que nunca he sido de mañanas.

Me besó la mejilla y jugueteó con un pezón demasiado despierto antes de deslizar la mano por mi vientre.

—Tengo que irme —contesté, sin hacer el menor intento de salir de su cama.

—¿Tan pronto?

—Son las siete. Empiezo mi jornada a las ocho.

—Dios santo, ¿por qué? ¿No es sábado?

Me reí. —Lo es, pero tengo cosas que comprobar cada día de la semana. Además, la mayoría de la gente tiene que trabajar para poder pagar el alquiler. A diferencia de ti.

—Trabajo —gruñó, más ofendido de lo que esperaba.

Me giré para mirarle y me topé con un ceño fruncido y un halo de culpa. —No debería haber dicho eso. Lo siento. Saqué conclusiones porque llevas aquí tres meses. Ha sido sarcástico y desagradable.

Inspiró hondo y se sacudió, visiblemente, el malestar que se había instalado sobre él. —Está bien. Es solo que... mis padres tienden a decirme lo mismo: que en realidad no trabajo, que mi empleo no es importante.

—Es una putada por su parte. La música aporta alegría a la gente. Hace feliz a las personas. Mis problemas con la industria musical no tienen nada que ver con el resultado final. Sé lo importante que es. Sé cómo una canción puede cambiarte el día o, en algunos casos, la vida.

Asintió, y su mirada se suavizó al recordar. —La primera vez que me sentí así, lloré. Mi padre era ministro de música en nuestra iglesia, así que la música siempre me rodeó, pero un día, poco después de que a mi hermano le diagnosticaran cáncer de garganta, escuché una canción. Sentí que no estaba solo. Mis padres estaban completamente centrados en Michael, y la mayoría del tiempo yo estaba solo. Pero en aquel momento, no lo estaba.

Me quedé mirándole atónita, conmocionada, triste y comprensiva. Había mencionado que su hermano murió cuando Daniel estaba en el instituto, ¿pero cáncer? —Lo siento muchísimo, Daniel.

Se encogió de hombros. —Siempre le echaré de menos. De hecho lo superó y estaba bien, pero volvió. La segunda vez, el cáncer estaba más avanzado antes de que se lo contara a mis padres. Quería tener la oportunidad de ser él mismo. Le presionaron para que se sometiera a tratamiento, pero no fue suficiente.

—Vaya... No tengo ni idea de qué decir.

Me estrechó contra sí. —No pasa nada. La verdad, no sé

por qué te estoy contando todo esto. Nunca he hablado de Michael.

Le rodeé la cintura con el brazo y me acurruqué contra él, sin preocuparme por la alarma, ni por llegar tarde ni por nada que no fueran unos cuantos momentos robados más con este hombre.

—Escribo música —susurré.

—¿Cómo? —soltó.

—Nunca se lo he contado a nadie, pero he escrito unas cuantas canciones. Normalmente solo la letra, pero he probado a componer la música en algunas.

—Es alucinante. Y no es nada fácil.

—Yo también crecí con la música. Conozco esa sensación que' describes. La sentí cuando era adolescente; se te mete en los huesos y se convierte en parte de ti. He luchado contra ella gran parte de mi vida, pero la música siempre está ahí. Canciones, melodías y baile... ' Es parte de mí.

Daniel asintió. —Yo también. Guardó silencio un minuto y luego susurró, —¿Tocarías una de tus canciones para mí?

Inspiré de forma rápida y brusca. Nunca había compartido mis canciones con nadie; ni siquiera lo había pensado. Piper no tenía ni idea, nadie la tenía. Aquellas canciones no eran para nadie más. Eran para mí.

Pero me oí decir, —Sí.

—Gracias.

Daniel se inclinó y me besó. Fue un beso suave, como el momento que estábamos viviendo. No había prisas ni relojes: solo éramos dos personas con todo el tiempo del mundo que elegían pasarlo juntas.

Se colocó sobre mí, su erección deslizándose entre mis piernas. El vello áspero de la base rozó mi clítoris y me hizo temblar. Se reacomodó, situando su polla entre nosotros y frotando mi clítoris con el glande.

—Oh, joder —gemí.

Me acarició el clítoris con su polla hasta llevarme a un orgasmo rápido y arrollador. Cuando alargó la mano hacia la mesilla para coger un preservativo y se hundió de lleno en mí, yo ya estaba sin aliento y suplicando.

—Tan bueno —susurré.

—Sí —gruñó en señal de acuerdo.

Embestía con fuerza, y el tiempo infinito que teníamos por delante se encogía a medida que el reloj avanzaba. Permanecía suspendido sobre mí, sus ojos buscando los míos mientras cambiaba el ángulo y me obligaba a cerrarlos de golpe.

—Córrete, Sofía.

—Sí —respondí, acercándome al borde. Estaba justo ahí.

Me embistió con fuerza, empujándome hacia el placer. Abrí los ojos y lo observé; su rostro se retorcía en agonía mientras me aguardaba.

Deslicé la mano entre nosotros, rozándole el vientre con el dorso. Sus ojos se abrieron de golpe. La comprensión iluminó su mirada antes de que la lujuria la invadiera.

Se incorporó, apoyándose sobre las rodillas y dejando que las sábanas cayeran a su espalda. Su mirada se posó en mis dedos, que acariciaban suavemente mi clítoris.

—Fóllame —gruñó, clavándose de nuevo en mí mientras miraba mi mano—. —Joder, Sofía.

Mis dedos se movieron más rápido; la aspereza de su voz me empujaba cada vez más cerca. Se hinchó dentro de mí y presioné con fuerza mi clítoris, frotando aquel pequeño botón lo bastante como para hacerme volar y arrastrarlo conmigo.

—Oh, joder. Dios, sí. Sofía —gruñó, cada vez más alto con cada sílaba.

Gemí durante mi orgasmo, temblando por la intensidad de éste.

—¿Cómo puede seguir mejorando? —susurró Daniel al desplomarse a mi lado. Me hizo rodar hacia él y deslizó su brazo alrededor de mi cintura, entrelazando sus dedos con los míos. Besó mi hombro.

—Hace que te preguntes cuánto mejor puede llegar a ser —bromeé.

Estoy 'dispuesto a sacrificar el resto de mi tiempo aquí para averiguarlo.

Solté una carcajada. —Seguro que sí. Pero tengo que ir a trabajar. Ya voy tarde y debería pasar por casa a cambiarme en lugar de pasar el día oliendo como si me hubiera pasado la noche entera teniendo sexo del bueno.

Aspiró el aroma de mi cuello y lamió detrás de mi oreja. —Aún no he podido saborearte, pero esta parte sabe de maravilla.

Me alejé de él y salí a trompicones de la cama. —Eres peligroso. Si te dejo hacer eso, acabarás convenciéndome de pasar todo el día en la cama. Y no puedo permitírmelo, por mucho que Piper me quiera.

Se rió por lo bajo y me siguió fuera de la cama. —Entonces quizá pueda convencerte de volver esta noche. Puedo pedir comida para llevar de muerte.

Salí de su habitación y me metí de nuevo en el baño para darme un minuto y pensar sin quedarme embobada mirando su precioso cuerpo. Era tan tentador que anulaba mis pensamientos. Necesitaba claridad.

—Le he dicho a mi padre que pasaría la tarde con él. 'Apenas le he visto. 'Aún no tengo claro por qué 'está aquí.

—¿No viene a verte a menudo?'

Solté un resoplido. —Es la primera vez que viene a verme.'

—Vaya. Pensaba que era algo habitual, ya que se está quedando contigo.

Tiré de la cadena y me lavé las manos; luego regresé a su dormitorio, donde estaba mi ropa. —Qué va. No somos cercanos.

—¿Entonces crees que hay algún motivo para que esté aquí?

Asentí. —Tiene que haberlo.

—¿Qué crees que es? Daniel aprovechó para entrar en el baño y, al volver al dormitorio, me encontró acomodándome el sujetador y subiéndome las braguitas, mientras sus ojos seguían cada uno de mis movimientos.

Me encogí de hombros. No me había permitido pensar demasiado en cuál podía ser el motivo. —No lo sé. Intento no preocuparme. No es perfecto, pero es la única familia que tengo.

—Lo entiendo —murmuró Daniel.

—¿Te llevas bien con tus padres? Me subí los vaqueros y Daniel hizo lo mismo; prescindió de calzoncillos y se enfundó los jeans por encima de sus caderas desnudas.

Sacudió la cabeza. —No. Se divorciaron después de que Michael murió. Estaban demasiado rotos. Lo entiendo, pero es duro. Michael era... era genial. Nos mantuvo unidos al final, y sin él todos nos desmoronamos.

—Parece que lo estás superando.

Soltó una pequeña risa. —Hago lo que puedo.

—Eso es todo lo que cualquiera de nosotros puede hacer.

—Muy cierto. Me acompañó hasta su puerta y me detuvo antes de que la abriera. —¿Cuándo podré verte de nuevo?

Intenté repasar mi agenda, pero sabía que estaba llena. —Mándame un mensaje esta noche y lo comprobaré.

—Un problema.

Alcé una ceja, con la mano en el pomo. —¿Cuál es?

—No tengo tu número.

—¿Cómo? ¿En serio? Pensé un momento y me di cuenta de que tenía razón. Habíamos hablado y coincidido un par de veces, pero no sabía cómo contactar con él sin llamar a su puerta. —Tienes razón. Toma. Le tendí mi móvil para que escribiera su número.

Ha tecleado algo, luego lo ha borrado y lo ha vuelto a escribir.

—¿Qué ha sido eso?

Negó con la cabeza. —Nada. Solo estaba siendo gracioso, pero me he dado cuenta de que quizá no encontrarías mi número si me pusiera como «El mejor sexo de tu vida».

Recuperé el móvil y esbocé una sonrisa ladeada. —Tienes razón. Ya tengo ese nombre guardado para otros dos chicos.

Él soltó un jadeo y se llevó la mano al pecho. —Me estás matando.

Me eché a reír. —Cambiaré sus nombres después.

Se rió conmigo, me atrajo hacia él y me plantó un beso que bien podría hacerme reorganizar la agenda para dedicarle tiempo. Gemí contra sus labios, enganché una pierna a su cintura y, para ser sincera, me planteé hacer novillos aquel día.

Entonces se apartó y abrió la puerta. —Nos vemos en un rato.

Sonreí ante su despedida —y su promesa— y salí por la puerta.

Con una sonrisa que me duró todo el camino escaleras abajo hasta que abrí la puerta de mi piso.

—¿Dónde has estado? No has vuelto a casa anoche. ¡He llamado a la policía! —gritó mi padre.

—¿¡Has hecho qué!?

Mi padre empezó a pasear de un lado a otro y me lanzó una mirada fulminante. —Siempre vuelves a casa. Eres sensata y razonable. No haces cosas que me obliguen a preocuparme. Pero no has vuelto a casa. ¿Dónde estabas?

Un golpe en la puerta me interrumpió antes de que

pudiera responder. Me di la vuelta y la abrí, sabiendo perfectamente a quién encontraría al otro lado.

—Hola, James —dije mientras abría la puerta.

—Estás en casa —dijo, mirando por encima de mi hombro hacia mi padre.

Retrocedí un paso para dejar entrar a James. —Estoy en casa. Acabo de llegar. Siento que te haya molestado.

—No es molestia. Rowan está afuera mirando tu todoterreno. ¿Todo bien? —preguntó James.

—¡No! No está bien. Mi hija ha estado fuera toda la noche. Podría haberle pasado cualquier cosa.

James me miró detenidamente y sonrió con suficiencia. —¿Quieres que me quede?

Lo empujé hacia la puerta, sabiendo que él sabía perfectamente por qué había estado fuera toda la noche y que no necesitaba un testigo de la conversación que estaba a punto de tener con mi padre. —Todo bien, James. Gracias por preocuparte por mí. Saluda a Trinity.

James se dejó empujar hacia la puerta. La cerré mientras lo oía reírse camino de la salida.

Me giré para enfrentarme a mi padre; la rabia hervía dentro de mí hasta que vi la expresión de su rostro.

—Pensé que te había pasado algo —murmuró.

—Lo siento, papá. Nunca pensé que te preocuparías.

—Eres mi hija. ¿Cómo no iba a preocuparme?

Solté una carcajada sin alegría. No tenía tiempo de entrar en detalles con él, no cuando ya iba tarde para empezar el día.

Intenté pasar a su lado, pero me detuvo. —Nunca he sido un buen padre y lo siento.

Y ahí estaba. Aquello que había deseado toda mi vida: una disculpa. O quizá era la admisión. Algo.

Pero ya no estaba segura de que lo necesitara. Sus palabras' no consiguieron el efecto que había imaginado. No' lograron calarme ni reparar todas mis partes rotas. Todas las astillas y grietas con las que' había convivido desde que tuve edad suficiente para entender que mi padre decía que yo no era' suya.

Me giré para mirarle. Parecía mayor de como lo recordaba. Hacía años que' no nos veíamos, y desde que vino a quedarse conmigo yo' lo había estado evitando. Evitaba la conversación que él iniciaba justo ahora, cuando yo tenía que marcharme. Cuando sería yo quien se alejase.

—¿Podemos cenar esta noche como lo planeamos? ¿Hablar?—

Él asintió, con un gesto que mezclaba alivio y temor.

Empecé a alejarme de nuevo; necesitaba darme una ducha rápida y cambiarme antes de empezar el día.

—Tengo muchos remordimientos, Sofia. Tú siempre has sido el más grande.—

Joder... vaya. Las palabras que toda hija desea oír de su padre. Guau. Esa frase arrancó un trozo nuevo, uno que' no sabía que fuera tan frágil y pudiera romperse con tanta facilidad. —Gracias, papá.— No' me giré para mirarle; no quería mostrarle las lágrimas que me inundaban los ojos. Simplemente me retiré a mi habitación, despojándome del dolor al quitarme la ropa que Daniel me había quitado hacía menos de doce horas.

El agua estaba caliente, pero no calmó el dolor que sentía. Dejé que las lágrimas cayeran; necesitaba vaciarme antes de enfrentarme a él de nuevo. Alcé la mano para coger mi champú y no toqué nada.

—¿Pero qué demonios?— Abrí los ojos de golpe y miré la repisa donde solía estar mi champú. Estaba vacía. Sé que no' me lo terminé el día anterior, así que ¿qué coño?

Gruñí. Ya sabía lo que ocurría. Mi padre. El hombre que creía que el mundo le pertenecía y que los demás podían irse al carajo.

Negué con la cabeza y me eché un chorro de gel en la mano. Me lavé el pelo, haciendo una mueca por lo áspero que quedaba antes de aplicarme más acondicionador. Gracias a Dios que él no' se había llevado eso también. Me enjaboné el cuerpo y me aclaré; luego salí de la ducha cruzando los dedos para seguir teniendo una toalla.

Me sequé y envolví mi pelo con la toalla mientras iba a buscar ropa. Mi enfado era una buena coraza contra el dolor.

Mi madre solía decirme que no le culpaba por no reconocerme' Me parecía a ella, no a él, y todo había sido un rollo de una sola noche con una estrella del rock. Estaba segura de que muchas mujeres intentaban engañarlo, atraparlo o sacarle dinero diciendo que estaban embarazadas de un hijo suyo. El hecho de que ella realmente lo estuviera' no importaba demasiado.

Pero no era fácil'. Mi madre era la mejor persona que he conocido. Era la más honesta y bondadosa. Me convirtió en quien soy. Nunca dejó de luchar para que él me reconociera como suyo, pero jamás lo hizo público. Nunca recurrió a la prensa. Le permitió seguir negándolo todo.

Hasta que un día le pidió una prueba de paternidad. Cuando quedó demostrado que era mi padre, le envió un cheque. Ella lo ingresó en una cuenta y nunca lo tocó. Jamás tocó ni un céntimo de su dinero. Decía que para ella no se trataba de eso'.

Cada céntimo de ese dinero seguía ahí cuando ella murió. Seguía ahí cuando fui a la universidad. Seguía ahí cuando decidí que la universidad no era para mí' y me mudé a Cala MacKellar. Ha estado ahí para mí toda la vida.

Y ahora el hombre que me dio ese dinero, el hombre que era mi único progenitor vivo, el mismo que negó mi existencia durante años, dijo que yo era su mayor arrepentimiento.

Por enésima vez, deseé poder hablar con mi madre.

Quería llamarla y pedirle consejo. Pero por primera vez, deseé que él' fuera quien hubiese muerto en vez de ella. Todo lo que él' me había dado era dinero. Pero el dinero no' significaba tanto para mí como expresar a quienes quieres lo que sientes. Y él acaba de compartir lo que de verdad siente por mí.

Que le den.

13

No regresé a mi apartamento para comer. No podía mirarlo a la cara. Necesitaba un respiro, así que caminé calle abajo hasta Serenity Salon para ver a Haley y a Chelsea y almorzar con ellas."

Cuando entré, Chelsea estaba enseñando algo en su móvil. Las dos se giraron para ver quién había entrado y sonrieron al verme. Fue tan condenadamente reconfortante saber que mis amigas me querían allí, que no me veían como un error, un arrepentimiento. "

Tan condenadamente reconfortante que rompí a llorar.

—¡Dios mío! ¿Qué ocurre? —preguntó Chelsea, corriendo hacia mí.

—¿Es tu padre? —preguntó Haley, colocándose a mi otro lado.

Una de ellas echó el cerrojo a la puerta, protegiendo mi intimidad sin saber por qué la necesitaba. Me condujeron hasta el fondo, lejos de las miradas indiscretas y de los vecinos cotillas, y me acomodaron en el sofá nuevo que habían añadido cuando se hicieron cargo del local.

Lloré desconsoladamente mientras ellas me observaban, esperando a que las lágrimas cesaran para que pudieran llegar las palabras. —Os quiero, chicas.

Las dos me abrazaron, dándome exactamente lo que necesitaba sin siquiera saber por qué lo necesitaba. No les importaba. Eran mis amigas, me querían y estaban allí para mí.

—Nosotras también te queremos —dijeron al unísono, riendo al haberlo dicho a la vez.

Las tres nos quedamos allí sentadas un buen rato; yo, intentando frenar aquel torrente de emociones tan poco propio de mí, y ellas, dejándome ser.

Por fin inspiré hondo y me incorporé. Ellas apartaron la cabeza de mis hombros, pero ninguna soltó la mano que sujetaba.

—¿Estás bien? —preguntó Chelsea.

Negué con la cabeza. —La verdad, no. Mi padre... Ha llamado a la policía esta mañana porque anoche no volví a casa. Le dije que no me había dado cuenta de que se preocuparía. Supongo que se sintió ofendido. Pero luego me dijo que se arrepentía de haberme tenido.

—¿Qué ha dicho? —ladró Haley. Su cuerpo se tensó de furia. Me apretó la mano con más fuerza; su rabia se mezclaba con la mía.

Justificado. No estaba sola. Y no estaba loca por sentirme así.

—Menudo capullo —susurró Chelsea—. Lo siento mucho.

Asentí. —Gracias. Yo... —exhalé un largo y lento suspiro—. Le pedí si podíamos cenar juntos esta noche y hablar, porque me sentía un poco mal por no haber estado mucho con él desde que llegó. Aceptó, y entonces me soltó eso, y yo... llevo intentando mantenerme entera desde que lo dijo.

He llorado en la ducha y luego me he ido. No he podido obligarme a volver a casa a comer y enfrentarme a él.

—No te culpo. Hemos pedido comida y siempre hay de sobra para que te unas —dijo Haley—. Vaya. Menuda mierda de comentario.

Asentí mientras la rabia se esfumaba. Seguía enfadada, pero el dolor empezaba a colarse. —He entrado y os he visto, las dos habéis sonreído y ha sido tan reconfortante. Parecíais contentas de verme, y saber que mi único familiar vivo se arrepiente de que exista... Lo siento. No pretendía venir aquí y echarme a llorar sobre vosotras.

—Nunca tienes que disculparte por ser tú con nosotras. Te queremos, Sofia —dijo Chelsea, rodeándome con el brazo.

—¿Qué estabais mirando? Necesito distraerme. ¿Algo interesante? —pregunté.

—Voy a comprar una casa —dijo Chelsea.

—¿Has encontrado una? ¡Enhorabuena!

Chelsea sonrió radiante de emoción. —¡Gracias! Aún no es un trato cerrado, pero lo vi ayer por la tarde y me encanta. Sé que no se supone que debas emocionarte al comprar una casa, pero es exactamente lo que he estado buscando. Un vecindario tranquilo, no demasiado lejos de mis padres pero lo bastante para que no se presenten a todas horas. Tres dormitorios, que no necesito, pero con un patio vallado, así que por fin podré tener un perro. Estoy realmente emocionada.

—¿Puedo verla? —pregunté.

Chelsea sacó su móvil mientras alguien llamaba a la puerta principal.

—Ya cojo la comida —dijo Haley, dejándome examinar la posible nueva casa de Chelsea.

Deslicé las fotos y sonreí. —Parece que te vendría de perlas. Los suelos de madera son impresionantes. Uy, mira esa chimenea.

—Lo sé. Además, funciona. La terraza no es muy grande, pero el patio está genial. Será perfecto para invitar gente. Los árboles son enormes y dan mucha sombra.

—Hay una hamaca —gemí. Siempre había querido una hamaca bajo un gran árbol para poder leer un libro, respirar aire fresco y disfrutar del calor del verano. Cerré los ojos y soñé con que me prestaran la hamaca de Chelsea durante unos días.

—La podemos compartir —dijo, dándome un codazo en el hombro.

Haley regresó con las bolsas de comida, que olían de maravilla.

—No estabais de broma con lo de traer comida de sobra —las piqué.

—Esto es lo que pasa cuando pedimos comida distraídas y con hambre —bromeó Haley.

—Encantada de salir beneficiada. ¿Cuánto os debo? Me coloqué junto a Chelsea y seguí a Haley y la comida hasta la pequeña mesa del comedor, lejos de donde realizaban sus servicios.

—Nada —dijo Haley.

—Nada —dijo Chelsea al mismo tiempo.

Nos echamos a reír. —¿Qué os parece ir a tomar algo a O'Kelley's una noche? Necesito salir de mi piso de una maldita vez.

—Parece que ya lo hiciste anoche —dijo Haley.

Se me encendieron las mejillas. Nos miraron a las dos con la misma expresión de curiosidad.

—Sin comentarios —dije.

—Vamos, no seas así. Tienes que contárnoslo. ¿Dónde dormiste? —preguntó Haley. Abrió una de las bolsas de comida y sacó varios recipientes.

—¿O dónde no dormiste? —añadió Chelsea. Abrió otra bolsa.

Todos nos reímos.

—Un poco de las dos cosas —confesé. Abrí la tercera bolsa. Había comida para un regimiento.

—¡Eso es! Bien por ti —dijo Haley—. ¿Daniel?

Asentí, incapaz de contener la sonrisa que me crecía.

—¿Quién es Daniel? —preguntó Chelsea—. ¡Ah, espera! ¿Es el vecino rarito? ¿Nos cae bien ahora?

Haley asintió. —Es muy majo.

—¿Y tú cómo lo sabes? —pregunté. Bueno, lo exigí más bien. Puede que sintiera una punzada de celos al oír a Haley elogiarlo. Lo cual era una tontería, porque Haley adoraba a Knox y jamás se plantearía engañarle, y mucho menos dejarle; pero los celos no son racionales.

—Tranquila —dijo Haley—. Me lo encontré un día recogiendo el correo. Me preguntó qué me parecía el edificio y Cala MacKellar.

—Lo siento —dije, consciente de que había sido una idiota.

Haley sonrió. —Todo bien. Me basta saber que estás ahí.

—¿Dónde estoy? No estoy en ninguna parte.

Haley y Chelsea se miraron y se echaron a reír.

Dejaron de molestarme con lo de Daniel mientras llenábamos los platos de comida. Nos sentamos y empezamos a comer antes de que se reanudara el interrogatorio.

—Entonces, ¿todo va bien con Daniel? —preguntó Haley.

Asentí. —Nos lo estamos pasando bien. Solo estará aquí unos meses, así que no pienso encariñarme, pero conectamos, ¿sabéis? Siento que puedo ser yo misma con él, igual que con vosotras y con Piper y Sebastian. No me juzga. Y si lo hace, me da igual porque pronto se marchará y probablemente no vuelva a verlo.

—¿Y te parece bien? —preguntó Haley en voz baja.

—Sí. No busco lo que tenéis Knox y tú. No lo rechazaría, pero no lo estoy buscando. Sé que no lo voy a encontrar con

Daniel, porque él no se va a quedar, y yo no pienso marcharme.

—Salir con alguien en este pueblo no es fácil —dijo Chelsea.

Me reí del tono frustrado de su voz. —No, no lo es. ¿Estás en En Busca del Galán de Papel?

Chelsea asintió. —He tenido algunas coincidencias, pero ninguna que realmente valiera la pena. Muchos de los tíos con los que hablo allí son inmaduros y pesados.

—Quieres un hombre mayor —bromeó Haley.

Chelsea se encogió de hombros. —Quiero un hombre que' no sea un crío. Alguien que entienda lo que significa tener responsabilidades y metas. Algo más que decidir a qué bar voy el próximo fin de semana.

Nos reímos con ella. Chelsea y Haley tenían treinta y un años, pero yo sentía que estaban mucho más cerca de mi edad. Knox tenía treinta y ocho, y jamás me pareció que hubiera una brecha entre él y Haley, ni siquiera cuando se conocieron. Cuando yo tenía su edad, era igual que ellas. Siempre sentí que estaba fuera de lugar y que era mayor de lo que decía mi carné.

—¿Pusiste un rango de edad? —le pregunté.

Chelsea asintió. —Sí, pero creo que debo cambiarlo. 'Ya no creo que tenga paciencia para la gente de mi edad. Ni para los hombres. Ni para las citas.

—Quizá alguien consiga sorprenderte —dijo Haley.

Chelsea resopló. —¿Con la cantidad de chupitos que pueden meterse en una noche sin caer redondos? Sí, mi última cita lo intentó.

—No, no lo hizo' —dijo Haley, tan horrorizada como yo.

—Digamos que no me sorprendió ni me impresionó.' Menos aún cuando intentó decirme que todavía podía hacerme vibrar. Apenas podía pronunciar 'hacerte vibrar' , mucho menos lograrlo de verdad.

Haley y yo nos reímos tanto que se nos saltaron las lágrimas. Chelsea sonrió y se unió a nuestra carcajada.

—Os lo digo, tengo un don para escoger a los peores —dijo Chelsea.

—Antes de Knox, podía haber competido contigo —añadió Haley.

—Sí, su historial era bastante malo —coincidí con Haley. El hombre con el que salió antes de Knox estaba casado, pero no se lo dijo ni a Haley ni a su esposa hasta que Haley apareció en su puerta dispuesta a sorprenderlo: se había mudado a la ciudad para que pudieran estar juntos. La sorpresa no salió nada bien.

—Cualquiera de esos tipos podría haber estado casado. No me quedé el tiempo suficiente para averiguarlo, ni me importaba. Si lo están, me dan pena sus esposas. Por muchos motivos —dijo Chelsea.

He comido mi almuerzo y he pensado en ello. —No entiendo por qué la gente engaña.

—Igual —dijo Haley—. Todavía quiero preguntarle a Dawson por qué lo hizo. Supongo que hay cierta victoria en la idea de hacer algo que no deberías. Pero es una mierda.—

—De acuerdo. Pero diré que me alegro de que eso te trajera hasta aquí y de que uniera a Valentina y Brantley. Dawson es un imbécil, pero todos están mejor sin él cerca —dijo Chelsea.

—Excepto sus chicas —susurró Haley—. Me da pena Bianca y Samantha. Quedaron atrapadas en medio.

—Parece que, aun así, les va bien —dije. La hija mayor de Valentina estaba haciendo planes para su futuro. En otoño comenzaría el último curso de instituto y era una chica brillante. Su hija menor iba un año por detrás de su hermana, pero era igual de brillante y estaba igual de centrada en su futuro. Valentina daba la impresión de que ambas chicas prosperaban con Brantley, su nuevo padrastro, en sus vidas y que, aparte del dolor de que su padre no estuviera, eran felices.

—Eso está bien. Aun así, Dawson sigue siendo un gilipollas —dijo Chelsea.

Nos reímos, asintiendo y dándole la razón.

Mientras terminábamos el almuerzo hablamos de asuntos menos serios. Chelsea prometió mantenerme al tanto de las novedades sobre la casa y yo le aseguré que la ayudaría con cualquier reparación que tuviera que hacer y que estaría dispuesta a acompañarla durante la inspección. Ella estaba muy agradecida.

He salido de Serenity Salon sintiéndome mejor. No necesito que mi padre se alegre de que exista. Sé quién soy. Tengo amigas que son como mi familia y que han estado a mi lado mucho más de lo que lo ha hecho mi padre jamás. Mentiría si dijera que no me importa lo que piense, pero me niego a dejar que arruine mi vida. Porque, en realidad, tengo una vida bastante buena.

He pasado el resto del día cumpliendo con mis tareas, preparando las cosas para la semana siguiente y trabajando en algunos proyectos que tenía pendientes en el edificio. He planeado replantar toda la jardinería exterior y he programado una reunión con el vivero para elegir nuevas plantas que armonizaran con lo que quiero conservar. No pensaba trabajar todo el sábado, pero tampoco es que me apeteciera hacer otra cosa.

Cuando ya no pude demorarme más, regresé a mi piso. Mi padre estaba repantigado en mi sofá, con los pies sobre la mesa de centro, viendo la serie que pensaba devorarme al día siguiente'.

—Esta serie es buenísima —saludó—. No me puedo creer que el novio estuviera detrás de todo. '

El aliento se me quedó helado en la garganta. Todo mi cuerpo se puso rígido. Llevaba toda la temporada esperando descubrir qué ocurría.'Había evitado todos los blogs y spoilers que inundaban Internet.'Y mi padre lo estropeó con una sola frase.

—Supongo que ya no necesito verla.

—Oh, deberías. Es fantástica. Tiene tantos giros. Como ese' —señaló a la mejor amiga de la protagonista en la pantalla—. Ella está metida en el asunto con el novio. Los dos se acuestan juntos y planearon todo. Fue idea de él, pero ella aportó lo suyo. Jamás lo habría imaginado.

Me quedé boquiabierta mirándole. No tenía ni idea de que acababa de destrozarme la serie. O no le importaba. O ambas cosas. —¿En serio, papá? ¿En serio?

—¿Qué? —preguntó, alternando la mirada entre mí y la pantalla, donde la serie seguía reproduciéndose.

Olvídalo, murmuré. Pasé junto a él camino de mi habitación, pero al entrar me detuve y volví—. Necesitaba champú. —¿Dónde está mi champú?

Él miró por encima del hombro. —Lo cogí prestado.

—¿Y no pensaste que lo iba a necesitar?

—Pensé que comprarías más.

—Si hubiera sabido que necesitaba más, habría comprado, pero no sabía que mi champú no estaba en la ducha. Lo necesito de vuelta.

—Jolín, vale. Perdona. No me di cuenta de que no querías compart'ir' —. Pausó la serie y se fue a su habitación. Su cabeza dio un respingo, como si estuviera conversando con alguien.

Rodé los ojos. Se estaba comportando de forma mezquina y cruel. Se quedó con mis cosas y, encima, la mala era yo.

Volvió con el frasco'en la mano, dejando un reguero de agua por el suelo. Me lo acercó bruscamente. —Toma.

—Gracias —dije, dejando que el sarcasmo fluyera. Ya estaba más que cansada de complacerle. Él no quer'ía que existiera, así que ¿para qué iba a volverme loca intentando ser amable con él?

Fui dando pisotones hasta mi habitación y cerré la puerta con algo más de fuerza de la necesaria. Dejé el champú en el lavabo y eché la ropa al cesto. Me duché rápido y me puse algo cómodo. La cena no tenía por qué ser elaborada, sobre todo cuando él se limitaría a decirme lo decepcionante que era.

El programa terminaba justo cuando regresé al salón. —Vaya, ha estado bien. No me puedo creer que aún no hayas visto esta serie. Cuando vi todos esos episodios, pensé que ya los hab'ías' visto todos, pero ponía que eran nuevos.

—Estaba esperando a que salieran todos para ver la temporada entera.

—Ha merecido la pena. Muy bien. Te va a encantar la parte en la que—

—¡Para! —grité.

—Eh, eh. ¿Qué pasa?

—Estaba guardando esa serie, papá. Ya me has chafado casi todo. Por favor, no me cuentes nada más. No quiero conocer las mejores partes. Prefiero verla y disfrutarla por mí misma.

Alzó las manos como si lo estuviera amenazando. —Lo siento. No sabía que fueras tan susceptible con el tema.

Inspiré hondo, conté hasta diez y solté el aire. Aun así seguía queriendo estrangularle, así que volví a contar hasta diez.

—¿Qué estás haciendo?

—Estoy intentando convencerme de que simplemente no sabes hacerlo mejor y que ser tan imbécil se debe a que nunca has tenido a nadie que te lo diga.

—Eso no ha sido muy amable.

—¡Tampoco lo fue decirme que te arrepentías de haberme tenido! solté.

—¿Qué? ¿Cuándo he dicho eso?

—Esta mañana, papá. Cuando dijiste que yo era tu mayor arrepentimiento.

Inspiró y soltó luego un largo suspiro. Sus hombros se encorvaron.—No era eso lo que quería decir, Sofia.

—¿Entonces qué querías decir? ¿Que ojalá nunca me hubieras reconocido? ¿Que habrías preferido dejarme en acogida cuando mamá murió?

—¡No! No. Nada de eso, Sofia. Quise decir que no formar parte de tu vida desde el principio ha sido mi mayor arrepentimiento. No haber hecho más por tener una relación contigo. Soltó un suspiro tembloroso. —Sé que nunca fui un buen padre. Tu madre sí lo fue. Era maravillosa. Yo en realidad no la conocía bien, pero cada pocas semanas se ponía en contacto conmigo para contarme cómo estabas. Siempre me enviaba actualizaciones y fotos y hacía lo que podía para mantenerme al tanto, aunque yo no lo estuviera. Quería que sintiera que te conocía.

—Nunca me lo contó —susurré.

—Lo sé. Sabía que yo no valía para esto. Sabía que lo máximo que podía hacer por ti era enviarte dinero. Cuando ella... cuando murió, estaba aterrorizado. No tenía ni idea de qué hacer contigo. Estábamos en mitad de una gira, así que tuve que llevarte conmigo, pero no te conocía. Por muchas actualizaciones que me enviara, seguía siendo un desconocido para ti.

—No quería que lo fueras —confesé.

Sonrió con tristeza. —Yo tampoco. Pero sentí que ya era demasiado tarde. Lo intenté. No parec'ía así, pero lo intenté. Cuando Nate se unió a la gira... Todo aquello fue culpa mía. Le pedí que cuidara de ti. Era más cercano a tu edad y pensé que te vendría bien tener a alguien de tu misma edad con quien hablar.

—¿Nos emparejaste? pregunté.

Papá negó con la cabeza. —No. No de esa manera. Nunca fomenté una relación más allá de la amistad. No pens'é que él… que todo lo que ocurrió fuera a pasar así.

Cerré los ojos y dejé que volvieran aquellos recuerdos. Odié a mi padre cuando eligió a Nate en lugar de a mí, cuando decidió que la banda y la gira eran más importantes.

—Aun así le elegiste —susurré—. Seguiste poniéndote de parte de Nate.

Papá negó con la cabeza. —No me pu'se de parte de Nate. Tenía un contrato. Un contrato sobre el que yo no tenía voz ni voto. No pod'ía echarlo de la gira. No trabaj'aba para nosotros.

Resoplé. —Podrías haber hecho algo.

—Lo intenté —admitió—. —Cuando te fuiste, no sab'ía hasta qué punto llegaba todo aquello. No sab'ía que llevab'ais tanto tiempo liados. Intenté que lo arrestaran, pero, como solo os llevab'ais un año, nadie quiso presentar cargos. No er'a ilegal que estuvierais juntos.

—¿Qué hiciste?

Quería que volvieras a la gira. Quería tenerte cerca. Si hubier'a estado más atento o sido un mejor padre, quizá no te habrías liado con él. Sé que todo fue culpa mía, pero te prometo que no sab'ía que iba a hacer lo que hizo.

—Está bien, pap'a. Fue hace mucho tiempo.

—Sigue siendo un capull'o.

Resoplé. —Piper dijo lo mismo cuando le hablé de él.

—Siempre supe que me caería bien.

Me reí. —Ni siquiera la has conocido todavía.

—Bueno, quizá deberíamos cambiar eso. Quizá debería conocer a algunos de tus amigos. Echar un vistazo a la vida que llevas aquí. Asegurarme de que a mi hija favorita la cuiden bien.

—Soy tu única hija —dije poniendo los ojos en blanco.

Se encogió de hombros. —Hasta donde sabemos.

Solté una risita porque era cierto. —¿Qué te parece si vamos a cenar a O'Kelley's el próximo fin de semana? Les diré a todos mis amigos que nos veamos allí el viernes por la noche.

Papá asintió. —Me parece bien.

—A mí también.

14

Presentar a mi padre famoso a mis amigos del pueblo era, sin duda, motivo de pánico. ¿En qué estaba pensando? Había una razón por la que me he mudado a Cala MacKellar. Sabía que a nadie le importaría quién era mi padre. Pero eso no significaba' que quisiera que lo supieran.

Pero ya era demasiado tarde para echarme atrás. Tenía que confiar en que mis amigos no se lo tomarían a mal'. Entenderían que sigo siendo la misma persona que' he sido' siempre. Pero no tenía ni idea de quién más estaría en O'Kelley's un viernes por la noche, y aquello podía ser un problema.

—¿Estás lista para irnos? —gritó mi padre desde la puerta de mi habitación.' Llevaba una semana siendo otra persona desde nuestra conversación: más feliz, más hablador y, en cierto modo, más coñazo.

Se estaba preparando para ser Jensen Carmack en lugar de mi padre.

—¡Salgo enseguida!' —respondí. No me entusiasmaba'

Jensen Carmack, la estrella del rock. Yo adoraba a mi padre, pero la versión rockstar de él era un poco capullo.

Y había sido yo' quien había invitado a ese tipo.

—Todo' va a salir bien —me dije a mi reflejo. Esperaba tener razón. Salí de mi habitación, lista para la noche.

—¿Eso es lo que' llevas puesto? —preguntó mi padre, con una mueca de desdén mientras examinaba mi ropa.

Bajé la vista hacia la ropa que había' elegido. Unos shorts vaqueros desgastados y cómodos, casi tan suaves como un pijama. Una camiseta rosa que casi me estaba pequeña, pero aún no me' había decidido a desecharla. Era una camiseta amplia, así que nadie más podía notar que me apretaba. Añadí unos aros pequeños, un toque de brillo labial y me recogí el pelo en un moño, el único peinado capaz de sujetar las capas cortas que enmarcaban mi cara.

—¿Qué tiene de malo?' —pregunté, preguntándome si habría saltado un botón, roto una costura o algo parecido. No' veía ni sentía nada fuera de lugar.

Mi padre iba vestido como un rockero. Llevaba vaqueros negros y sus zapatos de escenario favoritos, esos que siempre decía que eran lo bastante cómodos para pasar horas de pie pero lo bastante elegantes para no'arriesgarse a que los medios criticaran su aspecto. Añadió una camisa negra con botones plateados y pespuntes de un azul eléctrico. La dejó por fuera y se remangó las mangas para lucir los tatuajes de los antebrazos. Su pelo estaba peinado hacia atrás, dejando bien visible la orgullosa línea frontal que se negaba a retroceder.

Bien podría haber ido a dar un concierto. Yo podría haber ido a trabajar.

Pero sabía que él'sería la persona mejor vestida de O'Kelley's. Con diferencia. Incluso Trent, que probablemente era la única persona que conocía con más dinero que mi padre, iría en vaqueros y camiseta, informal para una noche de marcha.

Ese no era Jensen Carmack.

Me evaluó con una mirada que buscaba la manera de decirme que me cambiara sin decirme que me cambiara.

—Vamos', papá. El sitio es informal y no pienso cambiarme'

Bufó y me siguió hacia la puerta.

Decidí conducir yo, porque sabía que no'toleraría ir andando hasta el bar. En su mundo, la gente más guay conducía. El hecho de que yo no fuera guay —y nunca me hubiera importado— era solo una cosa más en la que nunca estaríamos de acuerdo.

Aparcar delante de O'Kelley's un viernes por la tarde era misión imposible, por muy pronto que fuera. Pasé de largo el bar y giré por una calle lateral buscando sitio.

Cuando reduje la velocidad, mi padre habló. —¿Vas a aparcar aquí?

—Eso pensaba yo —contesté mientras ponía el intermitente para aparcar en paralelo.

—¿No' puedes dejarme en la puerta?

Le lancé una mirada fulminante. —¿En serio? Vas a hacer que tu hija favorita camine sola? No sabes quiénes son mis amigos.

—Ya me las apañaré.

El claxon de un coche detrás de mí me indicó que alguien más quería la plaza si yo no la ocupaba. Suspiré y me aparté, sabiendo que tendría que lidiar con un incordio todavía más insufrible si le obligaba a ir andando.

Di la vuelta a la manzana y encendí las luces de emergencia cuando llegué de nuevo a O'Kelley's. Papá abrió la puerta y saludó con un *gracias, cariño* antes de subir a la acera y dedicarle una sonrisa a la pareja que se acercaba.

Puse los ojos en blanco y me alejé, aparcando unos

metros más abajo. Llegué a la acera justo cuando Trinity y James salían de su edificio.

—¡Hola!—saludó Trinity animada. Se separó de James para abrazarme—. ¿Cómo estás? ¿Dónde está tu padre?

—Estoy bien. La abracé de vuelta, recordándome que ellos eran de los míos. Abracé a James y luego señalé con la cabeza hacia O'Kelley's—. Lo dejé en la puerta.

—¿Te dejó hacer eso? ¿Por qué no quiso acompañarte?— preguntó James.

Me encogí de hombros. —Es un pueblo seguro. No me preocupa.

—Sí, pero ha sido un poco cabrón por su parte—comentó Trinity. Enganchó su brazo al mío y al de James, y luego empezó a caminar hacia O'Kelley's.

—Es un excéntrico. No se preocupa por esas cosas.

—Como no exigir al departamento de policía que busque a su hija de inmediato porque es rico y famoso y alguien podría haberte secuestrado para llegar hasta él —dijo James, inclinándose delante de Trinity para alzar una ceja en mi dirección.

Ella soltó un jadeo y yo bajé la cabeza.

—¿Ha dicho eso? —pregunté.

—Ajá. A mí me da igual. Por aquí sobra gente con pasta. No compras una isla en el río si no tienes dinero de sobra para derrochar. Pero, ¿de verdad es una estrella del rock famosa? —James no estaba juzgando, hasta donde yo podía ver. Solo tenía curiosidad.

Asentí con la cabeza. —Era el vocalista de Four on the Floor.

—Guau. Qué pasada. No tenía ni idea —dijo Trinity. Se quedó rígida.

Reí sin pizca de alegría. —Nadie lo sabía. Ni siquiera Piper, hasta que a mi padre le dio por venir de visita.

—¿En serio? ¿Nunca le dijiste a nadie que tu padre fuera

famoso?

Negué con la cabeza. —¿Recuerdas cuando Trent empezó a rondar? ¿O cuando todos descubrimos quién era? ¿O lo de Nico? La gente puede comportarse de forma extraña cuando hay dinero de por medio.

—Cierto, pero somos nosotros. A ninguno nos importa —dijo Trinity.

Asentí. —Lo sé. No he tenido mucho contacto con mi padre. Al principio no quería que nadie lo supiera. No tenía una gran relación con él y necesitaba alejarme de su estilo de vida. Cuando empecé a conocer gente en el pueblo, no fue gran cosa porque no éramos cercanos, mi padre y yo. Luego, cuando me estreché más con todos aquí, aunque todavía casi no había hablado con mi padre, me parecía raro decir algo como: «eh, pues mi padre es famoso».

Trinity y James se rieron conmigo.

—Lo entiendo —dijo James—. No le conté a mucha gente mi pasado. Era el extremo opuesto del espectro económico, pero oculté esa parte a quien no la conociera ya.

—Eso mismo hice yo. Solo que me mudé a un pueblo donde nadie lo sabía —admití.

Se rieron conmigo. James se adelantó para abrirnos la puerta de O'Kelley's a Trinity y a mí. Le di las gracias mientras entraba, buscando con la mirada a mi padre.

Un coro de risas resonó en una mesa y lo encontré en medio de aquel alboroto. Miré a las personas con las que estaba sentado y no reconocí a ninguna.

—¿Es él? ¿Con quién está? —preguntó Trinity.

—Sus fans incondicionales —dije con sarcasmo. Así era Jensen. No podía molestarse en buscar a mis amigos; simplemente encontró al grupo más cercano de personas dispuestas a escucharlo hablar.

—No te preocupes por él ahora. Vamos. Ian y Ramsey están pidiendo bebidas. Veo a Blake, a Finley y a los demás —

dijo Trinity. Me alejó del espectáculo de mi padre—. —¿Invitaste a Daniel?

Asentí. —Pensé que es un plan de grupo y no pasa nada. Si aparece, bien, pero si no...

—Está'aquí. Está'hablando con James.

He tomado aire. No estaba segura de si me sentía mejor o peor ante el hecho de que Daniel fuera a presenciar a mi padre en todo su esplendor, pero ya era demasiado tarde para echarme atrás.

—¿Quién'es el fanfarrón del rincón? —preguntó Rowan, señalando la mesa donde mi padre estaba sentado.

James le ha dado un manotazo a Rowan en la parte posterior de la cabeza. Trinity ha intentado lanzarle una mirada de advertencia.

Rowan se giró hacia James. —¡Ay! ¿Pero qué demonios?

James asintió hacia mí. Rowan se giró y articuló —Oh.— Frunció los labios y los apretó en una sonrisa. —Lo siento, Sofia.

—No pasa nada. No te equivocas. Es un fanfarrón. Pero no podemos elegir a nuestros padres.

—Desde luego —dijo Rowan, asintiendo con comprensión.

—Necesita un trago —dijo Trinity al grupo.

Han servido en un vaso una jarra de algo rojo y afrutado, y luego me lo han puesto en la mano. He bebido un buen trago, dejando que el alcohol me empapara el cerebro antes de recordar que había conducido hasta allí.

—Mierda —dije, dejando el vaso.

—¿Qué pasa? —preguntó Blake.

—He conducido —le dije.

Blake agitó la mano. —Te llevaremos a casa. Habrá mucha gente sobria aquí. No hay razón para que tú seas una de ellas.

Solté una risita y le di las gracias; luego volví a coger mi bebida.

Todos contuvieron el aliento a la vez, y supe que mi padre se estaba acercando.

—¡Sofia! ¡Pensé que ese era tu grupo de amigos! —dijo mi padre, su voz elevándose por encima del ruido de la multitud.

Negué con la cabeza. —Qué va. Miré la mesa que él había dejado atrás. Todos eran hombres al menos quince años más jóvenes que yo. No conocía a ninguno.

—Deberías habérmelo dicho. Se puso a desplegar su encanto ante mi grupo de amigos. —¡Encantado de conoceros a todos! Soy Jensen, Jensen Carmack, el padre de Sofia. ¿Cómo estáis?

Papá rodeó la mesa, presentándose a todos. Se detuvo un minuto con cada uno, o con cada pareja cuando era evidente que estaban juntos. Cuando regresó a mí, todos sonreían y lo miraban como la estrella de rock que era.

Tenía un don. Cada uno de mis amigos se sentía especial después de un minuto con él. No se apresuraba en sus presentaciones. Saludaba y les preguntaba algo. Y, aún más impresionante, sabía que recordaba todo lo que le contaban.

No sabía cómo lo hacía, pero siempre me dejaba alucinada verlo. Y, a todas luces, no era la única.

—¡Bebidas! —anunciaron Ian y Ramsey al unirse a nosotros y colocar dos jarras cada uno sobre la mesa. —Hudson trae más.

Ian se centró en mi padre y le tendió la mano para estrechársela. —Señor Carmack, un placer conocerle. Soy Ian Jameson. Puso la mano sobre el hombro de Blake. —Su peor mitad.

Mi padre se rió a carcajadas con la broma de Ian. —Creo que todos deberíamos sentirnos así, Ian. Blake es una mujer preciosa y me han contado que viene otra en camino. Enhorabuena.

—Gracias, señor.

—Nada de eso; llámame Jensen.

—Lo haré —dijo Ian.

Mi padre se volvió hacia Ramsey, que estaba hablando con su esposa, Melody. —¿Y tú debes de ser la otra mitad de Melody?

—Así es. Ramsey Holland. Encantado de conocerle.

—Igualmente. Espero poder conocer a Amber mientras esté aquí. Parece todo un torbellino —dijo papá.

Ramsey se echó a reír, claramente ya encandilado con mi padre. —Vaya que sí. Y es tan guapa como su madre.

—La mía es igual —dijo papá, atrapando mi mirada y regalándome una sonrisa sincera—. No hay nada como ser padre. Aunque estoy seguro de que Sofía puede decirte que tengo mucho que demostrar.

Negué con la cabeza, sin ganas de ventilar nada en público. Además, nada de aquello importaba ya demasiado. El pasado había quedado atrás y tenía la sensación de que mi padre lo estaba intentando.

—Creo que todos tenemos expectativas que cumplir —dijo Ramsey—. Ningún padre es perfecto, pero los mejores siguen intentando hacerlo lo mejor posible.

—Bien dicho —le comentó papá—. Ahora entiendo por qué eres un miembro tan respetado de la comunidad. Y tan exitoso.

—Gracias —respondió Ramsey, ligeramente sorprendido y conmovido por las palabras de mi padre.

Era el efecto Jensen. Sin duda yo no heredé ese gen.

Mi padre reunió a todos, animándolos a que tomaran asiento. Se puso en pie cuando Hudson se nos unió y se tomó un momento para hablar con él. Incluso un hueso duro de roer como Hudson se marchó con una sonrisa y un asentimiento dirigido a mí.

Todo el mundo se reía con una de sus historias cuando mi

móvil vibró en el bolsillo. Lo saqué, sonriendo al ver el nombre de Daniel en la pantalla.

Alcé la vista y lo encontré observándome. Sonrió.

Le devolví la sonrisa y luego bajé la mirada para desbloquear el móvil.

DANIEL

Tu padre es todo un personaje.

Sí, le encanta contar historias.

¿Alguna sobre ti que deba pedirle que cuente?

No. Solo pasé unos pocos años con él mientras crecía. No fueron los mejores.

Lo siento.

Hace mucho tiempo

¿Es de él de quien sacas tu habilidad para escribir canciones?

¿Cómo sabes que tengo talento? Podría ser que mis canciones fueran horribles.

No puedo imaginar que algo que hagas sea horrible, sobre todo si pones aunque sea un pedacito de ti en ello.

Gracias

Quizá puedas compartir conmigo una de tus canciones este fin de semana

Creo que podrías convencerme

¿Y si mordisqueo ese labio que no dejas de morder?

Inspiré hondo y atraje la atención de mi padre. Me miró.

—¿Estás bien?

Asentí. —Todo bien. Metí el móvil en el bolsillo e intenté centrarme de nuevo en mi padre, pero mi mirada se desviaba hacia Daniel.

Cuando he dejado de resistirme, he encontrado a Daniel observándome. Una sonrisa le iluminó las mejillas.

Sus ojos se abrieron de par en par y me he dado cuenta de que me había atrapado el labio entre los dientes. Me he reído sin hacer ruido y él ha negado con la cabeza.

Volví a centrar mi atención en la historia que contaba mi padre. Algo sobre una gira en la que había estado hace unos años. No la conocía, así que escuché y di un sorbo a mi bebida roja.

—No es tan malo —me susurró Piper al oído.

Asentí. —De vez en cuando.

Soltó una risita y apoyó la cabeza en mi hombro. —Me alegro de que lo hayas traído para que conozca a todos. Se le da muy bien la gente.

—Lástima que yo no heredara ese talento.

—Te queremos tal como eres. No creo que tú y yo hubiéramos conectado si fueras como él.

—Gracias —susurré. Entendía perfectamente a qué se refería. Las conexiones importaban. Encontrar a mi gente.

Y' los había encontrado. Piper, Haley, Sebastian y Chelsea. Eché un vistazo alrededor de la mesa y supe que todas las personas sentadas allí, y las que no' pudieron venir, eran mi gente. Eran aquellos a quienes yo' había elegido, y que' me habían elegido a mí.

No' siempre era fácil verlo, pero tenía una suerte increíble de contar con ellos. No esta'ban allí para escuchar a Jensen Carmack. Estaban allí para escuchar a mi padre.

Y había una diferencia. Una gran diferencia. Y podía sentirla.

Y se sentía condenadamente bien.

Y se sentía condenadamente bien.

15

TREY

Ver a Sofía sonrojarse cuando vio mi mensaje fue incluso mejor de lo que esperaba. Cuando se mordió ese labio, habría jurado que lo hacía adrede para provocarme, pero la expresión de su cara no tuvo precio.

Estaba metido en un lío.

Y no del tipo de lío que medio esperaba cuando ella me invitó a conocer a su padre junto con el resto de sus amigos. Estaba seguro de que me reconocería y echaría por tierra mi tapadera y mis posibilidades con Sofía.

Pero Jensen me estrechó la mano, aceptó el nombre que le di y siguió como si nada. Me preguntó qué me estaba pareciendo Cala MacKellar cuando James mencionó que estaba en el pueblo durante el verano. Creo que James intentaba ayudar, a su manera; lo que significaba que se reía de mí y me ayudaba al mismo tiempo.

¿Eso es lo que significa la amistad?

Así lo parecía. Sobre todo cuando James hizo lo mismo con Rowan y luego con Hudson, cuando vino a rellenar las jarras.

Con Seth no había tiempo para relajarse'. Los ratos libres

significaban buscar a una mujer y follar con ella hasta estar lo suficientemente cansado como para quedarte hecho polvo unos días. No quedábamos para beber cerveza a menos que hubiera al menos una docena de personas y hubiera un motivo para juntarnos.

Estar con Sofía y su grupo me recordó la vida antes de que Michael enfermara. Noches de cine con mi familia, actos del colegio, la iglesia. Todo eso desapareció cuando empezamos a pasar todo nuestro tiempo en hospitales, clínicas y eventos benéficos.

La única vez que me sentía yo mismo después de que Michael enfermara era cuando cantábamos juntos. En su habitación del hospital, cuando sólo estábamos los dos. Mamá y papá lloraban si nos oían, pero cuando estábamos solos, Michael y yo cantábamos. La sonrisa en su rostro me hacía pensar que se pondría bien, que la vida volvería a ser normal.

Pero nunca volvió a serlo.

—¿Estás bien?—preguntó Sofía.

No me había' dado cuenta de que se levantara ni de que hubiera venido hasta donde yo estaba. Me puse una sonrisa de compromiso y asentí. —Sí. Tu padre' es todo un personaje.

Ella lo miró de nuevo. Él estaba entreteniendo a todo el mundo con una de sus muchas historias de la vida en la carretera. Yo no 'tenía el mismo nivel de interés que los demás, porque yo ya vivía su vida, pero podía apreciar la forma en que contaba una historia. Era igual que cuando componía una canción. Pausa en el momento justo, crescendo para atrapar al público y un puente que lo unía todo y hacía que la gente se meciera como si estuviera en ruta contigo. Era precioso de ver.

Pero no tan hermosa como la mujer que estaba a mi lado.

—Sabe cómo contar una historia y cómo conseguir que la gente lo adore —dijo ella tras un minuto.

Asentí, intuyendo que había algo que ella no 'estaba diciendo. Algo importante que ella no 'estaba preparada para admitir, o para admitir ante mí.

—Te habías quedado ensimismado. Solo quería saber si estabas bien.

—Ven a mi casa esta noche —susurré. Fue un impulso. Un deseo desesperado que no 'pude contener. Quería tocarla, atraerla a mis brazos y besarla, sentir su cuerpo enredado en el mío como las otras parejas a nuestro alrededor. Quería reclamarla como mía.

Pero ella no 'era mía. Me marcharía en cuanto obtuviera lo que quería, lo que necesitaba. No volvería a verla. Me odiaría.

—Vale —susurró—. Pero cuando él se acueste. —

Asentí como si entendiera su necesidad de escabullirse de su propia casa para que su padre no 'supiera que iba a otro sitio. No importaba. Había dicho que sí. Era todo lo que buscaba.

Sofia se dirigió a los baños y Piper y Haley la siguieron rápidamente. Knox y Gavin me guiñaron un ojo los dos. Jensen estaba metido en otra historia y no 'se dio cuenta.

Quizá que Sofia se escabullera fuera una buena idea.

Tras unas horas, algunas de las parejas con hijos empezaron a marcharse. Sofia comentó que necesitaban a alguien que los llevara de vuelta a su piso.

Os' llevaremos a casa —la tranquilizó Blake antes de que yo pudiera decir nada—. Maddox se queda con mi madre esta noche, así que podemos llevaros. Sin problema.

—Por supuesto —dijo Ian, alzando su vaso de agua. Se había pasado al agua después de su primera cerveza, igual que yo'.

—Puedes contarme más sobre esos barcos que construyes

—le dijo Jensen a Ian—.—Nunca he tenido'un barco, pero quizá sea algo que debería hacer ahora que'estoy jubilado'.

—¿Estás jubilado? —soltó Sofia sin pensar.

Jensen se encogió de hombros. —Ya no salgo de gira.' Sigo componiendo de vez en cuando, pero incluso esos contratos se han ido agotando, en su mayoría. Ahora solo soy un viejo rockero reviviendo sus días de gloria'.

—¿Pero estás bien? Quiero decir, no estás enfermo, ¿verdad?

Jensen negó con la cabeza. —Todo bien. Solo estoy intentando averiguar la siguiente etapa de mi vida.

—¿Queréis iros ya? —preguntó Blake, captando que la ligereza y la diversión de la velada se habían esfumado.

—Sí, creo que deberíamos —respondió Sofia en voz baja.

Todos salieron en fila de O'Kelley's, abrazándose y dándose la mano en la acera antes de dirigirse a sus coches y a sus casas. Me planteé pedir que me llevaran Ian y Jensen, o quizá Sofia y Blake, pero ya me sentía como un convidado de piedra en medio de todo el grupo.

Dejé que mis pensamientos vagaran mientras caminaba las pocas manzanas que me separaban del edificio. La pregunta de Sofia me hizo pensar que la visita de Jensen no era tan inocente como él quería hacerle creer. Algo pasaba, pero yo estaba tan a oscuras como ella.

El edificio estaba en silencio cuando entré. Intenté no hacer ruido al subir las escaleras y abrir la puerta de mi piso. La cerré tras de mí y dejé las llaves sobre la mesa junto a la entrada.

Fui a la nevera y cogí una cerveza; desenrosqué la chapa y le di un buen trago. Saqué el móvil y empecé a buscar.

No ha aparecido ninguna noticia en Internet sobre Jensen Carmack en los últimos meses. Nada que se haya filtrado acerca de un diagnóstico misterioso ni de una visita secreta al médico.

Siguiendo una corazonada, busqué a Carson Beck, el guitarrista principal de Four on the Floor. Él y Jensen eran como Seth y yo. Los dos, junto con Ricardo Waters y Andrew Oscar, formaron Four on the Floor. La historia que escuché contaba que el nombre del grupo era un juego de palabras porque todos tenían la palabra *car* en sus apellidos y también por el primer vehículo con el que salieron de gira cuando empezaban. Yo suponía que el tópico, bien merecido, de que la mayoría de los rockeros amanecen en el suelo era un segundo significado del nombre. Sea como fuere, el nombre se quedó cuando un promotor lo oyó y declaró que era pegadizo y perfecto para el marketing.

Los resultados de la búsqueda de Carson Beck aparecieron justo cuando se oyó un golpecito suave en mi puerta. Bloqueé el móvil, lo dejé en la mesa junto a las llaves y abrí la puerta.

Sofía tenía las manos entrelazadas, el labio atrapado entre los dientes y una expresión de preocupación. —Hola — susurró.

Me hice a un lado para dejarla pasar y cerré la puerta tras ella. —¿Estás bien?

Se encogió de hombros y se dirigió al sofá. Se sentó con los pies recogidos bajo el cuerpo, pareciendo pequeña y asustada.

—¿Qué sucede? ¿Tu padre?

Asintió. —Su visita siempre me ha parecido extraña. Como si hubiera pasado algo.

—¿Lo es?

—¡No lo sé! —soltó de repente. —Lo siento. Es solo que... No es perfecto, pero es la única familia que me queda. Nunca hemos sido muy cercanos. Jamás me ha visitado, en ninguno de los sitios donde he vivido.

—¿Y crees que estar aquí ahora significa que hay algo más que simple afecto paterno?

Resopló. —Nunca me ha mostrado cariño. Cuando era niña... Tomó aire y se contempló las manos. —No estuvo en mi vida durante mucho tiempo. Cuando por fin... empezó a intentar conocerme, fue sobre todo a través de las postales que me enviaba y otros regalos. No vino a verme. Me invitó a ir de gira con él un par de veces, pero mi madre nunca me dejó.

—No puedo culparla. Sus historias eran... de lo más interesantes.

Se echó a reír y negó con la cabeza. —El sueño de cualquier hombre, ¿no? Libertad y un montón de mujeres dispuestas.

—Tal vez no el de todos —dije, pensando que estar sentado en el sofá con ella era, en aquel momento, algo de lo más agradable.

Ella se sonrojó. —En fin, siempre quise estar más cerca de él. Con el tiempo dejé de intentarlo.

—Y ahora es él quien lo intenta.

Asintió despacio, tratando de averiguar por qué motivo su padre había decidido ponerse en contacto.

Era una mierda, pero comprendía lo que estaba pensando. Llevaba meses sin hablar con ninguno de mis padres. Ninguno de los dos sabía dónde estaba ni qué hacía habitualmente. Cuando Michael murió, nuestra familia entera implosionó y, además de perder a mi hermano, me quedé sin mis padres. Ellos estaban tan sumidos en su propio dolor que parecían haberse olvidado de mí.

De vez en cuando, alguno de los dos se ponía en contacto, pero siempre daba la impresión de que lo hacían por obligación y no porque realmente quisieran saber de mí. Si cualquiera de los dos apareciera e intentara actuar como si todo estuviera bien, a mí también me costaría aceptarlo.

—Sé que no te apuntaste a esto —dijo Sofía—. Quizá debería irme.

Le agarré la mano antes de que pudiera levantarse. —No tienes que irte.

—No estoy seguro de que vaya a ser buena compañía esta noche"

—Pues quizá tú solo estés aquí. Tal vez sea yo quien haga de buena compañía esta noche"'

Me observó detenidamente, intentando averiguar mis segundas intenciones.

Ojalá supiera cuáles eran, porque pasar la tarde, quizá la noche, con una mujer que no estuviera interesada en sexo solía significar el final de la velada para Trey Ryan. Sin preguntas, sin pensarlo dos veces. Si Trey Ryan estaba con una mujer, significaba que íbamos a acostarnos.

Como Daniel, no podía adoptar con Sofía ese comportamiento distante y de capullo. Quería escucharla hablar. Quería sentarme en el sofá y ver una película con ella. Quería cogerle la mano y ayudarla a sentirse mejor.

Era una sensación extraña. Pero agradable.

—¿Seguro? —preguntó, esperanzada y nerviosa a la vez.

—Por supuesto. ¿Por qué no buscamos una película? ¿Comedia o drama?'

—Comedia. Ya he tenido drama de sobra por un tiempo'

—Perfecto.

Nos acomodamos en el sofá, con la película en la pantalla. Intenté portarme bien y mantener las manos quietas. Me concentré en la película, y debí de hacerlo bastante bien porque Sofía se quedó dormida.

Vi el resto de la película solo, sonriendo cuando su cabeza resbaló hasta mi hombro y empezó a roncar suavemente. Deslicé su cabeza hasta mi regazo y pasé los dedos por su pelo, que se había soltado del moño con el que lo llevaba recogido cuando salimos.

Parecía tranquila y preciosa. Sus pestañas descansaban

sobre sus mejillas redondeadas. Una de sus caderas se elevaba ligeramente del sofá. Tenía las piernas metidas bajo una manta que, sin duda, había elegido al preparar el piso para mí.

Dejé que empezara otra película y sentí que me iba quedando dormido. Cuando terminara, tendría que despertar a Sofia y dejar que decidiera si quería pasar la noche o volver a su piso. Solo una película más.

Un pellizco de dolor me despertó de golpe. Tardé un segundo en recordar dónde estaba. Bajé la vista a mi regazo y encontré a Sofia observándome. Tenía la mano bajo mi camiseta y me clavaba las uñas en el pezón.

—Parece que a ti también te gusta que te jueguen con los pezones —susurró. Su voz era ronca y suave, como si temiera hablar demasiado alto pero ya estuviese excitada.

—¿Eso es una invitación? —pregunté, llevando la mano al dobladillo de su camiseta.

Ella se acomodó para que pudiera subirle la camiseta y asintió.

Le subí la camiseta y le bajé el sujetador, dejando sus pechos al fresco del aire acondicionado. Contuvo el aliento cuando pasé los dedos por su pezón.

—Quiero absorber todo tu dióxido de carbono —murmuré.

Sus labios se curvaron. —¿Como un árbol? ¿O como un vampiro? ¿Un árbol vampiro?

Se me calentaron las mejillas. Yo nunca he sido muy bueno hablando con las mujeres. Jamás me había hecho falta. A ellas no les importaba lo que tuviera que decir mientras las follara.

—¿Las dos cosas? —dije, sin saber si había una respuesta acertada.

Ella se rió por lo bajo y se giró, quedando de rodillas. Se arrastró hasta mí por el sofá y me montó con sus muslos gruesos. —Los vampiros están bastante buenos, y desde luego soy fan de salvar el planeta.

Le abarqué el culo y presioné su cuerpo contra el mío. —Creo que deberías impedir que diga más tonterías y dejar que te folle hasta que ninguno de los dos podamos hablar.

—Eso no ha sido ninguna tontería —susurró.

Hundí la mano en su pelo y atraje su boca a la mía. Ella me recibió con los labios entreabiertos y la lengua buscando la mía.

Gemí y me lancé sobre ella. Nuestras lenguas se enredaron, las manos se aferraron a la piel desnuda. El aire se nos escapaba en jadeos apresurados.

Ella movió las caderas y se restregó contra mi erección. Se me pusieron los ojos en blanco y la insté a que lo hiciera de nuevo.

—Joder —siseé, apartando mis labios de los suyos.

—Sí —gimió de inmediato.

—Condón —gruñí.

—Ahora. Se puso en pie y dejó caer los shorts y las braguitas al suelo.

Me quedé aturdido durante un instante, hechizado por la mujer perfecta que estaba medio desnuda delante de mí.

—El condón, Daniel —dijo con una risa en la voz.

Salí de mi ensimismamiento y levanté las caderas. Llevaba la cartera en el bolsillo trasero y había metido un condón en ella antes, por pura y ciega esperanza.

En ese momento adoré a ese cabrón optimista.

Sofia tomó el condón de mi mano y me ayudó a quitarme los vaqueros y los bóxer. Se arrodilló frente a mí y empujó la mesa de centro hacia atrás para hacerse sitio.

La observé abrir el condón y después mirarlo, comparándolo con mi polla, a escasos centímetros de su rostro.

Alzó la vista hacia mí con una sonrisa diabólica. No tuve

tiempo de protestar antes de que se inclinara y se tragara mi polla hasta el fondo de la garganta.

—Hostia puta. Joder, Sofia. Maldita sea.

Se retiró lo justo para encontrarse con mi mirada, luego lamió mi polla y volvió a tragársela entera.

—Jodido infierno.

Se rió; aquel sonido me golpeó directamente en los huevos y me hizo embestir contra ella. Gimió y, joder, casi me vengo.

—Sofía, estoy a cinco segundos de correrme en tu garganta. Aunque me encantaría, lo que de verdad quiero es follarte hasta que te corras tú primero. Así que, ¿qué te parece si subes aquí y cabalgas mi polla mientras juego con tu clítoris?

Se estremeció y asintió mientras me soltaba. —No vuelvas a dejarme decir que no se te dan bien las palabras.

—¿Te gusta que te hable sucio?

Se encogió de hombros. —Por lo visto, sí.

Le quité el condón de la mano, consciente de que lo desperdiciaría si la dejaba ponérmelo . Se quedó suspendida sobre mí, esperando, nada paciente, a que me lo colocara. En cuanto estuvo en su sitio, se deslizó sobre mí.

—Se siente tan bien —susurró.

—Igual —jadeé; la sensación de su estrecho canal era aún mejor que su boca.

—¿Estás a punto?

—Apenas me aguanto con las uñas —admití.

Soltó una risita, luego se alzó y volvió a hundirse. —¿Mejor?

Solté una risa ronca y negué con la cabeza. —¿Eso es un reto? ¿Quién hará correrse al otro primero?

Ella alzó una ceja y sonrió. —Me gusta la idea.

Me impulsé hacia arriba en su siguiente embestida y la expresión chulesca de su rostro se desvaneció.

—Eso también me gusta —murmuró.

Le subí la camiseta para dejar al descubierto de nuevo sus pechos. Sus pezones seguían por encima del sujetador. Acerqué mi boca a uno y lo mordí mientras ella me cabalgaba.

Su ritmo titubeó y sonreí alrededor de su pezón. Dejé que el sujetador mantuviera su pecho alzado y deslicé la mano entre sus muslos, hallando su turgente botón. Una sola caricia y ella soltó un gemido.

—No creo que sea un desafío justo.

—Creo que es el mejor de todos —dije con los labios en su pezón.

Continuó moviéndose, sin querer perder ni un minuto de placer. Yo la seguí: dedos, lengua y polla trabajando al unísono para exprimir cada gota de placer que pudiera arrancarle.

—Daniel —susurró.

—Córrete para mí, Sofia. Has ganado. Todo lo que quiero es ver tu preciosa cara mientras te corres sobre mi polla.

En cuanto dije que había ganado, su interior se estremeció alrededor de mi polla. Las sacudidas de su orgasmo se propagaron por su cuerpo, liberándolo todo de golpe y provocando en mí la misma reacción.

La estreché contra mí mientras me corría con fuerza. Gemí contra su cuello, sabiendo que no había terminado del todo. No pasaría mucho antes de que quisiera volver a estar dentro de ella.

Se sentó sobre mi regazo, abrazándome tan fuerte como yo a ella. —Lo siento. No quería aprovecharme de ti así.

—Puedes aprovecharte de mí así siempre que quieras. Pero, para que lo sepas, he participado de buen grado. Muy de buen grado.

Se apartó y me miró. —Estabas dormido.

—Créeme, estaba muy despierto, Sofia. Y hablaba en

serio. Perderé encantado la carrera hacia el orgasmo si eso significa que puedo verte correrte.

Se ruborizó y agachó la cabeza. —Me haces sentir la mitad de mi edad.

—No quiero eso, Sofía. Quiero a la mujer hermosa, segura y con curvas que eres ahora mismo. Estás deslumbrante, y tengo la suerte de conocerte.

—Durante unos meses —dijo ella—. Luego vas a tener que encontrar a otra mujer hermosa, segura y con curvas que te cabalgue en tu sofá.

Sus palabras llegaron con un tono juguetón y una carcajada, pero me calaron hondo. No quería encontrar a otra mujer como ella. Pero sabía que no podía mantenerla en mi vida. Ella no quería formar parte de ella.

Pero la tenía por ahora. Y pensaba disfrutar de cada minuto que pasara con ella.

—Voy a usar tu baño. ¿Y luego quizá podamos pasar a la cama?

—Donde tú me quieras —bromeé.

Ella sonrió y se inclinó para darme un beso fugaz antes de alejarse con su precioso culo al aire ante mi mirada.

Iba a echar de menos aquella vista cuando volviera a mi ático con vistas al mar. Nada podía compararse con Sofía.

SOFIA

Mi despertador sonó, arrancándome de un sueño profundo del que no quería salir. Pero, si no me levantaba mi padre volvería a llamar a la policía, y nadie quería repetir aquello.

Besé a Daniel con suavidad, lo suficiente para despertarlo y decirle que me marchaba.

—¿Tienes que irte? —gruñó, adorable con ese tono de súplica caprichosa.

—No quiero que la poli vuelva a llamar a mi puerta porque mi padre se ha puesto histérico . Pero ¿quizá pueda pasar más tarde?

Asintió contra la almohada y me buscó con la mano. Entrelacé mis dedos con los suyos y apreté, tirando de mí para darme otro beso antes de acurrucarse de nuevo bajo las sábanas. Creo que ya estaba dormido otra vez antes de que saliera de su habitación.

Encontré mi ropa a la luz del piloto sobre la cocina y de la lucecita del extractor del baño. Estaba casi segura de que llevaba la ropa interior del revés, pero solo tenía que servirme para volver a mi apartamento.

Eché la llave y salí de puntillas, cerrando la puerta tan despacio como pude. Miré la puerta de la señora Watson conteniendo la respiración. No se abrió y conseguí escabullirme sin que nadie me viera.

Mi apartamento seguía en silencio cuando entré. Puse la cafetera y me fui a la habitación para ponerme el pijama.

Papá estaba en la cocina cuando regresé, llenando una taza de café y añadiendo lo último de mi sirope de caramelo. Tiró el envase a la basura, no al contenedor de reciclaje, y removió el brebaje en su taza.

—Buenos días —dijo Papá, girándose para examinarme con atención—. Creí haberte oído entrar hace un momento.

Me planteé mentirle un segundo, pero ¿para qué? Ya era adulta y él no tenía derecho a decidir por mí. —Lo hice.

—¿Estabas con Daniel?

Asentí.

—¿Estáis saliendo?

—Sí. Él solo estará aquí unos meses, así que es algo muy informal.

Papá asintió pensativo. —Pasar la noche con él no parece precisamente informal.

Me encogí de hombros. Tampoco se sentía informal, pero no sabía cómo explicárselo a mi padre. Sabía que aquello tenía fecha de caducidad con Daniel. Sabía que él volvería a su vida y probablemente no volveríamos a vernos. Estaba de acuerdo con eso. «Estaba» era la palabra clave.

Pero no iba a ser una de esas mujeres que se enamoran y cambian las reglas. Lo dejamos todo claro desde el principio. Supe, cuando empezamos a vernos, que él se marcharía. Me niego a enfadarme con él por hacer exactamente lo que me dijo que iba a hacer.

—¿Estás enamorada de él, no es así? —preguntó papá.

Negué con la cabeza y me acerqué a servirme una taza de

café. —No puedo estarlo. Él se marcha, y sé que él se marcha. Va a volver a su vida.

—Eso no significa que no puedas estar enamorada de él.

—Enamorarse de él sería lo más estúpido que podría hacer.

Papá resopló. —¿Quién te dijo que el amor es sensato, racional y llega en el momento oportuno?

Me reí con él. —Touché.

—¿Qué vas a hacer?

Miré a mi padre. Nunca habíamos hablado así: de sentimientos, emociones y de las personas en nuestras vidas. —¿Alguna vez te has enamorado?

Se sobresaltó ante la pregunta, pero no se escondió de ella. Cuando se le pasó la sorpresa, lo pensó y asintió. —Unas cuantas veces. Mi vida... nunca dejé sitio para el amor. Tu madre...

—Por favor, no me mientas diciendo que estabas enamorado de ella .

Negó con la cabeza y se sentó a la mesa de mi pequeño comedor. —No iba a hacerlo. Sabes que apenas era lo bastante bueno con ella como para merecer pronunciar su nombre. Era muchísimo mejor de lo que yo merecía.

Asentí y me senté con él, con mi café con nata y azúcar en lugar de caramelo. Mi madre nunca habló mal de mi padre, pero también sabía que nunca lo amó. Le entristecía que él no me reconociera cuando era pequeña, y cuando por fin lo hizo, se sintió agradecida, pero ella ya había construido una vida para nosotras que no necesitaba ni a él ni a su dinero. Sin embargo, era mi padre y ella creía que era importante que mantuviera una relación con él, y nunca quiso influir en eso.

—Ojalá la hubiera llegado a conocer. Por lo poco que sé de ti, estoy seguro de que tu madre era una mujer extraordinaria. Cuando se quedó embarazada de ti, yo no estaba preparado para afrontar nada. Tardé mucho en darme cuenta de que podía haber cambiado, pero para entonces ella ya se había ido y tú te habías marchado, la banda dejó de girar y yo me quedé solo.

—¿Por eso estás aquí? ¿Porque no quieres estar solo?

Negó con la cabeza. —Estoy aquí porque debería haber estado a tu lado hace años. Ahora no me necesitas, pero sé que cometí muchos errores contigo. Nunca podré repararlos, pero quizá pueda conocerte y no volver a equivocarme contigo en el futuro.

—¿No estás enfermo, ni te estás muriendo, ni estás en un programa de doce pasos?

Se rió entre dientes. —Nada de eso. Se puso serio y su sonrisa se tornó triste. —Pero Andrew está enfermo. Carson me llamó hace unos meses y me lo contó.

—¡Oh, no! Papá, lo siento muchísimo

Él asintió. —Gracias. Fui a verlo. Fuimos todos. Es poco probable que llegue a final de año. Habíamos hablado de hacer una gira de reencuentro o algo así, pero con Andrew enfermo... Soy un cabrón egoísta.

—¿Por qué?

—Porque eso fue lo primero que pensé cuando Carson me llamó: que no podríamos hacer la gira.

—Siempre has sido un poco...

—¿Egocéntrico? —apuntó él.

Me encogí de hombros y no discutí.

Él se rió. —Lo sé. Supongo que estoy trabajando en ello. He estado yendo a un terapeuta.

—No —dije, conteniendo la risa.

—Lo sé. Difícil de creer. Como te he dicho, no haber formado parte de tu vida antes es mi mayor arrepentimiento. Tengo muchas cosas que resolver. Y este terapeuta está acostumbrado a tratar con gente como yo.

—¿Estrellas del rock narcisistas con complejo de «Yo primero»? —bromeé.

Él resopló. —No te contengas conmigo.

Me reí con él.

—Me enamoré de una mujer hace aproximadamente un año. Pensé que por fin iba a casarme. Le compré un anillo y todo.

—¿De verdad?

Asintió y dio un sorbo a su café. Esto no era el artista. Era un hombre con el corazón roto que se tomó un momento para recomponerse antes de terminar su historia. —Se había casado antes. Decía que me quería, pero había demasiadas cosas en mí que le recordaban a su ex. Que no estaba dispuesta a meterse en otro matrimonio con otro hombre más preocupado por sí mismo que por los demás.

—Lo siento, papá.

Se encogió de hombros, pero el dolor en sus ojos no lograba engañarme. —No se equivoca. Cuando tenía que elegir entre lo que ella quería hacer y salir para ser el centro de atención, siempre elegía la atención. Nunca la puse en primer lugar. Nunca le mostré lo que sentía por ella.

—¿Y ahora puedes hacerlo?

Negó con la cabeza. —Ya es tarde. Seguramente ella ya ha pasado página.

—Pero no lo sabes.

—¿Por qué querría estar con una vieja estrella de rock acabada?

—Puede que no quiera. Pero quizá sí quiera estar con un hombre que la ame.

Papá se quedó helado ante mis palabras. Abrió la boca para protestar, pero la cerró de nuevo. Alzó la vista hacia mí con la expresión más vulnerable que le había visto jamás. —No tengo nada que ofrecerle.

—Déjame contarte un secreto, papá. Las mujeres que

quieren acostarse con una estrella de rock no son las mismas que desean sentar cabeza con un hombre al que aman. No todas las mujeres quieren aprovecharse de ti para progresar, darse notoriedad o pasar al siguiente. Cuando yo estaba con Nate, no lo veía como Nate Catalan. Lo veía como el hombre con quien esperaba pasar mi vida. Era joven y estaba confundida, y estoy segura de que igualmente no habría funcionado, pero para mí él solo era un hombre. Seguía de luto por la pérdida de mamá y no estaba preparada para ser adulta. Pero creía que sí. No me importaba que estuviera de gira ni que tuviera posibilidades de hacerse famoso. Me importaba que le gustara.

Papá guardó silencio durante un buen rato. Saboreó mis palabras con el último sorbo de café. Cuando volvió a hablar, sonaba más esperanzado. —Nunca'me he considerado digno de una mujer como Monica. Es amable y cariñosa y se entrega por completo a los demás. Trabaja con jóvenes desfavorecidos y siempre devuelve a la comunidad.

—Parece muy dulce.

—Lo es. Mucho mejor que yo.

—Está claro que ella no'lo pensó cuando os conocisteis.

Se rió ante un recuerdo que no'compartió. —No, no lo hizo.

—Entonces, ¿qué vas a hacer?

—¿A qué te refieres? Estaba sinceramente desconcertado por la pregunta.

—¿Cómo vas a recuperarla?

—Yo no'...

—Papá, e'res una estrella del rock con un amigo que se está muriendo. ¿De verdad vas a decirme que no va's a ir tras la mujer que amas, contarle lo que sientes y convencerla de que hablas en serio?

Observé cómo se le ensanchaba el pecho y recuperaba su porte seguro. —Ti'enes razón.

—Por supuesto.

—Gracias, Sofia. De verdad aprecio tu voto de confianza.

—De'nada.

—¿Tengo que marcharme ahora mismo?

Solté una carcajada. —No, papá. Puedes irte cuando' estés listo. Pero antes de marcharte, quizá deberías empezar a pensar en los demás, prestar más atención a lo que la gente de tu vida necesita.

—¿Qué quieres decir?

Elevé las cejas y me eché a reír. No tenía ni idea. —Verás, te acabaste mi crema de caramelo para el café y ni siquiera te molestaste en decirme que la estabas usando para poder apuntarla en la lista.

—Perdona. Yo... sí, debería haberlo hecho.

—Lo mismo con mi champú. Y dejaste una bolsa de patatas fritas en la despensa con solo migas, sin cerrarla, de modo que cuando la cogí las migas se esparcieron por todas partes. Y...

—¿Quizá pueda empezar por una cosa cada vez?

Negué con la cabeza y solté una risita. —Probablemente sea una buena idea.

Él me sonrió. —Gracias, Sofía. Por dejarme quedarme aquí y por devolverme la esperanza.

—Siempre debemos tener esperanza, papá. Pase lo que pase.

—Creo que' tienes razón.

—¿De vuelta otra vez? preguntó la señora Watson.

No me había fijado en ella cuando subí las escaleras hasta el piso de Daniel' después de comer, pero allí estaba, de pie en el umbral de su puerta abierta, observándome.

—Buenas tardes, señora Watson. ¿Cómo se encuentra?

—La vi salir de su piso esta mañana. Hasta entonces creía que estaban arreglando las cosas, pero parece que no es as'í.

—¿Puedo hacer algo por usted, señora Watson? No quería ser descortés con la mujer, pero tampoco le debía ninguna explicaci'ón.

Ella negó con la cabeza. —Es un buen hombre, Sofia. Me ayuda con la compra y me habla como a una persona. No me juzga.

Me quedé perpleja. Daniel dijo que a ella le caía bien, pero no le creí. Fue agradable equivocarme sobre aquella mujer gruñona que apenas toleraba a los demás. —A mí también me parece un buen hombre.

—Me gusta verte sonreír. He temido que algún día acabes convertida en una vieja solitaria y amargada como yo.

—No estoy segura de que esas sean las palabras que usaría para describirla, señora Watson.

Soltó una risita. —Por eso me caes bien, Sofia. Eres buena. Pero sabes que esas palabras son la pura verdad. Tengo más remordimientos de los que me tocan. No dejes que tu orgullo te impida ir tras lo que quieres.

No sabía cómo contestarle y, cuando por fin salí de mi asombro, ella ya había cerrado la puerta.

Me tomé un minuto para asimilar sus palabras. Estaban impregnadas de arrepentimiento y dolor, con un matiz de perspectiva que permitía ver el pasado con negatividad. Todos teníamos nuestros momentos, pero llegar a mirar atrás con tanta frustración que uno acabara aislándose de todo el mundo era algo que jamás había imaginado.

La puerta de Daniel se abrió antes de que llamara. Él pareció sorprendido al verme allí. —Hola. ¿Estás bien?

Asentí. —Sí. Solo estaba hablando con la señora Watson.

—Creía haberla oído. ¿Está bien?

Volví a asentir y entré. Él cerró y echó el pestillo tras de mí. —Me vio salir esta mañana. Me dijo que no dejara que el orgullo me impidiera ir tras lo que quiero.

—¿De verdad? Qué enigmático. A menos que estuvierais manteniendo una conversación profunda y trascendental en el pasillo hace un momento?

Negué con la cabeza. —No. Dijo que tenía remordimientos. Fue triste. Como esas canciones que hablan de perderse lo que podría haber sido lo mejor de tu vida.

—Esas son las canciones que más hondo llegan. Todos tenemos esos momentos.

Asentí con la cabeza. —He estado pensando en eso toda la mañana. Levanté el cuaderno que había traído conmigo. —¿Quieres escuchar mi última canción?

—¿De verdad? ¡Claro que sí!

Me siguió hasta el sofá. Estaba nerviosa por compartir mi música con alguien, pero, si iba a mostrársela a alguien, tenía que ser a Daniel.

Abrí la página donde había estado garabateando palabras toda la mañana. Entre lo que mi padre decía sobre Monica y mis incesantes pensamientos acerca de la marcha de Daniel, una canción había empezado a sonar en mi cabeza.

Arrepentimiento Dolor Amor

Nada que compartir
   Nada que ofrecer
   Ningún motivo para pedirte que te quedes

Desde el primer beso
   Todo se sintió distinto
   Eléctrico, magnético
   Empuje y tirón, chispa y arco
   —No es gran cosa. No es realmente nada. Pero es lo que

ha salido hoy —dije, al alargar la mano hacia el cuaderno mientras Daniel leía mis palabras.

Apartó el cuaderno de mi alcance y lo dejó sobre la mesa de centro. Cogió su guitarra y empezó a tocar.

Cambió de tonalidad y empezó de nuevo. El tono era envolvente y melódico. Me recorrió el cuerpo con un cosquilleo y, de inmediato, me entristeció.

—Guau —susurré.

Alzó la vista hacia mí y sonrió. —¿Sí?

Me di unos golpecitos en el pecho. —Eso me llega al corazón.

Asintió. —Lo mismo con tus palabras. Ya había escuchado esto en mi cabeza, pero no podía alcanzarlo hasta que acabo de ver tus versos.

—¿De verdad?

Volvió a concentrarse en la guitarra. —¿Crees que encajarán juntos?

—Por supuesto.

Volvió a estudiar mi cuaderno y tocó las mismas notas. Empezó a cantar mis palabras con una voz suave y aterciopelada. Me llegó de una forma que nunca había sentido.

—Joder —exhalé cuando pulsó la última nota.

—¿Ha estado bien?

Tragué con dificultad el nudo que tenía en la garganta. —Nunca he oído una de mis canciones en voz alta. Nadie ha cantado ninguna.

Dejó la guitarra en el suelo, apoyada en el sillón auxiliar, y se inclinó hacia mí. —Mierda. No debería haber…

—No, ha sido… alucinante —susurré—. —Yo… obviamente mi padre es famoso. No' suelo hablar mucho de ello porque mucha gente quiere algo de él o de mí. Pero no somos' cercanos, porque acusó a mi madre de mentir cuando se quedó embarazada de mí. Dijo que solo intentaba quedarse con su dinero.

—Joder —murmuró Daniel, palideciendo.

Asentí. —Sí. Mi madre decía que no era eso lo que buscaba, pero nunca importó. Estaba en el instituto cuando lo conocí. Finalmente decidió que necesitaba saberlo con certeza y se hizo una prueba de paternidad. Pagó la manutención y todo eso, pero mi madre nunca usó el dinero. Cuando ella murió, me fui de gira con mi padre. Éramos prácticamente unos desconocidos, y no' era una gran situación, pero era lo único que tenía.

—Lo siento —susurró Daniel.

—Gracias. Fue duro. Pero allí fue donde'me enamoré de la música; donde oí por primera vez una canción que me puso la piel de gallina y me hizo sentir que no estaba tan sola. Uno de los teloneros tenía un tema que me llegó tan hondo que acabé saliendo con una corista. Fue un pequeño desastre y no' duró, pero mi amor por la música sí. Me mantuve *muy* lejos de la industria musical desde entonces, así que escuchar una de mis canciones era algo que jamás imaginé que pasaría. Nunca. Pero estoy' feliz. Ha sido mejor de lo que jamás habría podido soñar.

Daniel inspiró hondo. —Lo siento por todo lo que has pasado.

Negué con la cabeza. —Yo no. Quiero decir, ojalá mi madre estuviera aquí, pero el resto forma parte de la vida. No todo el mundo es quien parece ser, pero todos llevamos dolor, arrepentimiento y desamor en nuestro pasado. Eso' es lo que hace la música: coge los trozos más grandes de nuestra vida y nos da una conexión durante tres minutos. Todos compartimos lo mismo, el mismo dolor o la misma alegría. La música nos une. Hoy me has recordado eso. Gracias.

—De nada' —susurró.

—¿La cantarás otra vez? Quizá puedas ayudarme a escribir más. Y, si te' sientes realmente aventurero, puedo enseñarte algunas de mis otras canciones.

Daniel asintió despacio. —Por supuesto, Sofía. Lo que quieras.

Sonreí y me recosté mientras él cogía su guitarra. Tocó su melodía y cantó mis palabras, y yo cerré los ojos y fingí que estaba en mi propio concierto.

Fue mágico.

TREY

*H*e cantado sus letras y he tocado mi música, y odiaba que aquello se sintiera bien. Joder, tan bien. Más bien que cualquier cosa que yo'hubiera creado jamás.

Hacía demasiado tiempo que no sentía ese cosquilleo de emoción. Esa certeza profunda de que la canción era buena. La vibración que me hacía confiar y disfrutar del proceso.

Pero todo estaba ensombrecido por las mentiras que pesaban sobre mí. No solo por el motivo por el que estaba allí, sino porque no era diferente de su padre. No era mejor.

Yo'había hecho lo mismo que Jensen. Negué a una mujer que aseguraba que yo era el padre de su bebé nonato. Fue hace más de un año. Estábamos de gira y la discográfica se encargó de todo. Sin hablar conmigo. No me habr'ía enterado de nada si Seth no hubiera hecho un comentario al respecto. Creía que yo lo sabía.

Cuando pregunté, la discográfica me dijo que estaba solucionado y que no volver'ía a saber nada de Avery Power. Dijeron que la hab'ían pagado para que cerrara la boca. No cre'ían ni siquiera que el crío fuera mío, pero les daba igual. Se aseguraron de que no fu'era a ser un problema.

Pero sí importaba. Me volqué en el final de la gira e intenté fingir que no hab'ía una mujer por ahí embarazada de un bebé que podía ser mío. Me repetí que ella no import'aba, que solo buscaba mi dinero, mi fama y cualquier trozo de mí que pudiera conseguir. Yo siempre, siempre usaba preservativo. Pero los preservativos pueden fallar.

Aun así. Mentía. Tenía que estar mintiendo.

Me conté esa misma historia tantas veces que llegué a creerla. Incluso cuando la busqué en Internet y analicé los rasgos del beb'é para ver si me resultaban familiares. Me dije que ella mentía.

Seguramente Jensen se decía lo mismo. Pero la madre de Sofia no esta'ba mintiendo. No iba tras su dinero. No quer'ía nada de él.

Escuchar la historia de Sofia'me hizo darme cuenta de que ese fue mi punto de inflexión. No hab'ía vuelto a sentir ese cosquilleo, esa melodía sin cantar en mi cabeza, desde que me enteré de lo del bebé.

Desde que me he negado a admitir que la cagué. Desde que permití que otra persona tomara una decisión sobre mi vida. Una decisión que me ponía al mismo nivel que el padre de Sofia'. Alguien capaz de abandonar a su hijo.

—¿Qué te parece? —preguntó Sofia, girando su cuaderno hacia mí.

Había' escrito otra estrofa de su canción. Mientras yo pensaba en la mujer que aseguraba que la' había dejado embarazada, Sofia se volcaba en la canción, dándome aquello por lo que' había venido a Cala MacKellar.

Aparté de mi mente a Avery Power y me concentré en Sofia. Quería preguntarle de quién hablaba la canción, a quién' había tenido que ver marcharse. Pero no' tenía el valor, y no' tenía el derecho. Lo nuestro era temporal, y ya' me había pasado de la raya. Aunque ella no' lo supiera.

—¿Y si cambiamos estas dos líneas de sitio? —sugerí, señalando las que, en mi opinión, funcionarían mejor invertidas.

Movió los labios en silencio y asintió. —Sí, me gusta. Garabateó los cambios y volvió a dejar el cuaderno sobre la mesa. —Nunca he compuesto una canción con nadie. ¿Vas a mover esto cuando vuelvas a LA? ¿Oiré algún día mi música cantada por un desconocido?

La verdad esencial de mi presencia allí me pesaba en el estómago como un ladrillo. Negué con la cabeza y forcé una sonrisa. —Nunca' te haría eso.

Se rió y me dio un codazo en el hombro. —Solo bromeaba. Sé que no lo harías'.

Me reí con ella, rezando para que mi risa no sonara tan hueca como se sentía.' Se vendría abajo cuando descubriera quién era yo. Y ni siquiera' podría decirle que lo sentía. La canción que estaba escribiendo era buena; sería un éxito. Y si pudiera sacarla al mundo, atraeríamos oleadas de fans a Broken Record. 'Conseguiríamos un nuevo contrato y una nueva gira, y ganaríamos premios con la canción. Lo presentía.

Pero no' podía decirlo. No' podía contarle lo que estaba pasando. Si lo hacía, se' marcharía. La canción nunca se terminaría. 'Perdería todo por lo que' había luchado tan duro desde que Michael murió. No sería nada ni nadie.

Tenía que seguir adelante.

Hicimos una pausa justo antes de la cena, y ella dio un salto al ver la hora. —Lo siento muchísimo por salir corriendo, pero había quedado en ayudar a Chelsea a hacer las maletas esta noche.

—¿Se muda?

Sofía asintió. —Está comprando una casa nueva. Todo el

proceso va muy deprisa. La vio a principios de esta semana y tiene la inspección la semana que viene; si la casa está bien, debería firmar en un mes más o menos.

—¿Y ya está empaquetando?

Sofía soltó una risita. —Dice que está manifestando su éxito. Está deseando salir del piso en el que vive. La casa es perfecta para ella y teme que otra persona se la quite, así que le está pidiendo al universo que sea suya.

—Me alegro por ella.

Sofía se detuvo en la puerta y me besó con fuerza. Rodeó mi cuello con los brazos y me atrajo hacia ella con un beso que me hizo olvidar lo capullo que era y me impulsó a querer ser un hombre mejor para ella.

—Adiós. Y gracias.

—Adiós —dije, dejándola marchar y permitiendo que creyera que yo era un hombre decente.

Era un capullo.

—¿QUÉ pasó entre Sofía y su hermano? —exigí una hora más tarde, cuando llamé a Seth. La forma en que mencionó que había salido con un corista, la emoción tras esas pocas palabras, me dijo que había mucho más en la historia de lo que Seth me había contado.

Seth se rió. —¿A qué se refiere?

—Usted me dijo que salieron juntos. ¿Qué pasó?

—Ya sabe cómo es Nate.

Lo que significaba que Nate se acostaba con otras a sus espaldas. De adolescente, pensaba que Nate era un malote. Lo admiraba y quería ser como él. ¿Pero ahora? —La engañó —dije.

Seth suspiró con fuerza. —¿Se considera engañar si uno

no va en serio? Quiero decir, vamos, hombre, ya sabe cómo va esto. Nadie se lo toma en serio cuando se está de gira. '"

—¿Lo sabía ella?

—¿Por qué coño le importa? —ladró Seth—. ¿Tiene un coño mágico o qué? ¿La gorda le tiene los huevos en un cabestrillo y ahora ha olvidado de dónde viene? Yo le di su carrera. Nate y yo. Sin nosotros, nada de lo que tiene existiría.

—Hasta donde sé, la música que escribo es lo que nos llevó a lo más alto de las listas.

—¿Y cómo cree que nos dieron la oportunidad, para empezar? —gruñó Seth—. ¿De verdad pensó que un puto crío idiota con un hermano muerto era lo bastante bueno para conseguir un contrato? Ni de coña. A la discográfica le importaba una mierda usted o su hermano. Lo único que les importa es vender música. '

El recuerdo de cómo empezamos me golpeó hondo. Aspiré aire de golpe. El hombre al otro lado del teléfono no era 'quien había sido mi apoyo durante casi media vida. '

Seth nunca me había dicho algo así. Jamás había insinuado que yo tenía suerte en lugar de talento. O que Michael era irrelevante.

—Nate habló con la discográfica —prosiguió Seth—. Hizo que nuestro single llegara a la gente adecuada. Y solo lo hizo porque soy 'su hermano. Usted podría haber sido cualquiera.

—Nuestras canciones, nuestra música —balbuceé. Había sido nuestro mantra, nuestro pacto.

—Usted es quien está empeñado en cantar solo temas que compongamos nosotros. A mí nunca me importó. Se lo dije a la discográfica cuando me reuní con ellos. Nate me consiguió una audición antes de que 'llegara, pero no querían al hermanito de Nate; querían una banda. Después de que Nate se fuera en solitario, yo ya no bastaba. Les propuse que fuéramos los dos. Les dije que usted tenía música. '"

—Me vendió.

—¡Le di todo! —gritó Seth— Las mujeres, la música y el dinero; todo ha sido gracias a mí, porque yo lo hice posible. No se atreva ahora a hacerse el ofendido. Maldito egoísta.

—Que le jodan, Seth.

—No, que le jodan a usted, Trey. Se va a ese pueblucho de mierda, mete la polla en esa gorda asquerosa y cree que es mejor que yo.No es nada.No es nadie.Está pasando por una crisis existencial y piensa que debería ser mejor; déjeme al margen.Yo no le obligué a hacer nada.No le dije que fuera allí a colarse en su mundo.No le dije que se la follara.No le dije que hiciera ni una maldita cosa.Usted fue quien se negó a escuchar la música que la discográfica nos entregó.

—No somos nosotros.

—No, no es usted —gruñó Seth—. Pero es bueno.

—¿La escuchó?

—Sí, la escuché. Y estoy pensando en grabar algunas de las canciones.

—¿Usted solo?

Seth exhaló. —No lo sé. Lo que sí sé es que he terminado de jugar a ser su segundo. Estoy harto de que la discográfica espere por usted antes de sacar nuestro próximo álbum. Soy mejor que usted. Siempre lo he sido. Y no le necesito cerca para demostrárselo a la discográfica ni a nadie más.

Ha colgado antes de que pudiera responder. Me he quedado mirando el móvil y me he preguntado qué demonios acababa de pasar.

Mi amigo más antiguo, la persona en la que creía poder confiar, acaba de admitir que llevaba veinte años soportándome a duras penas, y solo por su carrera.

He vuelto a desbloquear el móvil para llamar a Sofía, pero no he pod'ido. No solo estaba con sus amigas, sino que no sab'ía toda la historia. No pod'ía.

Deslicé hasta la única otra opción que tenía. Era triste que la única otra persona en la que confiaba fuera alguien a quien nunca hab'ía conocido.

GIOIOSO

Acabo de descubrir que mi amistad más antigua era una mentira. No sé muy bien cómo seguir adelante ahora mismo.

HÁBLAME COMO UN NERD

Lo siento muchísimo. No es fácil asimilar algo así.

GIOIOSO

Sí, todavía estoy en shock. Me dijo que solo éramos amigos por trabajo.

HÁBLAME COMO UN NERD

Menudo capullo. Aunque fuera verdad, se supone que con el tiempo una amistad debería basarse en algo más que la conveniencia.

GIOIOSO

Nos conocimos en un momento en que mi vida se estaba yendo al garete. Le contaba absolutamente todo. Esto me está afectando de verdad.

HÁBLAME COMO UN NERD

No quiero ni imaginarlo. ¿Cómo se llama a una vaca en un terremoto?

GIOIOSO

Eh... ¿Cómo?

HÁBLAME COMO UN NERD

¿Cómo se llama a una vaca durante un terremoto?

Intento que te distraigas de tu amiga. Que te rías.

Adivina.

GIOIOSO

Eh... ¿ternera saltarina?

HÁBLAME COMO UN NERD

¡JAJA! No está mal, pero no. ¡Es un batido de
leche!

Solté una risita por la nariz y negué con la cabeza.

GIOIOSO

Ha estado bien. Gracias.

HÁBLAME COMO UN NERD

De nada. ¿Estás bien?

GIOIOSO

No, pero pronto lo estaré. Perdona que te
haya interrumpido la noche.

HÁBLAME COMO UN NERD

Todo bien. Solo estoy ayudando a una amiga
a hacer las cajas.

Por poco se me cae el móvil. No podía ser. ¿Era Háblame
como un nerd Sofia?

HÁBLAME COMO UN NERD

Debería volver, pero mañana me pasaré a ver
cómo sigues, si te parece.

GIOIOSO

Sí, perfecto. Suerte con el embalaje. Y que tu
amiga tenga suerte con la mudanza.

HÁBLAME COMO UN NERD

Dice que gracias. Está manifestando su
casa, así que aún no sabe cuándo se
mudará, pero confía en que sea pronto. ¡Que
pases buena noche!

Joder. Joder, joder, joder. O Háblame como un nerd era

Sofia, o era alguna de sus amigas que también estaba ayudando a otra amiga suya a hacer las cajas.

No sé por qué pensé que eso era imposible. Me metí en la maldita aplicación para conocerla y, cuando empecé a chatear con aquella mujer, olvidé que todo formaba parte de mi plan.

Y entonces empecé a enamorarme de Sofia.

—¡Joder!—grité al piso vacío—. ¿Qué demonios iba a hacer? No podía decirle quién era, pero tampoco podía seguir ocultándole más cosas.

Nunca debería haber empezado nada de esto. Nunca debería haberle dicho a la discográfica que sabía dónde encontrar a la hija de Jensen Carmack o que conseguiría una canción antes de que terminara el verano. Nunca debería haber hecho nada de ello.

El lunes a primera hora pensaba aclarar unas cuantas cosas con ellos. Y luego pensaba ser sincero con Sofía.

—No —dijo Robert Miller.

Sin explicaciones, sin detalles, simplemente no.

—Pero, señor...

—¿He tartamudeado, joder? Fuiste allí para hacer un trabajo, Trey. No fuiste allí para enamorarte ni para que te brotara la conciencia ni para lo que diablos creas que estás haciendo allí. Esto es un negocio. Y yo me dedico a hacer música, a crear un vínculo con los fans. Tú eres quien se ofreció voluntario para esta misión. Fue idea tuya. Yo estaba perfectamente satisfecho con darte algunas canciones de otros artistas.

—Lo sé, pero...

—No, no lo sabes, Trey. No tienes ni idea. Broken Record es una de nuestras bandas más exitosas, pero las ventas han caído últimamente. Estos últimos años, vuestros conciertos tardan más en agotarse. Las canciones entran cada vez más abajo en las listas o ni siquiera entran. No nos llegan peticiones para que actuéis en eventos.

—Todo se reduce al dinero.

—Esto es un negocio, señor Ryan. No es ninguna ONG. Así que sí, todo se reduce al dinero. Se trata de lo que conecta con los oyentes. Se trata de a quién llaman para ser juez invitado o presentador en la tele. Se trata de ganar más dinero para que podamos crear más música.

Hirviendo por dentro, escuché cómo resollaba al otro lado del teléfono.

—Escucha, si te ha salido la conciencia de repente y ya no quieres conseguir esa canción de la hija de Carmack, mandaré a otra persona a hacerlo.

—¡No! —ladré.

—Entonces le sugiero que lo termine. Tiene un contrato con nosotros, señor Ryan. Tiene un trabajo que hacer. Depende de usted cómo lo haga, pero si siquiera se le pasa por la cabeza llevar la canción en la que está trabajando con ella a otra discográfica, quedará tan sepultado en honorarios legales y juzgados que deseará haber tenido el valor de plantarle un contrato delante y conseguir que le cediera los derechos del tema.

—Voy a hacerme una prueba de paternidad —dije, consciente de que eso le impediría colgar antes de que dijera todo lo que necesitaba.

—No se lo aconsejo.

—Sí, bueno, no puedo vivir conmigo mismo sabiendo que podría haber un niño ahí fuera que comparte mi ADN y al que he estado negando.

—¿Está hablando otra vez la hija de Carmack?

—¿Lo sabe?

Robert Miller suspiró. —La madre ha sido compensada.

Hemos aprendido la lección. Si se atreve a mencionar la paternidad a alguien, perderá su casa. Déjelo estar, señor Ryan.

—No puedo hacer eso. No puedo quedarme aquí sentado fingiendo que ese niño no existe.

—Le aconsejo precisamente eso. Olvide que alguna vez oyó algo sobre esa mujer o el bebé y tráigame una canción.

—Pero...

Colgó el teléfono de un golpe; el auricular antiguo resonó en mi oído por la fuerza del impacto. Aparté el móvil del oído y suspiré.

Nunca debería haber admitido que estaba trabajando en algo con Sofia, pero él lo olió enseguida. O bien ya había hablado con Seth; me inclinaba por la segunda opción.

Lo que significaba que la canción de Sofia' iba a sonar en la radio. La discográfica la compraría, la pondrían en todas partes y ella sabría que yo había sido quien la manipuló.

No' sabía cómo arreglar esto. Incluso si se lo contara, no mejoraría las cosas. Seguiría enfadada y dolida.

Tenía que haber una salida. Si pudiera escribir una canción sin ella, si pudiera entregársela a la discográfica,' la dejarían en paz. Ella nunca lo sabría.

Pero eso significaba encontrar esa chispa que solo parecía encenderse cuando ella estaba cerca.

Saber que perdí la chispa cuando me enteré del bebé no' significaba que la recuperaría al descubrir la verdad.' Si el bebé era mío, le debía la manutención a la madre. Si el niño no' era, podría pasar página. Pero, de una u otra forma, necesitaba respuestas.

Más que un *no' te preocupes* y un *ya' está todo arreglado*.

He oído a alguien en el pasillo, frente a mi piso, y me he acercado sigilosamente a la puerta para mirar. Sofia estaba hablando con la señora Watson. Las dos miraron hacia mi puerta y me agaché.

Porque eso era de lo más racional.

He vuelto a mirar por la mirilla y he visto a Sofia entrar en el piso de la señora Watson'.

No' podía enfrentarme a ella. Necesitaba marcharme. Averiguar qué iba a hacer después. Estaba pasando demasiadas cosas.

He cogido las llaves, la cartera y el móvil y he salido del piso. Cerré con llave tan silenciosamente como pude y me apresuré hacia las escaleras antes de que Sofia pudiera alcanzarme.

SOFIA

—¿Cómo van las cosas con mi vecino?— preguntó la señora Watson.

Agradecí estar agachada bajo su fregadero para que no' viera el rubor que sabía que me encendía las mejillas. —Todo va bien—

—Me' alegra oírlo. La última persona que vivió en ese piso era un vecino horrible. Se pasaba la noche en vela y era un maleducado. Me rozaba en las escaleras y un día casi me tiró al suelo al intentar salir por la puerta.—

Emití un sonido poco comprometido a modo de asentimiento. No' tenía mucho trato con Wellington, pero la señora Watson no' era la primera en decirme que era un imbécil engreído.

—Creo que empeoró cuando su novia se marchó. Ella era lo único que le impedía ser un capullo total. Por supuesto, ella lo sabía y, al final, consiguió alejarse de él.—

Marci se fue dos meses antes que Wellington, y sabía que no' fue una ruptura amistosa. Ambos tenían veintitantos y trabajaban fuera del pueblo en direcciones opuestas. Vivían en Cala MacKellar porque quedaba a medio camino, pero ninguno de los dos se integró en la localidad ni hizo amistad con los demás vecinos.

—No' los conocía bien a ninguno.—

—No' se ha perdido nada. Espero' que, si las cosas siguen yendo bien entre usted y Daniel, él' decida quedarse.— La pregunta no era nada sutil, pero resultaba eficaz. Maldita sea.

—Daniel' no va a quedarse mucho tiempo, señora Watson. Él' solo estará aquí tres meses.—

—Me' imaginaba que le haría cambiar de opinión.—

Me reí entre dientes y me deslicé fuera del fregadero. Tenía su anillo en la mano y el sifón volvía a estar en su sitio. —Quizá quiera lavarlo antes de volvérselo a poner, pero ya no está en el desagüe'.

—Y usted' está evitando mi pregunta —dijo, demasiado perspicaz para mi gusto.

Solté un suspiro. —No querría hacerle cambiar de opinión' más de lo que quisiera que él me hiciera cambiar la mía sobre quedarme aquí'. Adoro este pueblo. He elegido estar aquí. Él no'.

—Claro que sí, porque está aquí ahora mismo. Y si' es lo bastante rico como para quedarse tres meses sin trabajar, entonces creo que puede quedarse para siempre'.

—No' sé nada de eso, señora Watson. Y no' es asunto mío.

—Está' acostándose con ese hombre. Claro que' es asunto suyo.

Solté un bufido ante su atrevida réplica. —Eso no me da derecho a conocer toda su información personal. Hay gente que se acuesta' junta sabiendo mucho menos el uno del otro de lo que yo sé de Daniel.

Refunfuñó, sabiendo que tenía razón.

—¿Necesita que haga algo más, señora Watson? —pregunté, esbozando una sonrisa cortés.

Me lanzó una mirada severa y negó con la cabeza. —Sigo

pensando que debería pedirle que se quede. Permítale elegir en lugar de decidir por él.

—Él eligió cuando firmó un contrato de tres meses.

Refunfuñó mientras guardaba mis cosas y me dirigía a la puerta. Me detuve lo suficiente para mirarla.

—Sé que intenta ayudarme, señora Watson. La he escuchado cuando me dijo que no dejara que mi orgullo se interpusiera. Esto no es orgullo. Entiendo que no todo el mundo está esperando a que su vida empiece. Él está aquí como una pausa, no un cambio. Volverá a su vida y yo le guardaría rencor si me pidiera cambiar la mía para ir con él. Jamás le pediría que desarraigara su vida para quedarse aquí conmigo.

Asintió con la cabeza, como si comprendiera lo que yo todavía no estaba preparada para decir. Lo que quizá nunca llegaría a expresar.

He salido de su piso y la he escuchado echar la llave tras de mí. He inspirado hondo y me he quedado mirando la puerta de Daniel.

Lo nuestro era ligero y sencillo. Era divertido. Nunca había tenido una relación así. Lo que no sabía era si era diferente porque le amaba o porque sabía que no duraría.

Había libertad en lo temporal. No me preocupaba por si tendríamos que discutir sobre dónde pasar las fiestas o cuál sería nuestro próximo viaje. No tenía que plantearme si pasaba con él demasiado tiempo o muy poco, descuidando a mis amigas. Nos veíamos cuando podíamos y lo dejábamos estar cuando no.

No sabía qué hacía él durante el día, pero recuperar el anillo de la señora Watson me llevó menos tiempo del que esperaba, así que tuve unos minutos para comprobar si Daniel estaba en casa. Crucé el pasillo y llamé a su puerta.

Se me dibujó una sonrisa al imaginarlo abriendo la puerta y arrastrándome al interior para besarme como si no hubiera un mañana antes de que tuviera que darme la vuelta y marcharme de nuevo.

La sonrisa se desvaneció cuando la puerta siguió cerrada. Llamé de nuevo, pegando la oreja a la madera para ver si oía algo.

El piso estaba en silencio.

Bueno, qué le vamos a hacer. Pensé en mandarle un mensaje para decirle que había pasado por allí, pero no iba a molestarlo. Además, tenía trabajo que hacer. Como dijo la señora Watson, la mayoría de nosotros no puede tomarse tres meses libres.

MI MÓVIL VIBRÓ en cuanto me detuve frente a la casa que Chelsea quería comprar. Puse mi todoterreno en posición de aparcamiento y cogí el móvil por si era Chelsea con algún cambio en el plan.

DANIEL

¿Qué te parece esto para lo siguiente:

Dijiste que yo no figuraba

Que no te amaba

Elegí todo menos a ti

Sonreí al leer sus palabras. Llevábamos intercambiando mensajes toda la semana sobre la canción en la que estábamos trabajando. Era divertido. Más de lo que jamás habría imaginado. Daniel era creativo e inspirador y amaba la música igual que yo. Como si fuera parte de él.

YO

Me encanta. Puedo sentir el dolor en esas palabras. Encaja a la perfección.

Esperé a que respondiera, pero no'recibí señal alguna de que fuera a hacerlo. La puerta de un coche se cerró no muy lejos y alcé la vista para ver a Chelsea aparcada detrás de mí.

Guardé el móvil y salí para reunirme con ella. Estaba monísima con un top rojo que realzaba sus curvas de un modo discreto pero sensual y unos vaqueros que le llegaban a media pierna. Sus interminables ondas castañas estaban recogidas en una coleta elaborada que a mí me habría llevado tres tutoriales y una hora de maña conseguir que quedara así de bien.

—¡Hola! —dijo Chelsea al verme acercarme—. Muchísimas gracias por hacer esto. —

—Encantad'a de ayudar. ¿Quién se re'úne con nosotras aquí?

—El inspector de la vivienda y las dos agentes inmobiliarias.

—Bien. Ojalá sea rápido. Es una casita monísima.

—¡Ya lo sé! —Chelsea miró la casita y sonrió, rebosante de entusiasmo. La casa no parecía grande desde el frente, pero se prolongaba bastante hacia atrás. Ciento cuarenta metros cuadrados eran más que suficientes para Chelsea, y estaba situada en una zona estupenda y con un precio muy bueno.

—¿Podemos acercarnos un poco más? —le pregunté. Éramos las únicas allí, así que no quería sobrepasarme, pero me moría de ganas de ver de cerca el revestimiento de tejas de cedro que cubría toda la casa.

Ella se encogió de hombros y avanzó por el camino de hormigón agrietado. —Ojalá tuviera garaje, pero estoy pensando en poner una de esas estructuras cubiertas. Con el tiempo quizá intente construir un garaje para un coche justo aquí, donde la entrada termina en la valla, pero dudo que vaya a tener dinero para eso.

—Puede salir caro. Pero no es mala idea. También podrías

construir el garaje más hacia el patio trasero si quisieras más entrada y menos jardín.

Chelsea negó con la cabeza. —Me encanta el jardín. Llevo tiempo resistiendo la tentación de ir a mirar perros porque sé que me enamoraría de alguno y lo adoptarían antes de que yo estuviera lista para llevármelo a casa.

Me reí con ella. —Sí, mejor esperar. Y tiene sentido poner el garaje aquí si quieres conservar el máximo de jardín. Ojalá tuviéramos un parking cubierto en el bloque de pisos. Aparcar en la calle no suele ser un problema, pero hay que pensárselo cuando nieva.

Chelsea se echó a reír. —Exacto. Ahora aparco fuera, en mi edificio, pero tarde o temprano querré algo cubierto. Aparte de eso, para mí todo es perfecto. Pero estoy enamorada y no veo nada malo; así que, si crees que esta casa va a suponerme un gasto excesivo por cualquier motivo, tienes que ser sincera conmigo.

Me he acercado al revestimiento junto a la puerta lateral. Según mi experiencia, es la parte que suele mostrar más desgaste y daños. —Por el momento, parece que lo han mantenido muy bien. No veo daños por agua ni motivos de preocupación.

Soltó un profundo suspiro. —Ay, gracias a Dios. Tenía tanto miedo de que fueras a decirme que la casa se está viniendo abajo.

Solté una risita. —Todavía no hemos entrado, pero por fuera tiene buena pinta hasta ahora.

—Uf. Bien.

Se oyeron más portazos y alzamos la vista para ver a dos mujeres y un hombre que se acercaban, saludándose con la mano desde donde habían aparcado.

—Hola, Chelsea —dijo el hombre. —Me alegro de volver a verte.

—Hola, Mark. Chelsea le estrechó la mano. —Esta es mi amiga, Sofia. Mark es mi agente inmobiliario.

—Encantada de conocerle —le dije mientras le estrechaba la mano.

—Igualmente —respondió Mark. —Ella es Nicole, la agente del vendedor.

Chelsea y yo le estrechamos la mano a Nicole.

—Y ella es Stephanie, la inspectora de viviendas.

Una vez más, todos nos estrechamos la mano y nos presentamos.

—¿Estáis todos listos para empezar? —preguntó Stephanie.

Los demás asentimos, y yo les imité.

Nicole ha abierto la puerta y nos ha hecho pasar a todos. Stephanie ha empezado por la cocina y ha repasado su lista rápidamente. Los electrodomésticos estaban en perfecto estado de funcionamiento. No había fugas ni problemas visibles. Los armarios parecían tan viejos como yo, pero todas las puertas cerraban bien. Se'habían mantenido en buen estado y, si a Chelsea le gustaba su aspecto, yo no iba a juzgarla. Vamos, yo habría estado encantado con ellos si se encontraran en la casa que estuviera comprando.

Las tablas del suelo crujían en algunos puntos, pero parecían estar niveladas, lo que me indicaba que no habí'a problemas en la estructura de soporte; aun así, me hice el propósito de revisarlo cuando bajáramos al sótano.

Stephanie subió primero y revisó el único cuarto de baño completo de la casa. El interruptor diferencial se disparó cuando pulsó el botón y se rearmó sin problemas. Comprobó la corriente que le llegaba y asintió antes de anotar los datos.

Los tapones del lavabo y de la bañera aguantaban, y ambos desaguaron correctamente al soltarlos. El inodoro se vació y volvió a llenarse con rapidez. Se tumbó en el suelo para asegurarse de que no hubie'ra agua alrededor de los grifos, y después pasó a los dormitorios.

Los dormitorios se revisaron rápido y sin complicaciones: todas las puertas tenían cerrojo y tanto las lámparas como los enchufes funcionaban. Echó un vistazo a los armarios y subió para inspeccionar el desván.

—El aislamiento de ahí arriba es un poco escaso, pero aún cumple la normativa. Yo' recomendaría extraer el antiguo y sustituirlo en algún momento, quizá dentro de cinco años —le dijo Stephanie a Chelsea cuando bajó del desván.

Chelsea asintió y me miró.

—Sobre todo' es una faena sucia, pero mejorará' la eficiencia energética y hará falta menos esfuerzo para calentar y enfriar la casa —le expliqué.

—¡Ah! Tiene sentido. ¿Es algo que tú puedas hacer?

Negué con la cabeza. —Vas' a querer un equipo profesional para eso, pero podemos pedirle a Knox y Teddy que nos recomienden a alguien.

—Perdón —dijo Stephanie—. No me habí'a dado cuenta de que ibais a comprar la casa juntos.

Chelsea y yo negamos con la cabeza.

—No lo somos —le dije a Stephanie—, pero soy el encargado de mantenimiento de un bloque de pisos en la ciudad. Chelsea me pidió que la acompañara y la ayudara a entender qué tiene que hacer ahora, qué debería hacer y qué no es para tanto.

—Muy sensato —dijo Stephanie—. Incluiré todo lo que encuentre en mi informe, pero si no entiendes algo, es difícil saber qué hay que hacer.

—Cuando mi mujer y yo compramos nuestra casa, el cuadro eléctrico estaba anticuado. Ella se puso histérica y creyó que significaba que había que volver a cablear toda la casa —nos explicó Nicole entre risas.

—Eso pasa muchísimo por aquí. Las normas de construcción cambian constantemente —dijo Stephanie.

Nicole asintió. —Se lo expliqué, pero no se quedó tranquila con mi palabra. Insistió en llamar a un electricista para que lo revisara antes de seguir adelante con la compra.

—¿Pero al final salió todo bien? —preguntó Chelsea.

Nicole sonrió. —Sí. Pero es mucho más fácil cuando alguien entiende las recomendaciones. Incluso un buen informe contendrá sugerencias. Puede ponerte muy nerviosa.

—Pero vamos a revisar todo —dijo Mark—. Parece que tienes contactos que pueden ayudar, y yo conozco a algunas personas que podrían echarte una mano si necesitas a alguien más. Hasta ahora, parece que esta casa está en muy buen estado. Y no se lo digas a Nicole, pero creo que es un chollo.

Todos se rieron con Mark. Era lo bastante mayor como para ser el padre de Nicole y se mostraba respetuoso y amable. Sabía de lo que hablaba, pero no les explicaba las cosas con condescendencia a las cuatro mujeres con las que recorría la casa.

—Los vendedores se mudan a Florida y de verdad quieren que la casa sea para alguien que la vaya a querer. Criaron a sus tres hijos aquí y adoran Cala MacKellar. En primavera tuvieron un posible comprador que quería derribar la casa y construir algo súper moderno. Su precio de salida resultaba atractivo para quienes querían más el terreno que la vivienda. Los vendedores se echaron atrás antes de que se firmara ningún papel.

—Me encanta esta casa —dijo Chelsea—. Lo único que quiero cambiar es que quiero un garaje.

Nicole soltó una risita. —La esposa me comentó que era lo único que el marido siempre lamentó no haber hecho.

—Me alegra oírlo; así no se sentirán decepcionados si lo hago. ¿Puedo preguntarle algo sobre el barrio?

Nicole habló de la zona, mayoritariamente familiar, con algunos solteros dispersos por allí. Stephanie terminó su inspección en la planta de arriba y empezó a bajar. Recorrió el resto de la primera planta y, después, bajó al sótano.

El sótano tenía el cuadro eléctrico, y Stephanie se echó a reír al abrirlo.

—¿Necesita una actualización? —preguntó Nicole.

Stephanie asintió. —Sí. Todo está aquí y es aceptable, pero no cumple la normativa vigente. Se volvió hacia Chelsea. —Eso significa que no es obligatorio hacer nada. Es seguro, pero la normativa ha cambiado y se podría actualizar. Sin embargo, no es barato, así que no lo recomendaría. Pero debo anotarlo.

Chelsea asintió y se volvió hacia mí con una mirada preocupada.

Negué con la cabeza para hacerle saber que todo estaba bien.

Soltó el aire, aliviada.

Stephanie terminó su inspección mientras yo examinaba la estructura que sostenía la primera planta. Se veía bien, sin motivos de preocupación que explicaran los crujidos del suelo. Stephanie le dijo a Nicole que tendría el informe listo en veinticuatro horas y luego nos estrechó la mano a todos. Nicole cerró la casa con llave mientras Mark se despedía de Chelsea y de mí.

—¿Comemos algo? —me preguntó Chelsea.

—Claro. ¿Adónde quieres ir?

—¿Will Work For Burgers?

—Mmm. Te' sigo —le dije.

Chelsea se metió en su coche y se colocó delante de mí. Salí con cuidado a la calle y la seguí hasta el centro.

Aparcamos en el aparcamiento junto a Burgers y nos reunimos al lado de nuestros coches.

—Entonces, ¿qué te ha parecido de verdad?

—Creo que es una monada —le aseguré—. Es perfecta para ti. Puedo ver perfectamente por qué te has enamorado de ella.

—¿Sí?

Asentí. —Sin duda.

Chelsea soltó un profundo suspiro y enlazó su brazo con el mío. Insistió en pagar mi comida como agradecimiento por haberla ayudado, y cogimos una mesa al fondo para hablar más sobre la casa.

—No he visto nada que realmente me preocupara. Evidentemente, hay cosas que no se pueden' ver. Si hay una fuga detrás de una pared, ninguna inspección' la detectará. Pero creo que' es una buena casa. Y el barrio es perfecto.

—Estoy de acuerdo. Quería algo que resultara acogedor. Aún no' tengo familia, pero todavía confío en que algún día pueda tenerla. Me encantaría tener un lugar donde' pudiera empezar una familia.

—Me parece muy inteligente. ¿Forma parte de tu manifestación?'

Chelsea asintió. —Aalgunos les parece una tontería, pero yolo he visto. Haypoder en creer. Noimporta cómo lo llames, ya sea quelo manifiestes, reces, tengas fe o incluso te mates a trabajar para conseguir lo que quieres,para mí es lo mismo. Todo consiste en creer en las posibilidades que te rodean y hacer que suceda.

—Eso es muy inspirador —le dije.

Chelsea sonrió y dio un sorbo a su bebida. —Ojalá pudiera manifestar a un hombre.

Solté una risita. —¿Verdad?

—Tú tienes un hombre —replicó.

Me encogí de hombros. —Daniel es temporal. Se irá pronto. Ya lleva un mes aquí. En dos más, se habrá marchado.

—¿Y no vas a volver a verlo nunca?

Suspiré. —No lo sé. Sé que no quiero mudarme y sé que él no tiene intención de trasladarse aquí definitivamente.

—¿A qué se dedica?

—Trabaja en la industria musical.

—Ah, ¿como tu padre? ¿Se conocían?

Negué despacio con la cabeza. —No lo creo. Ninguno de los dos dijo nada.

—Vaya. Supongo que es un sector más grande de lo que creía. Dicen que Los Ángeles es inmenso, así que no debería sorprenderme.

Asentí. —Sí, es bastante grande.

Chelsea guardó silencio un minuto mientras yo repasaba en mi cabeza la única interacción que habían tenido mi padre y Daniel. Ninguno parecía conocer al otro. No podía ser. Habrían dicho algo.

—¿Eres feliz? —preguntó Chelsea.

La miré, un poco sorprendida por la pregunta. —Eh… sí. ¿Por qué?

Ella negó con la cabeza. —Debby me dijo algo el último día que estuvo en el salón. Hablábamos del trabajo y le comenté que me encanta mi empleo y que no me imagino dejándolo nunca. Entonces me dijo que la vida es más que un trabajo y que debía lanzarme a cada oportunidad que se me presentara, incluso a las que me den miedo.

—¿Por eso estás comprando una casa?

Chelsea asintió. —En parte, sí. Pero también me hizo darme cuenta de que me estaba volcando demasiado en el trabajo. Trabajaba más horas, asumía más clientas y acababa agotada cada día. Me estaba matando a trabajar y ni siquiera me daba cuenta.

—¿Pasó algo?

—No, estoy bien. Pero no lo habría estado de haber seguido así. Mi vecina desconsiderada y la falta total de intimidad también han contribuido. Necesito mi propio espacio. Quiero un perro. Y quiero empezar a organizar reuniones con regularidad. Que podamos, quienquiera que sea, quedar y pasarlo bien.

—Tienes que venir más al club de lectura.

Chelsea se echó a reír. He estado intentando convencerla de que viniera durante meses. Ella ha venido unas cuantas veces, pero todavía no es una asidua. —Lo sé. Iré el domingo. ¿Estarás allí?

Asentí. —Allí estaré. Y estoy abierta a cualquier otra cosa que se te ocurra. No paso suficiente tiempo con mis amigas.

—Genial. Creo que será divertido. Yo también necesito pasar tiempo con otra mujer soltera. Haley sigue con estrellitas en los ojos.

Me reí con ella. —Me da la impresión de que eso no va a cambiar pronto.

—Qué va. Pero me alegro por ella.

—De acuerdo.

19

—¿Tres horas? O sea, ¿en serio? ¿Tres horas? Sobre el papel suena bien, pero ¿te imaginas las rozaduras? —preguntó Elise en el club de lectura el domingo.

Las demás soltamos una carcajada.

—No creo que pudiera volver a tener sexo en tres meses después de eso —dijo Goldie. Su cara dejaba aún más claro lo decepcionante que le resultaría.

—¡Igual! —dijo Anna. —Claro que, con niños en casa, a veces me conformaría con tres minutos a solas.

—Ay, dime que Hudson es mejor que eso —dijo Finley. —Siempre imaginé que sería de los buenos, de esos hombres que se aseguran de que la mujer con la que están quede bien satisfecha antes de perder el control.

—Desde luego que lo es —respondió Anna. —Pero cuando lo único que tienes es el tiempo entre que un crío llega del cole y vuelve a la cocina para preguntar qué hay de cenar, haces lo que puedes.

Goldie y Valentina se echaron a reír y asintieron con entusiasmo.

—Los adolescentes son un desafío completamente distinto —comentó Valentina. —Claro que, con Dawson, nunca tuvieron que preocuparse de sorprenderlos en algo. Brantley es otro tipo de hombre.

—Además, seguís en esa fase tan mona de la relación, de caricias y manos por todas partes —dijo Blake.

—Sí —convino Valentina con una sonrisa enorme.

Me reí con todas mis amigas, encantada de que tantas hubieran podido venir al club de lectura. Hacía mucho que no nos reuníamos tantas. Por muy introvertida que fuera, me alegraba ver aquel gentío desbordando nuestra zona habitual al fondo de la librería de Finley, Novios Literarios Ilimitados.

—No es la única en plena luna de miel —comentó Chelsea, lanzándome una mirada significativa.

—Ay, no, no me metáis en esto —protesté—. —¿Y qué hay de Haley?

—Ya soy historia —dijo Haley—. —Cuéntanos cómo van las cosas con Daniel.

Me encogí de hombros. —La verdad es que casi no le he visto últimamente.

—¿De verdad? Hubo un tiempo en que estabais juntos casi a diario —dijo Piper.

Asentí. —Sí, pero hace una semana que no le veo. Es muy raro.

—¿Desde que todas conocimos a tu padre? —preguntó Finley.

—Le vi aquella noche y estuve con él al día siguiente. Me fui para ayudar a Chelsea a hacer las maletas y no he vuelto a ver a Daniel desde entonces.

—Lo siento. No pretendía causar ningún problema —dijo Chelsea.

Negué con la cabeza. —No, tú no. Si la cosa se ha acabado, tengo que aceptarlo. Siempre supe que era algo temporal.

—Aún se queda aquí dos meses más —dijo Piper.

—Le he visto en Cracked un par de veces esta semana —dijo Blake.

—Sigue mandándome mensajes, pero simplemente no nos hemos visto. Está bien, chicas. No voy a rallarme por eso. No puedo.

—Vale —respondieron, aunque ninguna me creyó.

—¿Cómo'está tu padre? —preguntó Elise—. Fue muy amable.

Sonreí. —Está'bien. Entre nosotros las cosas también han mejorado.

—¿Se va a quedar por aquí un tiempo? —preguntó Trinity.

—Todavía no'lo ha decidido. Estoy'intentando convencerlo de que vuelva con la mujer con la que quiere casarse.

—¿Cómo? —soltó Finley.

Me eché a reír. —Me contaba de una mujer que conoció. Salieron durante un tiempo y le pidió que se casara con él. Dice que ella lo rechazó porque él'no está dispuesto a hacerle un hueco en su vida.

—¿Y no'estás de acuerdo con eso? —preguntó Trinity.

Le dediqué una sonrisa. —Sabes que sí.

Las demás nos miraron como si estuviéramos locas.

—La noche que conocimos a Jensen, Sofia estaba aparcando delante de nuestro edificio cuando James y yo salíamos. Jensen le pidió que lo dejara en la puerta para no tener que caminar hasta la esquina. Por eso terminó con esos tíos en O'Kelley's. Creía que eran amigos de Sofia's —explicó Trinity.

—No, no fue así —dijo Finley.

Me encogí de hombros y asentí. —Es'un egocéntrico. Nunca ha'tenido que pensar en nadie más.

—¿Y tú qué? Eres su hija,'repuso Valentina.

—Solo viví con él unos pocos años. Tenía catorce cuando

murió mi madre y me marché en cuanto cumplí los dieciocho. Ya era bastante independiente cuando vivía con él. Además, estábamos de gira la mayor parte del tiempo que viví con él, así que no es que vigilara mi hora de llegada ni se enterara de lo que hacía.

—¿No ibas al instituto? —preguntó Goldie.

—Tenía una profesora particular. Se encargó de toda mi educación hasta acabar el bachillerato. Además, hacía las veces de tutora. Si quería hacer algo, normalmente se lo pedía a ella en lugar de a mi padre.

—No tenía ni idea —dijo Piper.

—Fue una vida rara. La gente siempre intentaba acercarse a mí para conocer a mi padre. Cuando fui a la universidad fue extraño, porque enseguida todo el mundo supo quién era. Odiaba tanta atención.

—No me sorprende —dijo Haley—.—Eres bastante reservada.

Asentí. —Siempre lo he sido, aunque no tanto entonces como ahora. Aprendí a no fiarme de nadie.

—Vaya mierda —dijo Valentina.

—Ya lo creo. Mucho. Tuve algunos novios y algunos amigos, pero en cuanto les decía que no pod ía presentarles a mi padre, la mayoría desaparecía de mi vida.

—Nosotra s no vamos a hacerte eso —me aseguró Haley.

Sonreí y la abracé. —Lo sé. Y yo siento no haber os contado antes lo de mi padre.

—No tien es que dar explicaciones —dijo Finley.—Ya viste por lo que pasé con Trent. Entonces no lo entend ía, pero el dinero vuelve loca a la gente. No es jus to que no todo el mundo te nga derecho al mismo nivel de intimidad y vida personal.

—Por eso me mudé aquí, en parte. Sabía que a nadie le importaba. Aquí hay mucha gente rica, pero latratan igual que a los demás. Al menos, casi siempre —dije.

Los demás asintieron, conscientes de que tenía razón. Cala MacKellar no era perfecta, pero la perfección no existía. Nuestro hogar era una auténtica maravilla.

—Vale, necesito volver a este libro —dijo Elise—. ¿Cómo se supone que funcione el sexo durante tres horas? Sinceramente, ¿hay alguna forma de que este libro no sea pura basura?

Nos reímos de sus preguntas y empezamos a idear cómo podría una mujer sobrevivir tres horas de sexo sin acabar hecha polvo y llorando de dolor.

Adoraba a mis amigas. Estaban como cabras, pero eran mías y me alegraba tenerlas.

DESPUÉS DEL TRABAJO, la noche del lunes, me senté en el sofá y me quedé mirando el último mensaje que he recibido de Daniel. Hace dos días. Ha vuelto a las respuestas de una sola palabra. Ya nunca toma la iniciativa. Solo responde cuando le mando algo.

No sabía por qué me estaba torturando. Se veía venir. Tal vez ha descubierto que me estoy enamorando de él. O quizá simplemente ha decidido que no quiere pasar los tres meses enteros conmigo.

Pensé en escribirle, pero me contuve. No estaba dispuesta a hacer el ridículo. En su lugar, le mandé un mensaje a Gioioso, de En Busca del Galán de Papel. Quizá él tuviera alguna idea.

HÁBLAME COMO UN NERD

Me han hecho ghosting otra vez. Uf. Quizá sea hora de renunciar a los hombres por completo.

GIOIOSO

¿Qué te hace pensar que te han hecho
ghosting?

HÁBLAME COMO UN NERD

El chico con el que salía ha desaparecido.
Quedábamos regularmente y, en los últimos
diez días, todo ha sido solo mensajes.

GIOIOSO

Quizá solo esté ocupado.

HÁBLAME COMO UN NERD

O quizá simplemente no esté interesado.

GIOIOSO

Estoy segura de que no es eso.

HÁBLAME COMO UN NERD

Yo no lo estoy, pero no puedo darle más
vueltas.

GIOIOSO

Deberías intentarlo de nuevo. Dale una
oportunidad más.

HÁBLAME COMO UN NERD

¿A qué? Llevo días enviándole mensajes y
apenas recibo respuesta. ¿Por qué los tíos
hacen esas cosas? Uf. No debería
preguntártelo a ti.

GIOIOSO

¿Por qué no deberías preguntarme a mí?

HÁBLAME COMO UN NERD

Porque nos emparejaron. ¿Se supone que
eso no significa que deberíamos conocernos
algún día? Y aquí estoy, quejándome de que
todos los hombres con los que salgo acaban
desapareciendo. No estoy dando lo mejor
de mí.

GIOIOSO

Prefiero conocer a la verdadera tú.

HÁBLAME COMO UN NERD

Me temo que mi verdadero yo no es tan
emocionante. Soy una persona bastante
aburrida.

GIOIOSO

Aburrido significa cosas distintas para
diferentes personas.

HÁBLAME COMO UN NERD

Ser aburrida significa que no salgo mucho,
que no soy extrovertida ni divertida, y que
prefiero pasar la noche en casa en el sofá
antes que en un club, un bar o cualquier
lugar lleno de gente.

GIOIOSO

En ocasiones necesitamos esa opción.
Tiempo a solas para averiguar quién va a
estar realmente ahí para nosotros.
¿Recuerdas que te dije que tuve un
problema con un amigo hace poco?
Descubrí que nuestra amistad se basaba en
el trabajo.

HÁBLAME COMO UN NERD

Sí. Lo siento. Vaya faena.

GIOIOSO

Fue un golpe bastante duro. Me di cuenta de
que no es quien yo creía.

HÁBLAME COMO UN NERD

¿Hace mucho que sois amigos?

GIOIOSO

Desde siempre. La mitad de mi vida. Pero
para él no era lo mismo. Yo lo veía como a
un hermano. Me tiene hecho polvo haberme
equivocado tanto.

Uf. Y lo siento. Es algo que nunca llegaré a entender. Las mentiras y el engaño son lo peor cuando dices que te importa alguien.

GIOIOSO

Sí. Y por eso necesito ser sincero contigo. Creo que nos conocemos.

HÁBLAME COMO UN NERD

¿Por qué lo crees?

GIOIOSO

Porque sé con certeza que el chico con el que salías sigue interesado. Solo es un imbécil que estaba metido en su propia mierda. Pero estoy en casa, estoy arriba y siento haber estado ignorándote.

Contuve la respiración mientras descifraba su mensaje.

—¿Daniel?

—¿Qué pasa con Daniel? ¿Viene a cenar? —preguntó mi padre.

Me había olvidado de que estaba tan cerca. Negué con la cabeza. —No, yo solo…

—No le has visto últimamente. Deberías invitarle a cenar. Podemos salir fuera. Yo invito. A menos que tengáis otros planes.

—No, no tenemos . Eh, sí, déjame ir a preguntarle. A ver si está libre.

Papá asintió. —Me parece bien. Voy a prepararme para salir.

Asentí de forma mecánica y me puse en pie. Papá se fue a su cuarto y cerró la puerta. Me quedé frente a la puerta principal como si fuera a atacarme.

¿Daniel era Gioioso? ¿Era posible?

Solo había una manera de averiguarlo.

Salí por la puerta antes de que pudiera frenarme. Subí las

escaleras hasta su piso y llamé, sin pensar en lo que hacía hasta que ya estaba hecho.

No contestó enseguida y empecé a dudar de lo que había pensado. Estaba a punto de marcharme de nuevo cuando la puerta se abrió de golpe. Se plantó delante de mí con el móvil en la mano. Lo giró para mostrarme la conversación que habíamos estado manteniendo.

—¿Hace cuánto lo averiguaste? —pregunté.

—La noche que fuiste a ayudar a Chelsea a hacer las maletas. Me dijiste que estaba manifestando la casa y luego Háblame como un nerd dijo lo mismo. Supe que tenía que ser o bien tú o alguien más que conociera a Chelsea y estuviera allí ayudando.

—Guau. ¿Por eso dejaste de contestar a mis mensajes? ¿Pensabas que me' iba a enfadar o algo así?

Negó con la cabeza y retrocedió para que entrara en su piso.

Eché un vistazo a mi alrededor y vi el desastre que él' había provocado desde la última vez que yo' había estado allí.
—¿Estás bien?

Negó con la cabeza otra vez. —El amigo del que te hablé... Nos conocimos cuando mi hermano estaba enfermo. Pensé... 'No importa lo que pensara, estaba equivocado. En realidad no es un amigo. Trabajamos juntos y creía que éramos amigos, pero la última vez que hablamos dejó claro que él 'no lo siente así.

—Lo' siento mucho, Daniel.

Asintió y tomó aire.

—Mira, sé que es un momento'de mierda, pero mi padre ha preguntado si te apetece cenar con nosotros. Invita él. Puedes decir que no y yo' inventaré una excusa por ti. Solo comentó que hacía tiempo que no te veía.

Daniel recorrió el piso con la mirada como si lo viera por

primera vez. —Sí. Probablemente debería comer. También me' vendrá bien salir de aquí.

—Pasé por aquí la semana pasada. No' estabas en casa.

Desvió la mirada. —He' estado intentando salir un poco. Disfrutar del pueblo y del agua. Aclarar la cabeza. Pasar todo el día aquí dentro me está afectando.

Asentí, aceptando la excusa. —No' te culpo. Cala MacKellar es preciosa, sobre todo en verano.

—Sí que lo es —dijo, posando la mirada en mí.

—Eh... entonces, ¿cenamos?

—Sí, bien. Gracias. Eh… ¿Puedo tomarme un momento para asearme? ¿Meterme en la ducha?

—Claro. Baja cuando estés listo.

—Me parece bien. Gracias, Sofia. Y de verdad siento haberte ignorado y no haberte dicho antes que me hablabas a mí.

Solté una risita, restando importancia a la ironía. —Eso último no tiene importancia. De hecho, es hasta gracioso. Y lo siento por tu amigo.

—Gracias.

Le sonreí y me dirigí a la puerta. Me decepcionó un poco que no' me besara ni me tocara, pero, después de más de una semana casi sin contacto, tenía que admitir que simplemente era agradable verlo.

Fui de nuevo a mi piso para arreglarme y hablar con papá sobre dónde deberíamos ir a cenar.

No' tardé mucho en arreglarme, y cuando salí de mi habitación, papá estaba en la cocina sirviéndose un vaso de agua.

—¿Viene Daniel? —preguntó cuando entré.

—Sí. Va a darse una ducha rápida y bajará en cuanto esté listo. Pensaba que podríamos ir a Gino's.

Papá frunció la nariz. —¿Has ido alguna vez a The Boat House? Es un restaurante de marisco que está a unos veinte minutos de aquí.

Negué con la cabeza. Había oído hablar de él, pero era un poco elegante para mí. —Nunca he estado all'í.

—Deberíamos ir. He oído cosas estupendas. Y pago yo, así que el dinero no' es un problema.

—No hace falta que gastes mucho en la cena, papá.

— Lo sé, pero quiero hacerlo. Hace tiempo quetengo ganas de probar este sitio, y pensé que Daniel lo apreciaría tanto como yo.

Entrecerré los ojos, intentando entender por qué creía conocer tan bien a Daniel como para hacer semejante suposición. Un golpe en la puerta interrumpió mis cavilaciones mientras iba a abrirle.

Todo pensamiento se detuvo en seco. Sehabía duchado y recortado la barba, y parecía un modelo. Llevaba una camisa verde oscura abotonada, con las mangas remangadas para lucir los antebrazos. También llevaba tres pulseras negras que no recordaba haberle visto antes, pero que le quedaban de maravilla. Sus vaqueros oscuros se ceñían a sus piernas hasta llegar a sus zapatillas de lona negras.

Mi padre tenía razón. Daniel parecía, sin duda, alguien que sabría apreciar un restaurante elegante. Yo, en cambio, no.

— Eh… hola. Papá quiere ir a un sitio de marisco y voyfatal vestida. Dame cinco minutos para cambiarme. Salí disparada antes de que ninguno de los dos pudiera decir nada.

Por poco doy un portazo al entrar en mi habitación. Madre mía. Quise lanzarme sobre Daniel allí mismo, en el umbral. Estaba impresionante.

Y, de inmediato, me sentí desaliñada, aburrida y para nada a su altura.

Odiaba esa sensación. Era la misma que solía tener cuando salía en citas, pero hasta ahora no lahabía sentido con Daniel.

Me apoyé en la puerta y respiré hondo varias veces. No me estaba ignorando. Había discutido con un amigo; notenía nada que ver conmigo.

Mi armario estaba lleno de ropa del trabajo y ninguna era lo bastante elegante para un sitio como The Boat House. Aparté las prendas que usaba a diario hasta llegar a las que estaban arrinconadas al fondo. Saqué un vestido negro que no recordaba haber comprado y lo lancé sobre la cama. Después cayó uno azul. Luego, una falda verde. Después, un vestido morado. Por último, un vestido color aguamarina que fui incapaz de soltar sobre la cama.

Saqué el vestido aguamarina de la percha y lo dejé sobre la cama cuando me di cuenta de que seguía vestida. Me desnudé rápidamente y me lo pasé por la cabeza. La tela, fría por el desuso, resultaba suave sobre la piel. Los detalles en negro y plata le aportaban un toque elegante que convertía lo que podría haber sido un vestido sencillo en algo mucho más sofisticado.

Alisé la falda y me acerqué al espejo de la puerta del baño. Suspiré. Me quedaba bien. Y se veía bien. El sujetador quedaba cubierto, así que no tenía que cambiarlo. No se marcaba la ropa interior. Realzaba mi figura en los puntos adecuados y me daba curvas donde normalmente no las veía.

Era perfecto.

Cambié mi bolso por uno pequeño y negro, me calcé unos *kitten heels* plateados y salí de mi habitación, lista para cenar con mi padre y Daniel.

—Estoy lista —les dije, uniéndome a ellos en el salón.

—Vale. Vámonos. —Papá se dirigió hacia la puerta.

Empecé a seguirle y me di cuenta de que Daniel no se había movido. Me miraba fijamente. Su mirada recorrió mi cuerpo de arriba abajo, con hambre y posesión en los ojos.

—Guau —murmuró.

No pude evitar sonreír. —¿Sí?

Él asintió y se acercó a mí. —Sí. Siempre estás guapísima, pero este vestido es tan distinto a tu estilo habitual... No sé qué aspecto me gusta más.

Me reí de su sinceridad, preguntándome si lo decía en serio. —La mayoría de los hombres preferiría el vestido.

Daniel negó con la cabeza. —El vestido es sexy, pero sé que no eres tú. Tú eres cinturones de herramientas, camisetas y vaqueros. Ese estilo me encanta.

Sonreí e intenté no tropezar con la palabra *amor*. No lo había dicho en ese sentido; lo sabía. Así que no había motivo para que mi corazón se acelerara. Ninguno en absoluto.

—Gracias.

Él me guiñó un ojo y miró a mi padre, que nos esperaba junto a la puerta. —Te he echado de menos. Sé que es culpa mía, pero espero que podamos vernos más que para cenar con tu padre.

Sonreí. —Seguro que puedo encontrar un hueco en mi agenda para ti.

Se rió entre dientes y me siguió hasta la puerta y después hasta mi todoterreno. Nunca imaginé que acabaría yendo a una cita con mi padre y con el chico con el que estaba saliendo, pero se han visto cosas más extrañas.

20

TREY

Que Jensen Carmack me diera la charla de «*¿cuáles son tus intenciones?*» era lo último que esperaba que me pasara en la vida.

Pero peor que recibir aquella charla fue no saber cómo intervenir en ella. No solo nadie me había preguntado nunca cuáles eran mis intenciones con una mujer, sino que mis intenciones nunca habían sido tan complicadas y enrevesadas como lo eran con Sofia.

En un momento estaba convencido de que estaba listo para alejarme de ella; al siguiente, la seguía con la lengua fuera. Era un desastre. Sabía lo que tenía que hacer, pero no lograba obligarme a hacerlo.

Jensen y Sofia mantuvieron la conversación de camino al restaurante. Para mí fue un alivio, una oportunidad de poner mis ideas en orden antes de pasar las siguientes horas con ellos.

Evitar a Sofia no fue una decisión consciente. No del todo. Después de descubrir que ella era la mujer con la que hablaba en la aplicación, supe que estaba guardando demasiados secretos. Luego mi pelea con Seth me dejó en carne viva de una forma que nunca había sentido antes. Ni siquiera cuando Michael murió me sentí tan expuesto. Quizá porque sabía que mi hermano iba a morir. Sabía que el final se acercaba.

No tenía ni idea de que Seth me diría que me había estado utilizando durante las dos últimas décadas; que solo éramos amigos por lo que podía sacar de mí.

Igual que las mujeres con las que me acostaba, los fans que querían hacerse amigos y los demás músicos que intentaban colarse. Todo el mundo en mi vida siempre quería algo de mí. Suponía que Seth era la única persona que no solo lo comprendía, sino que jamás me haría eso.

Pero él fue el primero. Sin él, no sería músico. Habría ido a la universidad y habría hecho otra cosa. Quizá. Probablemente. Nunca lo sabré con certeza porque conocí a Seth. Caí en la fantasía. Permití que me manipulase para tomar las decisiones que él quería que tomara.

Negué con la cabeza. No. No podía quedarme sentado culpándole de toda mi vida. Entré en esto con los ojos bien abiertos. Sabía lo que hacía. Lo quería. Luché por ello, trabajé por ello y lo soñé.

—¿Daniel? ¿Estás listo para entrar? —preguntó Sofía, girándose en el asiento delantero.

Las luces del interior estaban encendidas, con la puerta de ella abierta. Jensen ya se encontraba en la acera, frente al vehículo.

Asentí. —Lo siento. Estaba absorto en mis pensamientos.

Ella sonrió con amabilidad, como si lo entendiera. No' era así, pero yo no pod'ía reprocharle que lo intentara.

Claro que, quizá sí lo hacía. Su relación con Nate era muy distinta de lo que Seth o el propio Nate me habían hecho creer. La presentaban como un ligue, algo breve que jamás llegó a ser serio y que terminó de forma amistosa.

Conocer la verdad, al menos en la medida en que las palabras de Seth' pudieran considerarse ciertas, dibujaba un cuadro muy distinto. Seguía sabiendo que era una invención, pero resultaba más cercano a la realidad que lo que creía cuando llegué a Cala MacKellar.

—Bienvenidos a The Boat House —saludó la anfitriona con una radiante sonrisa. Su mirada recorrió a los tres sin que se encendiera el menor destello de reconocimiento en sus ojos. —¿Tres esta noche?

—Sí, gracias —respondió Jensen, captando su atención.

Ella cogió tres menús y se puso en marcha, con Jensen justo detrás y conversando con ella. Cuando se desvió de la mesa en la que', según parecía, pensaba sentarnos y se dirigió directamente hacia las ventanas que daban al río San Lorenzo, supe que la estaba convenciendo de conseguirnos una buena vista.

—Gracias, Cindy. Es precioso aquí —comentó Jensen mientras tomábamos asiento.

Cindy le sonrió y nos dijo que enseguida vendría un camarero.

Alcé la carta y repasé las páginas de opciones. Jensen y Sofia hicieron lo mismo, dejando nuestra mesa en silencio durante unos minutos.

—Buenas noches —dijo un hombre—. Soy Roy y me encargaré de atenderles esta noche. ¿Les traigo algo de beber para empezar?

—¿Podría recomendarnos un vino tinto para la mesa? —preguntó Jensen.

—Por supuesto, señor —dijo Roy—. Tenemos aquí un magnífico chianti, si prefiere un vino con cuerpo. También disponemos de un pinot noir ligero quemarida prácticamente con cualquier plato de la carta. Son nuestras dos botellas más populares.

Jensen examinó las opciones que señalaba Roy como si

guardaran las llaves de una vida plena. Ojalá fuera tan sencillo.

—Creo que el pinot noir es una buena elección. Gracias, Roy.

—Por supuesto, señor. ¿Alguien desea algo más? ¿Agua para la mesa?

—Por favor —respondió Jensen por nosotros.

Roy, fiel a su profesionalidad, esperó a que Sofía y yo asintiéramos antes de sonreír y marcharse a por el agua y el vino.

—Todo es carísimo —susurró Sofía.

—Te he dicho que invito yo. No te preocupes por el precio. Llevo casi un mes viviendo a tu costa.

Sofía sonrió a su padre. —Y me alegra que hayas venido, papá.

Jensen le devolvió la sonrisa, pareciendo un padre orgulloso en lugar del imbécil rockero que yo había conocido.

—Gracias por la invitación, señor Carmack —dije, sin querer restarle importancia al momento, pero sintiendo que debía reconocer su generosidad.

—Me alegra que hayas podido acompañarnos, Daniel. Y, por favor, llámame Jensen.

Asentí en señal de agradecimiento y volví a concentrarme en el menú.

Roy regresó con el vino, descorchó la botella junto a la mesa y se la mostró a Jensen para conseguir su aprobación. Jensen hizo girar la muestra en su copa, como si supiera lo que hacía. Probó el vino y asintió con aprobación. —Excelente sugerencia, Roy. Gracias.

Roy rodeó la mesa con una sonrisa en el rostro. Sirvió vino a Sofia, luego a mí y después a Jensen antes de dejar la botella frente al asiento que no estábamos utilizando para que pudiéramos terminarla nosotros mismos. —¿Están listos para pedir? ¿O prefieren que les traiga unos entrantes primero?

Jensen nos miró, alzando las cejas en busca de aprobación.

—Estoy listo —dije.

—Yo también —dijo Sofia.

—Empiece por mi hija —dijo Jensen.

Roy dirigió su atención a Sofia. Ella pidió pastelitos de cangrejo como entrante y pasta con marisco variado como plato principal. Yo elegí la bandeja degustación de entrantes y salmón a la parrilla para cenar. Jensen solicitó cóctel de gambas y mar y tierra para la cena.

Roy nos aseguró que volvería enseguida con los entrantes y nos dejó charlando.

Alegría.

Jensen alzó su copa en cuanto Roy se hubo marchado. —Un brindis. Por Sofia, por tu amabilidad y generosidad, y por animar a un viejo a no renunciar jamás a aquello que le hace feliz.

Sofia se sonrojó y chocó su copa con la de su padre antes de hacer lo mismo conmigo.

Me incliné sobre ella para hacer tintinear mi copa con la de Jensen, preguntándome en qué no pensaba rendirse, aunque sin sentirme con derecho a preguntarlo.

—Deberíamos ser todos felices —dijo Sofia—. ¿Has hablado con Andrew?

Jensen asintió; el dolor se reflejaba en su rostro. Era una expresión nueva en él. —Andrew no está dispuesto a dejar de luchar, pero es solo cuestión de tiempo.

—¿Vas a ir a verlo? —preguntó Sofia.

Andrew solo podía ser Andrew Oscar, uno de los miembros de Four on the Floor. Y, por lo que parecía, no le estaba yendo bien. '

Jensen asintió. —Tengo que hacerlo.

—Deberías.

—¿Intentas deshacerte de mí?

Sofia se rió entre dientes. —Claro que no, papá. Solo sé que te 'arrepentirás si no 'vas a verlo otra vez.

—Lo sé. Lo haré. Me pondré en contacto con su esposa para averiguar cuándo sería un buen momento.

—Bien. Porque los remordimientos 'no facilitan vivir una vida feliz.

Jensen soltó una carcajada. —No, me imagino que no'.

Roy regresó con nuestros entrantes. Nos lanzamos a la comida, compartiéndolo todo y maravillándonos de lo bueno que estaba todo.

Cuando terminamos los entrantes, llegó el plato principal. Jensen volvió a llenar su copa de vino, pero Sofia y yo declinamos más y pasamos solo al agua.

El plato principal dio paso al postre, y la cuenta desapareció tan rápido como la trajeron. Cuando quise darme cuenta, volvíamos a Cala MacKellar con el estómago lleno.

Y, en mi caso, la cabeza llena.

Creía que pasar tiempo con Sofia me ayudaría a decidir qué hacer. Si me quedaba, seguiría manipulándola para conseguir una canción. Si me iba, la heriría con mi desaparición. No sabía qué era mejor. O peor.

No había una buena respuesta para mí. Tenía que encontrar la manera de decirle la verdad. Confesarle mi relación con Nate y Seth y explicarle por qué vine realmente a Cala MacKellar. Y por qué ya no estaba dispuesto a seguir adelante con ello.

—¿Estás bien? —preguntó Sofía, su voz interrumpiendo de nuevo mis pensamientos.

Miré a mi alrededor y me di cuenta de que habíamos' llegado hasta casa sin que yo lo advirtiera. Y, de nuevo, su padre ya se había bajado del vehículo y ella me esperaba para que la siguiera.

Negué con la cabeza y le dije lo más parecido a la verdad que pude. —La verdad es que no. Lo' siento por no haber sido' una buena compañía esta noche. Yo... supongo que no debería' haber salido contigo.

Abrí mi puerta y salí. Ella rodeó el todoterreno a toda prisa y se reunió conmigo en la acera. Su padre entró en la casa, dejándonos solos por primera vez desde que me invitó a cenar.

—Me' da igual qué tipo de compañía seas. Me importas tú, Daniel.

Que pronunciara mi segundo nombre era un recordatorio más de que no me conocía. Éramos casi unos desconocidos. Y todo era culpa mía. Yo era quien le ocultaba todo. Quien había provocado toda esta situación.

—¿Quieres hablar? —preguntó. Su rostro me suplicaba que dijera que sí, lo que me indicó cuál debía ser mi respuesta.

—Esta noche no —respondí, esquivando la cuestión. No' podía alejarme de ella todavía. Era un imbécil por ello, pero no' podía. Me odiaba por eso, pero era la única persona en mi vida, la única que me había visto jamás como algo más que Trey Ryan; la única que quería pasar tiempo conmigo.

—Vale —susurró, decepcionada y dolida.

—Pronto, ¿de acuerdo? —dije antes de que pudiera entrar y desaparecer.

Asintió sin detenerse. Introdujo la llave en la cerradura de la puerta.

El imbécil posesivo y primario que dirigía mi polla me hizo avanzar. La giré y la pegué contra la puerta. Cubrí su cuerpo con el mío y sellé mis labios sobre los suyos.

Respondió al instante; sus manos se deslizaron por mi pecho y rodearon mi cuello. Le aferré el trasero y la atraje contra mi erección. No podía'tolerar que se marchara pensando que no la deseaba.'Tampoco importaba que no debiera desearla; la deseaba.'Y ella necesitaba saberlo.

La besé hasta que resistirme resultó casi imposible. Hasta que mis manos se aferraron a la tela de su vestido y me dolió no arrancárselo para descubrir los tesoros que escondía. Hasta que el anhelo me consumía y me odié por volver a besarla, por darnos a los dos esperanza.

Porque la verdad era que no había esperanza para nosotros. Me odiaría en cuanto supiera la verdad. Y yo'debía regresar a mi vida y odiarme a mí mismo también.

Y'perdería su amor. Para siempre.

—Buenas noches —susurró contra mis labios.

La besé con suavidad. Se merecía mucho más que yo, pero si no podí'a ser ese hombre, al menos quería que supiera que la deseaba.

—Buenas noches —murmuré en respuesta.

Por fin me aparté, dejándole espacio para alejarse de la puerta.

Se dio la vuelta, la abrió y nos dejó pasar. Me dirigí a las escaleras y me detuve para verla entrar en su piso. Se volvió hacia mí y sonrió, saludándome con la mano como si fuera una noche cualquiera.

Cuando la puerta se cerró, tomé la única decisión posible en ese momento.

Fui solo a mi apartamento. Cerré con llave, abrí una botella nueva de whisky y me dispuse a ahogar mi verdad en el licor.

SOFIA ME ESCRIBIÓ al día siguiente. Y al otro. Y al otro.

Ignoré todos sus mensajes.

Fue lo más cobarde que podía hacer. Debería haber sido

sincero con ella, pero no pude' Ni siquiera fui capaz de contarle toda la verdad y ver su cara cuando descubriera todas las maneras en que la había engañado' durante semanas'.

El whisky en el que me ahogué me dejó clara una sola verdad: me había enamorado de Sofia'. Y, después de décadas escribiendo, escuchando y cantando canciones de amor, lo único que sabía con certeza era que, cuando amas a alguien, haces todo lo posible por no herirle.

Y yo' había hecho justo lo contrario. Lo había hecho todo para hacerle daño'. Pero era un cabrón egoísta y aún no había podido marcharme del pueblo'.

Era el equivalente a romper por mensaje. Era ruín y terrible, y ella' me odiaría. Pero era mi mejor opción, porque no podía enfrentarme a ella.

Sofia no era la única que intentaba ponerse en contacto.' Seth me había enviado varios mensajes sobre la música. Ni disculpas ni explicaciones, solo exigencias sobre la música.' ¿Por qué no llamaba a la discográfica?' ¿Por qué no les había enviado canciones nuevas?' ¿Por qué no le contestaba?

Que me besara el culo. En cuanto volviera a Los Ángeles, iría a mi abogado' —no al del grupo ni al de la discográfica', sino al mío— para averiguar cómo romper mi contrato.' No podía seguir tocando con Seth.' No podía escribir para el sello.' Y no podía aceptar la forma en que trataban a la gente.

No sabía qué iba a hacer después de eso, pero no era un problema de hoy'. Era un problema para más adelante.

Un golpe en la puerta me puso en pie antes de que pudiera pensar. Miré por la mirilla y contuve el aliento al ver a Sofia al otro lado.

—Sé que estás ahí —dijo ella—. Déjame entrar, Daniel.

Vacilé. Volví a mirar por la mirilla. Parecía triste. No enfadada, como esperaba. Quizá resignada.

—No vas a hacerme *ghosting* viviendo en el mismo edificio que yo. Abre la maldita puerta, Daniel.

He soltado un suspiro y he abierto la puerta, sabiendo que habría podido entrar por su cuenta si de verdad hubiera querido.

Ha entrado en mi piso con la cabeza bien alta. Se ha acercado al sofá y se ha quedado de pie a su lado, los brazos cruzados sobre el pecho, la libreta llena de sus canciones apretada en una mano.

Me dolía el corazón por tocarla, por estrecharla entre mis brazos y contárselo todo. Quería que la última vez que la viera fuera un buen recuerdo, un momento en el que sonriera, estuviese feliz y no me odiara. Pero he esperado demasiado.

—Sé que has terminado. Lo que no sé es por qué no puedes comportarte como un adulto y decirme la verdad a la cara. No voy a romperme. No vas a hundirme. Te lo prometo, he pasado por cosas peores que tú.

—Sofia, —empecé, alargando la mano hacia ella sin pensar en lo que hacía.

No se apartó de mí. En cuanto mi mano tocó su brazo, se derrumbó contra mí, como si su valentía fuese lo único que la mantuviera en pie. —Sé sincero —susurró contra mi cuello.

—No soy lo bastante bueno para ti —dije, consciente de que era la única verdad que podía darte.

Soltó una risita y negó con la cabeza. —No me vengas con eso. Me merezco algo mejor que una frase así. Si lo nuestro se ha acabado, dilo sin rodeos. Por favor.

Recobró el aplomo y se apartó de mí, volviendo a sostenerse por sí misma. Cruzó de nuevo los brazos. Me costó horrores evitar que mi mirada descendiera hasta sus pechos turgentes.

—No he cumplido las normas, Sofia.

—¿Qué normas?

—Cuando dije que esto era solo un ligue.

—Daniel, ¿qué estás diciendo?

—Estoy diciendo que me estoy enamorando de ti, Sofía. Digo que no quiero irme. No puedo quedarme, pero quiero hacerlo.

—¿No puedes o no quieres?

—¿Importa?

Asintió. —Para mí sí importa. Si vas en serio, encontraremos la manera de que funcione. Si solo me lo dices por decir, eso es distinto. No me llevo bien con la gente que dice una cosa y hace otra.

—Te estoy diciendo la verdad, Sofía. Me estoy enamorando de ti. Negué con la cabeza. —No, eso no es cierto. Ya me he enamorado de ti, Sofía.

21

El aire que inhaló llevaba mi corazón dentro. ¿Fue aquel un sonido airado que anunciaba que estaba a punto de marcharse porque cambié las reglas, o fue un suspiro esperanzado porque estaba justo allí conmigo?

No me atreví a moverme. Me quedé clavado en el sitio, esforzándome por ser invisible para que ella no arremetiera, ni saliera corriendo, ni—

¿Saltar a mis brazos y trepar por mí como un mono?

—Yo también he roto las reglas —sollozó. Las lágrimas le surcaban las mejillas. —También me he enamorado de ti.

—¿Sí?

Ella asintió.

Eso fue todo lo que necesitaba. Ya estaba perdido. No pude contenerme ni un segundo más. El amor cura. El amor arregla cosas. El amor hace que todo esté bien, incluso cuando no lo está.

La llevé a mi habitación, sabiendo que tendríamos tiempo de resolver lo demás en otro momento. Necesitaba a la mujer que amaba en ese instante. No en cinco minutos ni en una hora, sino inmediatamente.

Dejé que cayera sobre el colchón y me endurecí cuando ella jadeó al tocar la cama. Sus ojos se dilataron. Me buscó con las manos y yo acudí más que dispuesto.

Chocamos el uno contra el otro como el crescendo de una canción. Todo zumbaba dentro de mí, vibrando como si por fin hubiera dado con la nota correcta.

—Daniel —susurró contra mi cuello.

El nombre aún me hacía dudar, pero ya le explicaría todo después.

—Te quiero, Sofia —murmuré. La besé con fuerza, impidiéndole devolverme las palabras, impidiéndole usar el nombre que no sentía como mío.

Excepto que sí era yo. Era el yo del que Sofia se enamoró. Era el yo que había decidido vivir mi propia vida y dejar de esconderme de mis errores y mis remordimientos.

Gimió y se retorció contra mí, frotando su centro contra mi polla y casi haciéndome correrme demasiado pronto.

Me aparté soltando una maldición y tiré de su ropa. Primero la camiseta, para poder hundir la cara en sus pechos suaves. Luego el sujetador, porque necesitaba lamerlos. Le quité los shorts mientras besaba y jugueteaba con sus pezones, haciendo que sus caderas se movieran, suplicándome más y más y más.

Le arranqué la ropa interior y la seguí hacia abajo, acomodándome entre sus muslos. Ella'siempre había rechazado mis intentos de saborearla, pero ahora estaba demasiado encendida para discutir, y yo demasiado excitado para detenerme.

Bastó una lamida para que yo gimiera. Ella soltó un grito. Yo'solo había conseguido que una mujer se corriera con mi lengua unas cuantas veces. No era'el típico movimiento de un polvo rápido, pero Sofia no era'un polvo rápido. Era la mujer a la que amaba. Y quería contemplarla en toda su hermosa plenitud.

—Daniel —gimió.

Ya estaba a punto, pero yo no quería que perdiera la cabeza todavía. Necesitaba alargarlo. Hacer que me suplicara.

Me retiré, lamiendo sus pliegues y saboreando su cuerpo. Quería memorizarlo todo, guardar para mí esos pequeños sonidos y la manera en que su cuerpo temblaba. Yo'nunca había visto nada tan hermoso como Sofia desnuda y entregada, sin ocultarse en absoluto mientras se me ofrecía.

—Oh, Dios, —susurró.

Deslicé la lengua sobre su clítoris y la provoqué con círculos justo fuera de donde me quería. Movió las caderas para atrapar mi lengua, pero sus movimientos eran torpes y descoordinados.

Le separé aún más los muslos y me eché hacia atrás para poder mirarla. Estaba empapada, chorreando y preparada para mí. Lami las gotas que corrían por su cuerpo e introduje la lengua en ella.

Gimió larga y sonoramente, follándose mi lengua con cada embestida. —Joder, eso se siente tan jodidamente bien.

Murmuré mi aprobación y volví a recorrer sus pliegues con la lengua, incapaz de contenerme por más tiempo. Hundí dos dedos en su interior y succioné con fuerza su clítoris, sacudiendo su cuerpo sensible con un orgasmo para el que no'estaba preparada.

—¡Joder! ¡Sí! —Se estremeció y gritó, corriéndose fuerte y rápido.

—Más —exigí, añadiendo un tercer dedo a su interior y acariciando su clítoris con rápidos toques.

Sus caderas se movieron para encontrarse con mi lengua, su cuerpo completamente dispuesto a colaborar con mi plan de dejarla sin fuerzas para que no' pudiera salir corriendo cuando le contara todo. Si estaba demasiado débil para marcharse, tendría' que escucharme.

Además, la amaba y quería hacerla sentir bien. Jodidamente bien.

Volvió a correrse, esta vez prolongándolo y arrancándole un gemido. Alargó la mano y entrelazó los dedos en mi pelo, sujetándome donde quería mientras cabalgaba mi cara y se llevaba a sí misma hasta su tercer orgasmo.

—Daniel. Te necesito.

Me retiré de ella y cogí un preservativo de la mesilla. Fui a ponérmelo y me di cuenta de que aún no' me había quitado la ropa. Ella se incorporó para ayudarme; los dos tiramos hasta que me quedé lo bastante desnudo para colocarme el condón y deslizarme dentro de ella.

—Dios, joder, qué malditamente bien se siente —dijo con un gemido—. Quiero sentirte.

Me quedé quieto dentro de ella y me quité la camiseta de un tirón. Ella me agarró, tirando de mí para besarme. La devoré, necesitaba sus labios. Solo pude dar embestidas cortas con su boca sobre la mía, pero bastó para que mi polla recibiera el aviso de que era hora de actuar.

Se separó del beso con un jadeo y un movimiento de caderas que me provocó algo imposible de explicar. Fue como un masaje sobre mi polla que me llevó de preparado a al borde en medio segundo.

—Joder, Sofia, —gruñí, embistiéndola.

Alzó las rodillas y me dejó hundirme más, golpeando su punto G y rozándole el clítoris al mismo tiempo. Jadeaba, corriendo hacia el mismo destino que yo.

—¡Daniel! —gritó. Su interior palpitó a mi alrededor, apretándome y soltándome mientras se corría.—Te quiero. Joder, te quiero tanto.

No pude pronunciar palabra mientras su orgasmo me arrastraba. Embestí con fuerza y todo me hormigueó cuando mis' cojones se vaciaron y exploté dentro de ella.

Me desplomé sobre ella, incapaz de sostenerme ni un

segundo más. Ella se enroscó a mí, manteniéndome pegado a su cuerpo mientras nuestra respiración se calmaba y volvía a algo parecido a la normalidad.

—Te quiero.

—Te quiero —dijo ella con una sonrisa tranquila.

—Pero aún tenemos que hablar.

Asintió contra mi hombro. —Lo sé. Pero primero necesito ir al baño.

Solté una risita y la dejé incorporarse, disfrutando de la vista de su cuerpo desnudo mientras se dirigía a mi baño. Un golpe en la puerta me hizo llamarla y agradecer que el baño comunicara tanto con el dormitorio como con el salón. —Hay alguien. Voy a cerrar la puerta del dormitorio para que puedas volver allí cuando termines.

—¡Gracias! exclamó ella desde dentro.

Cogí mis pantalones cortos y me los puse; luego agarré la camiseta justo cuando la persona llamó de nuevo.

—¡Ya voy! grité, apresurándome hacia la puerta mientras me pasaba la camiseta por la cabeza.

Volvieron a golpear, un repiqueteo constante de nudillos contra la puerta que me puso los pelos de punta y me recorrió la espalda con un escalofrío unos segundos después. Abrí la puerta justo cuando entendí el motivo.

—¡Eh! Llevo ahí fuera como diez minutos. ¿Qué demonios estabas haciendo?

Seth se abrió paso a empujones y entró en el piso. Me quedé mirándole, paralizado, aún sabiendo que todo estaba a punto de estallar.

—Vaya cuchitril. Joder, ¿esto es todo lo grande que es? Tío, no sé cómo has conseguido sobrevivir aquí.

—¿Qué coño haces aquí? —exigí.

Se dejó caer en el sofá y puso los pies sobre la mesa de centro, con los zapatos y todo, sin preocuparse lo más mínimo por el mobiliario. —He pensado que necesitabas ayuda.

—¿Ayuda para qué?

—La canción, pues claro. Dijiste que estabas avanzando, pero no has enviado nada' La discográfica se está poniendo nerviosa.

Negué con la cabeza. —Que la discográfica se vaya a la mierda.

Seth arqueó una ceja. —Deberías cuidar lo que dices.

Fulminé con la mirada al hombre que creía conocer tan bien como a mí mismo. El descarado arco de su ceja, la manera desdeñosa en que se estiraba en un sofá que no era' suyo y apoyaba las botas en el mueble. Él me devolvió la mirada sin retroceder ni un solo segundo.

—Tienes que aclararte de una vez. He'mos currado demasiado, joder, para que lo tires todo por la borda —me lanzó una mirada torva, se puso en pie y se plantó frente a mí.

El bromista despreocupado que entraba sin llamar y fingía que nada había cambiado había desaparecido. En su lugar estaba el cabronazo que sacaba cuando los teloneros intentaban ir de estrellas.

—¿Y a ti qué te importa? Dijiste que yo' no soy distinto de cualquier otro tipo. Sólo fui el afortunado al que rescataste del olvido.

—Oh, que te jodan, capullo. Estaba cabreado y tú te estabas portando como un imbécil.

—Lo decías muy en serio, joder.

—Sí, claro que sí. ¿Sabes por qué? Porque necesitabas a alguien que te sacara la puta cabeza del maldito culo. Porque viniste a este jodido agujero y se te olvidó quién eres. Eres Trey jodido Ryan, cabronazo. Eres una maldita estrella del rock. Eres mejor que este puto lugar y mejor que andar con la polla hecha un lío por un coño que no significa absolutamente nada.

—Ella sí significa algo.

—Claro que sí: no significa nada. Se largó de nuestro mundo. No quería estar en él. Podía haber tenido todo lo que nosotros tenemos. Nos sacudió de la suela y meneó su culo gordo al salir por la maldita puerta.

—Cállate de una puta vez —gruñí. Me encaré con él, dispuesto a golpear a mi mejor amigo por una mujer a la que llevaba conociendo cinco semanas.

—¿Quieres pegarme? ¿Quieres darme un puto puñetazo? Vámonos, capullo. Atrévete.

He soltado el aire y me he alejado un paso de él. Lo más estúpido que podría hacer era pegarle. Presentaría cargos y la cosa se pondría fea.

—No vales la puta pena —susurré.

Seth negó con la cabeza. —He venido a ayudarte, capullo. He venido a encarrilarte y a llevarte de vuelta a LA con una canción para que podamos volver al estudio. Tenemos un puto trabajo que hacer y ya es hora de que vuelvas a él.

—No necesito ayuda. Y no la quiero de ti. Es hora de que te vayas. Ya. Eché un vistazo a la puerta del baño. No había oído ningún ruido, pero Sofía estaba dentro. Y Seth tenía que largarse antes de que ella saliera y lo viera. Me sorprendía que aún no hubiera salido.

—¿Por qué? Seth captó mi mirada y dirigió los ojos a la puerta.—Tío, ¿tienes a una chica ahí dentro?

—Fuera. Ya.

—¡Lo sabía! Tienes a una tía ahí dentro. ¿Quién es? Espera, no. No será Sofía, ¿verdad? Joder. Pensaba que estabas bromeando con lo de tirártela. Normalmente no te van las rellenitas. Nunca te he visto con alguien que use una talla de dos dígitos, y mucho menos de doble-doble dígito. A no ser que haya adelgazado. Espera, ¿lo ha hecho? ¿Está buena?

Seth saltó por encima del respaldo del sofá y se dirigió hacia la puerta.

Me lancé hacia él y le agarré del brazo antes de que llegara a la puerta. Lo aparté, tapándole la boca con la mano.

Seth se partió de risa. Me lamió la mano, obligándome a quitársela de la boca.

Lo empujé hacia el sofá. Cayó sobre él y se echó a reír. —Tío, de verdad te la estás follando. Debe de tener algún tipo de magia para ligarte a ti y a mi hermano. Quizá debería darme una vuelta con ella.

Me abalancé sobre él tan rápido que no tuvo tiempo de reaccionar antes de que mi mano rodeara su cuello. Lo levanté del sofá, apretándole la garganta mientras lo ponía en pie.

—Aléjate de ella de una puta vez. Si le pones una sola mano encima…

—Oh, hola, Sofía —jadeó Seth.

Solté a Seth y me giré. Él cayó sobre el sofá y rebotó. Se levantó detrás de mí mientras rodeaba el sofá para llegar hasta Sofía.

Levantó las manos ante sí antes de que pudiera alcanzarla. Estaba vestida, con las mejillas sonrojadas y húmedas. Sus preciosos ojos azules chispeaban de furia y dolor.

—Sofía…

Volvió a alzar la mano, cortándome antes siquiera de que pudiera intentar explicarle nada.

—Seth —dijo con una voz más fría que un casquete polar.

—¿Qué tal, Sofía? Hace tiempo que no nos veíamos.

Le lancé una mirada fulminante, viendo la diversión que centelleaba en sus ojos.

Su mirada se deslizó por su cuerpo. Arrugó la nariz y frunció los labios como si estuviera conteniendo las ganas de vomitar.

—Veo que no has cambiado —dijo Sofía, con la mirada

cargada de asco.—Sigues esparciendo tu propia marca de veneno allá donde vas.

Seth sonrió. —Sabes que me quieres, Sofía.

Ella resopló.

—Bueno, al que sí quieres es a mi chico. Te juro que nunca pensé que llegaría el día en que te tiraras a otro de mis hermanos.

—¿Hermano? —jadeó.

—Eh, de sangre no. Trey Ryan y yo somos compañeros de banda. Broken Record, ¿te suena?' —Seth sacó pecho mientras colocaba la última pieza del rompecabezas para Sofía.

Su jadeo ha resonado, breve y cortante. Sus ojos se han clavado en los míos. He intentado suplicarle con la mirada, pero se ha apartado de mí, pellizcándose el puente de la nariz.

—Sofía, iba a contártelo todo.

Se ha girado hacia mí, ha avanzado dos pasos y se ha plantado justo delante de mi cara. —¿Cuándo? ¿Cuándo pensabas decírmelo? ¿Después de decir que me querías? ¿Después de hacer que me enamorara de ti? ¿Después de quitarme todo? ¿Sabes qué, Daniel, Trey o como coño te llames? Que te jodan. Ojalá nunca te hubiera conocido.

—Sofía, no—

Se ha apartado de mi lado, esquivando mi mano y rodeándome hasta la puerta. —No. Ya no tienes derecho a decirme nada. Conocías mi historia. Sabías por lo que había pasado. Y en vez de comportarte como una persona decente, usaste mi pasado y me manipulaste. Espero que consiguieras lo que querías. Que lo consiguieras todo. Y espero no volver a verte nunca.

Me he quedado mirándola, incapaz de encontrar las palabras para detenerla.

Pero entonces se ha detenido. Se ha girado para mirarme. —Ojalá nunca te hubiera conocido.

He cerrado los ojos, dándole la razón. Yo también desearía que nunca me hubiera conocido.

La puerta se ha cerrado con suavidad; aquel clic me ha atravesado como un disparo. He inspirado hondo, necesitando un minuto para decidir qué iba a hacer después.

—Joder, tío, sí que te has sacrificado por el equipo —dijo Seth con una gran carcajada—. —Quiero decir, cuando Nate se la tiró, estaba gordita, pero al menos era joven. Además, él se estaba acercando a su padre. Tú no tienes ninguna excusa.

—Cállate, Seth.

Seth me ha dado una palmada en la espalda. —Olvídate de ella, tío. Es hora de volver a casa. Es hora de retomar todo.

—No tienes ni idea de lo que acaba de pasar —le gruñí.

—No, no lo sé. Pero te conozco, tío. Tú no eres de los que se conforman con una sola mujer. Y tampoco eres un hombre de pueblo pequeño. Es hora de volver con nosotros, colega. Es hora de volver a ser quien eres.

Asentí, sintiéndome roto, entumecido y vacío. —Sí, quizá tengas razón.

—¡Sí! ¡Claro que tengo razón, joder! Vámonos. Prepara tus cosas y larguémonos de aquí.

Asentí, incapaz de encontrar un argumento. —De todas formas, no tengo motivos para quedarme aquí.

—Eso es, tío. Vámonos. Volveremos al estudio y grabaremos música nueva; te olvidarás por completo de Sofia. Te lo prometo.

—Me parece bien. Todo bien.

Seth recorrió mi piso, recogiendo cosas y empezando a empaquetarlo todo. Yo fui a mi dormitorio, ignorándole. Las sábanas seguían revueltas, impregnadas del olor de nuestra unión. Se me cerró la garganta y me escocieron los ojos. Tragué mis emociones y me centré en salir de allí.

Me había quedado más de la cuenta. Era hora de marcharme.

SOFIA

Mantuve la compostura casi todo el camino hasta mi piso. Casi. Las lágrimas me resbalaban por las mejillas, pero no solloqué'hasta llegar a la puerta. Metí la llave a la fuerza en la cerradura —mi padre seguía empeñado en que no era seguro dejar la puerta sin echar'— y la giré con brusquedad. El clic del mecanismo se oyó y me escabullí dentro, necesitando aquella barrera por si Daniel venía tras de mí.

No Daniel. Trey. El jodido Trey Ryan.

¿Cómo demonios no lo vi?

Me dejé caer al suelo, pegada a la puerta, y me cubrí la cara con las manos.

—Sofia? ¿Qué ha pasado? ¿Estás bien?

Me había olvidado de mi padre.

Me puso las manos sobre los hombros sin intentar moverme, solo para que supiera que estaba allí.

Negué con la cabeza. —No. No estoy bien. Yo... Daniel en realidad es Trey Ryan, de Broken Record.

Alcé la vista hacia mi padre esperando encontrar una

expresión de sorpresa en su rostro, pero no había'ninguna. Dio un paso atrás y miró a su alrededor.

—Lo sabías —dije.

Papá se frotó la nuca con una mano. —Pues sí. Es decir, lo reconocí. Pensé que tú también sabías quién era. Pasabas tanto tiempo con él que simplemente supuse que por eso era.

—¿Creías que estaba pasando tiempo con un tipo que es una estrella del rock famosa solo porque es una estrella del rock? Me puse en pie de un salto, la furia sustituyendo al dolor. Mi propio padre pensaba tan poco de mí que esperaba que no fuera mejor que esas groupies descerebradas que solo quieren un rockero para poder decir que se han acostado con uno.

—Sofía, no'sé qué quieres que te diga. Quiero decir, saliste con Nate cuando eras más joven, cuando estaba de gira conmigo. Broken Record es una de las bandas más grandes del momento. Trey o Daniel, o el nombre que quisiera usar, no'hizo gran cosa para ocultar quién era. Cambió un poco de estilo, pero no'es como si se hubiera vuelto rubio, se afeitara la cabeza o les dijera a todos que era contable.— Papá cruzó los brazos sobre el pecho y se balanceó sobre sus talones.

—Sí, pero...— musité, dejando la frase en el aire. Papá tenía razón. Lo tuve delante de mis narices todo el maldito tiempo y no lo vi.'

Porque Daniel no quería que lo viera. Usaba otro nombre, fingía no saber nada de componer música, y nunca dijo que estuviera en una de las bandas más populares del momento.

Tropecé hasta el sofá y me dejé caer en él. —¿De verdad creías que eso es lo que soy?' ¿Que soy el tipo de persona que se haría amiga de alguien o se implicaría con alguien por su carrera?

Papá se colocó junto al sofá, no lo bastante cerca para que pudiera tocarle, pero sí dentro de mi campo de visión. — Sofía, no nos conocemos. No tengo ni idea de cómo eres. No lo digo para ser desagradable, sino porque es la verdad. Quise venir porque nunca fui un buen padre. Ver a Andrew... Si fuera yo, tú no lo dejarías todo para venir a cuidarme, ni yo te lo pediría. Los hijos de Andrew están con él todos los días; forman parte de su vida. Ver eso me hizo aceptar que yo soy la razón de que no seamos cercanos. Yo fui quien se negó a aceptarte cuando naciste. Yo fui quien no se esforzó cuando eras pequeña. Yo fui quien no llegó a conocerte cuando viniste de gira conmigo, o quien no dejó la maldita gira para estar allí por ti. Hay tantas cosas que debería haber hecho de otra manera, cosas de las que siempre me arrepentiré. Pero, ¿quién creo que eres?—Se encogió de hombros.—Lo único que he conocido son personas que quieren algo de alguien porque es famoso.

—Esa no soy yo. Nunca lo he sido. Nunca te he pedido nada.

—Lo hiciste una vez —dijo en voz baja.

Levanté la vista hacia él. Tenía razón. Una vez le pedí que me eligiera a mí en lugar de su banda. Que me pusiera por delante de la carrera que lo era todo para él.

—Y te negaste —respondí.

Papá asintió y se sentó a mi lado en el sofá. —Lo hice. Cuando me pediste que apartara a Nate de la gira, no había nada que pudiera hacer. Si insistía, habríamos perdido a nuestro telonero. Ellos fueron muy claros. Así que lo dejé pasar. No me di cuenta de lo que sentías por él, de que estabas enamorada de él.

—Yo no... —callé, porque habría sido mentira decir que no estaba enamorada de Nate Catalan. —Me hizo daño, papá. Caí en el truco más viejo del mundo. Y su hermano lo aprovechó, usó eso contra mí y se lo contó todo a Daniel. A Trey.

—¿Estás segura de eso? —preguntó papá. Por fin parecía sorprendido.

Asentí. —Seth acaba de presentarse en casa de Daniel...

de Trey. Yo estaba en el baño y oí su conversación. Seth dijo… El dolor volvió a golpearme al recordar las palabras hirientes de Seth. Seth siempre había sido un imbécil. Acompañó a su hermano de gira un verano, pasó tres meses con nosotros y convirtió mi vida en un infierno. Era dos años menor que yo, pero, como siempre estaba bueno, se creía por encima de mí.

Cuando Nate nos presentó, Seth creyó que su hermano estaba bromeando con lo de que saliéramos juntos. Nate le dijo quién era yo y Seth lo entendió. Debería haberme dado cuenta entonces de lo que Nate sentía en realidad, pero estaba demasiado ciega de pena y de amor. Me repetía que Nate no era como su hermano, que era dulce y me quería. Que Seth no era más que un crío idiota que no sabía nada del amor.

Por desgracia, me equivoqué. No con Seth, sino con Nate.

—Seth siempre fue un capullo, dijo mi padre cuando me quedé callada.

Asentí. —Sí, pero antes no se equivocó y no tengo motivos para pensar que lo haga ahora. Nate era exactamente el tipo que Seth me hizo ver. ¿Por qué voy a creer que Daniel es mejor? ¿Por qué voy a pensar que es decente si se pasa todo el tiempo con alguien como Seth?

Papá negó con la cabeza. —Quizá no puedas. Quizá por fin te esté mostrando quién es en realidad.

Solté una risa sin alegría. —Entonces supongo que esta vez debería hacerle caso.

Papá asintió. —Pero eso no lo hace más fácil.

Negué con la cabeza. —Desde luego no es fácil.

Cerré los ojos mientras el dolor del día me envolvía. Las lágrimas se me escaparon. No pude detenerlas. Simplemente las dejé caer, sabiendo que pasaría mucho tiempo antes de plantearme volver a confiar en otra persona.

—¿Pido comida para nosotros? —preguntó papá tras unos minutos—. —Y alcohol.

Resoplé y asentí. —Creo que voy a necesitar mucho de las dos.

—El mejor remedio para superar una ruptura —dijo papá.

ME MARTILLEABA LA CABEZA. Alguien estaba dentro con un martillo neumático. ¿Un martillo neumático que pronunciaba mi nombre? —¿Pero qué...?

—Sofía, despierta.

Gemí y me tapé la cabeza con la almohada. —Vete.

—No pienso hacerlo. Despierta.

La almohada salió despedida de mi cabeza. Unas luces cegadoras me deslumbraron, atravesándome el cráneo con un dolor lacerante. —¿Pero qué demonios?

Agité las manos, intentando atrapar a la maldita persona que había decidido que debía levantarme en lugar de dejarme revolcar en mi miseria. Me sujetaron las manos y alguien se tumbó encima de mí.

—Uf,—jadeé.—Voy a vomitar.

Eso hizo que se quitara de encima.

Me arrastré desde el sofá hasta el baño, cerrando puertas a mi paso con la esperanza de evitar más interrogatorios.

No hubo suerte. Me siguió.

—¿Estás bien? —preguntó a través de la puerta.

Me di cuenta por fin de que era la voz de Piper'. Entonces me sentí fatal por haber sido tan desagradable con mi mejor amiga. —No—lloré, mientras toda la emoción del día anterior afloraba junto con las copiosas cantidades de alcohol que había bebido.

Me senté en el suelo delante del váter, pero no me sentía

tan mareada sin Piper encima de mí. Aun así, no quería hablar con ella.

—¿Qué ha pasado, Sof?

—Me ha mentido.

—¿Daniel?

—Cuyo verdadero nombre es Trey.

—Vale. Entonces, ¿estás enfadada porque no te dijo su nombre?

—¡No!—grité al otro lado de la puerta. Me puse en pie y la abrí de golpe.

Piper dio un paso atrás, sobresaltada por mi repentina aparición y mi enfado.

—Estoy enfadada porque él es un rockero famoso y fingió ser un tipo corriente. Estoy enfadada porque su mejor amigo y compañero de banda es el hermano de Nate Catalan. Y Seth lo sabía todo sobre Nate y sobre mí. Y compartió todo ese pasado con Daniel, con Trey, y *él* lo utilizó para manipularme. El cabrón incluso me dijo que me quería antes de que nos acostáramos ayer.

—¿Estás segura de que mentía?

Resoplé y pasé a su lado. Necesitaba café. O más alcohol, pero nunca he sido de tomarme un trago para curar la resaca. Eché un vistazo a la botella vacía de whisky y fruncí el ceño. Supongo que hoy no era el día de empezar.

He puesto la cafetera y he preparado una jarra entera porque sabía que papá y Piper también querrían café.

Piper respetó mi silencio mientras el café se hacía. Sacó nata y azúcar del frigorífico, además de mi sirope de caramelo, y lo colocó todo en la mesa junto con dos tazas y una cuchara.

Cuando el café estuvo listo, ya no pude posponerlo más.

—Te hablé de Nate.

Piper asintió.

—Seth es el hermano pequeño de Nate. Estuvo con nosotros unos meses mientras Nate y yo salíamos. Era un capullo. Siempre me miraba como si no fuera lo bastante buena porque tenía sobrepeso.

—Capullo.

—Sí, pero era algo más que eso. Seth siempre creyó que la industria musical era suya por derecho. Como si, por tener un poco de talento, estuviera autorizado a todo lo que la industria pudiera ofrecer.

—Siento no haber llegado a conocerle.

Puse los ojos en blanco y bebí un sorbo de café. El calor y la cafeína fueron calando y me hicieron sentirme un poco mejor.—Es una joyita, ya te lo digo.

Piper resopló. —Vale, ¿así que le habló a Daniel todo sobre ti y Daniel vino hasta aquí para seducirte?

Me encogí de hombros. —No lo sé. No he sabido mucho de él últimamente. Empezamos a componer una canción juntos... Mierda.

—¿Qué?

Negué con la cabeza. —Acabo de recordar que llevé mi cuaderno a su piso ayer y me lo dejé allí.

—¿Qué cuaderno?

Miré a mi mejor amiga y me di cuenta de cuántas cosas le había estado ocultando a lo largo de los años. —A veces escribo música. Siempre ha sido algo solo para mí, por diversión. Nunca he pensado en vender nada; es demasiado personal. Pero se lo conté a Daniel. A Trey. Joder, ya sabes a quién me refiero. En fin, se lo conté y estuvimos componiendo una canción juntos.

—¿De verdad? Eso es bastante emocionante —dijo Piper, nada molesta de que le hubiese ocultado mi talento.

—Lo era. Yo... yo creía que lo era. Me divertía trabajando con él. Él trabajaba en la melodía y yo tenía la letra. Hablábamos y nos mandábamos mensajes. Era... Da igual.

—Claro que importa. Si te gustaba, no hay razón para que dejes de hacer algo así.

Me reí. —No. Para empezar, siempre ha sido un hobby. Algo que hacía cuando estaba estresada o necesitaba desahogarme. Nunca quise compartirlo con nadie. Por eso nunca te lo conté.

—Oh, por favor, no te preocupes por mí. Después de Nate Catalan y tu padre famoso, que escribas música es una sorpresa pequeñita. Quizá ni siquiera una sorpresa. La música está en tu sangre, literalmente, y parece que también la llevas en el alma.

Contuve la respiración. Llevaba la música en el alma. Siempre había sido algo que me aportaba paz. Desde que me fui de gira con mi padre y comprendí que no era' raro amar la música como lo hacía, dejé que se me metiera dentro y me envolviera.

Cuando las cosas se acabaron con Nate, perdí la música durante un tiempo. Me dolía siquiera pensar en ella, apoyarme en ella, cuando me había causado tanto dolor. Pero con el tiempo comprendí que no era' la música el problema, sino Nate. Y mi padre. Fue entonces cuando empecé a componer.

Pero, otra vez, me dejé llevar por la música y volví a perder una parte de mí. Un trozo de mi corazón, de nuevo.

—Daniel es la única persona a la que le conté que componía música. Y se aprovechó de ello. Seth dijo que Daniel vino a por una canción. Por' eso vino hasta aquí. Yo' supongo que estaba buscando a mi padre y tuvo suerte de encontrarlo, pero nunca pasó tiempo con él. Le confié mi secreto y lo utilizó para conseguir lo que quería. Yo era fácil de manipular: unas cuantas palabras dulces y un paseo en su polla, y me convertí en plastilina en sus malditas manos.

Y allí fueron de nuevo las lágrimas. Dios, cómo odiaba lo

estúpida que era, lo fácil que me había resultado caer en sus mentiras y en él.

—Todos nos volvemos idiotas cuando hay amor de por medio —dijo Piper. Me cogió la mano y me acarició los nudillos con el pulgar.

—Sí, pero todo era mentira. Me enamoré del chico que creía que era. No puedo' decir que no esté enamorada de él, pero el hombre del que me enamoré no es' el verdadero Trey Ryan. Daniel no' existe. Fue un producto de mi imaginación.

—Durante un tiempo fue real.

Solté un largo suspiro y me tragué el dolor que me llenaba. Quería volver a la cama y olvidarme de Trey Ryan y de Daniel. No' quería volver a tener nada que ver con ninguno de los dos jamás.

—No sé si esto lo hace mejor o peor, pero he venido para averiguar qué ha pasado porque Daniel dejó la llave de su apartamento en el buzón del hostal'. Debió de ser durante la noche, pero supongo que ya' se ha ido.

—¿Se ha' ido? —solté. Un dolor nuevo me atravesó. Me reí sin alegría.—Odio que me duela que ni siquiera se haya' despedido.

—Sentí lo mismo cuando Gavin se marchó. Aunque habíamos discutido y pensé que todo había terminado, me dolió horrores cuando se fue.

—Sí, pero Gavin volvió. Daniel no va a volver nunca.

Piper se puso en pie. —Vamos a comprobarlo. Si ha dejado las llaves, supongo que dice que no está, pero quizá me equivoque.

Negué con la cabeza. —No puedo. Yo...

Piper me cogió de la mano y me obligó a ponerme en pie. —No va a resultar más fácil mañana ni pasado. Puedes quedarte en el pasillo si no quieres entrar, pero necesito saber con certeza si se ha marchado.

Inspiré hondo y, por fin, asentí. Terminé mi café y puse la taza en el lavavajillas. Si Daniel estaba allí... No importaba. Lo nuestro se había acabado. Y su presencia o ausencia no era importante.

Seguí a Piper escaleras arriba hasta la tercera planta, sin prisa por ver el apartamento vacío. Se detuvo frente a la puerta y llamó. No se oyó nada al otro lado, pero volvió a golpear antes de sacar la llave.

Descorrió el cerrojo y abrió la puerta. —¡Hola!—gritó. —¿Hay alguien aquí?

Piper dejó la puerta abierta mientras entraba en el apartamento.

La cocina estaba recogida; no había platos en la encimera. El salón carecía de efectos personales. La guitarra de Daniel había desaparecido.

Entré en el apartamento. No había nada sobre la mesita junto a la puerta. Tampoco había zapatos al otro lado. La puerta del baño estaba de par en par y el lavabo, despejado.

Avancé un poco más y me quedé paralizada al llegar al salón. Todavía había algo allí. Algo que lo decía todo.

Mi cuaderno estaba sobre la mesa de centro.

—No hay ropa ni en las cómodas ni en el armario. Ni un solo objeto personal. Se ha marchado de verdad —Piper alzó la vista hacia mí. —¿Qué es eso?

Abracé mi cuaderno contra el pecho. —Son mis canciones.

—No se lo llevó.

Negué con la cabeza. —Pues no. Por lo visto, sí que tiene conciencia.

—Eso, o que es lo bastante listo para saber que tu padre tiene abogados tan buenos como los suyos y que le demandarías por los derechos —dijo Piper.

Asentí. —También puede ser. Pero, en cualquier caso, se ha ido. No tendré que verlo nunca más.

Piper asintió y se quedó mirándome. Luego me abrazó cuando me derrumbé, sollozando, y dejé que los últimos pedazos de mi corazón se hicieran añicos.

23

TREY

Avanzaba por inercia. En piloto automático. Desconectado de todo.

Después de que Sofia se marchara, recogí mis cosas y me largué. Dejé la llave en la posada porque no podía' soportar ver a nadie, y menos aún a Sofia. Fue una cabronada, pero' es quien era yo.

Seth se estaba esforzando al máximo por recordármelo.

En cuanto subimos al jet privado para volver a casa, volvió a ser el tío que yo recordaba. El tipo despreocupado y relajado al que solo le importaba una cosa: dónde sería la próxima fiesta. Se pasó todo el vuelo contándome con cuántas mujeres' se había acostado desde que me fui y las fiestas que me había perdido. Le daba igual que yo no lo animara ni me lamentara por lo que me había perdido; Seth' estaba demasiado metido en sí mismo para que le importara' nada de lo que yo pensara o sintiera, y por todo lo que' me había perdido.

Cuando aterrizamos, me arrastró hasta su casa, donde una fiesta estaba en pleno apogeo. Mujeres, alcohol y drogas abundaban. Todo se ofrecía libremente. Yo cogí una botella de whisky y busqué una silla en la que hundirme.

Así fue durante semanas. Seth montaba una fiesta, yo me bebía una botella de licor y, al día siguiente, me despertaba y, durante unos tres segundos, me olvidaba de Sofia.

Apenas funcionaba. No quer'ía hacer nada. Así que cuando Seth me empujó a la ducha y me dijo que me vistiera porque íbamos a salir, no' discutí. No' me importaba. Nada importaba ya.

Hasta que su chófer se detuvo frente al estudio.

—¿Qué coño hacemos aquí?

Seth me miró como si hubiera olvidado algo. Como si hubiéramos tenido una conversación que se hubiera borrado de mi memoria. La busqué, pero no había nada.

—Hoy' grabamos —dijo Seth.

—¿Qué coño vamos a grabar?

—Vamos, tío, que ya llegamos tarde'.

Solté un largo suspiro y seguí a Seth fuera del vehículo. Llevaba su ropa y había usado sus cosas del baño, así que olía como él y me parecía a él. Todo me resultaba incómodo y extraño, pero no era'la ropa. Era yo.

Arrastré los pies detrás de Seth. No importaba'que fuera un capullo; era la única persona que me quedaba.

—¡Eh, eh, eh! —gritó Seth a alguien que iba delante. Se detuvo en mitad del pasillo, chocó los cinco con él y luego lo abrazó.

Nuestro batería. Adam rodeó a Seth hasta llegar a mí, me chocó los cinco y luego me abrazó. Justo detrás venía nuestro bajista, Ricky, y Nate, el hermano de Seth'y ex de Sofia'.

Nate me dedicó una sonrisa ladeada. —¿Qué tal está Sofia?

—Que te jodan —gruñí a Nate.

Nate resopló. —Se rumorea que ahora me quedo pequeño para ti.

Estampé a Nate contra la pared y eché el brazo hacia atrás para golpearlo. Alguien me sujetó, apartándome de él antes de que pudiera asestarle el puñetazo que tanto deseaba.

Nate se rió mientras lo alejaban a empujones de mí.

—Está intentando quitarte el puesto' —siseó Adam—. Déjale en paz.

Lo fulminé con la mirada, incapaz de procesar sus palabras.

Adam me arrastró hacia el estudio. No había cogido mi guitarra desde el día en que Sofia se marchó, cuando trabajábamos juntos en la canción. No soportaba la idea'de volver a tocarla.

Pero allí estaba, en un rincón del estudio, aguardando a que la tocara como una amante abandonada.

Me acerqué, acaricié el mástil y me planteé mi siguiente paso.

—Vale —dijo el productor a mi espalda—, tenemos la nueva canción lista. Los chicos llevan semanas trabajando en ella, así que deberíamos estar listos para tocar y arrancar. —

—¿Qué nueva canción? —pregunté.

Me giré y comprobé que todos evitaban mi mirada.

Un escalofrío de temor me recorrió la espalda. —¿Qué canción? —gruñí.

—La que escribiste tú, tío —dijo Seth.

Me volví hacia él. —¿Qué puta canción, Seth?

—Make You Stay —respondió, simple, con el *pues claro* implícito aunque no lo dijera.

—Yo no escribí esa canci'ón. Y nunca os la di. ¿Cómo demonios la tenéis? —solté. Recorrí con la mirada a los demás, asegurándome de que cada maldita persona en la sala entendiera que también formaba parte de mi ira.

No ten'ían permiso para usarla. Para grabarla. No e'ra mía y, aunque lo fuera, yo tenía que autorizarla.

—Seth nos envió fotos—dijo Robert Miller desde la

puerta—, ya que usted nunca lo hizo. Fue hace sema'nas. Hemos aprovechado ese tiempo para poner a todo el mundo al día con la canción.

—No tiene usted los derechos de esa canción —le gruñí al hombre que tenía mi carrera entera en sus manos.

Robert me sostuvo la mirada. Nadie lo desafiaba. Nadie se atrevía a llevarle la contraria. Estaba al mando porque, cuando hablaba, las cosas pasaban. Pero yo no iba a permitir que me pisoteara ni que robara la canción que había escrito Sofia. No era legal y tampoco era justo.

—Tendremos los derechos. Usted es nuestro artista, lo que significa que todo lo que escriba nos pertenece a menos que lo descartemos. Queremos esa canción.

—No la escribí yo solo. Sofia Frank…

—La documentación se ha enviado a la señorita Frank. Nos…hemos puesto en contacto con su padre también. Esperamos recibir los contratos firmados en cualquier momento. Hasta entonces…

—¿Le envió usted un contrato? —gruñí.

Robert Miller se ajustó las mangas de la camisa y repitió el gesto con la chaqueta del traje. Era una maniobra de poder para presumir de los gemelos incrustados de diamantes que llevaba. Era la persona más exitosa de la sala. No importaba…que fuera de la industria musical nadie supiera quién coño era ni le importara; él creaba bandas. Y las destruía cuando le daba la gana.

La expresión de furia apenas contenida en su mirada me indicó que no le gustaba que lo interrumpieran.…Pero iba a aguantarse, porque a mí no me gusta que me toquen los cojones.

—No le rindo cuentas, señor Ryan. Ni hoy ni nunca. Puede prepararse para grabar esta canción o largarse de mi estudio a la mierda.

Le sostuve la mirada durante un largo instante. Él no cedió, pero yo tampoco.

Al principio, no.

Maldije entre dientes y me encaminé hacia mi guitarra. La cogí y toda la sala soltó un suspiro al unísono.

Luego me dirigí a la puerta.

—Esto es ilegal. No tenemos los derechos y, hasta que los tengamos, no voy a grabar ni una puta nota de esa canción.

—Está cometiendo un error, señor Ryan.

Negué con la cabeza. —El error fue creer que alguno de vosotros miraba por mí. Pensar que a alguno le importaba una mierda. Que le jodan, señor Miller. Y que te jodan, Seth. ¿Cómo has podido?

Seth resopló. —Tenemos un jodido trabajo que hacer. Ibas a tirarlo todo por la borda por una gorda de mierda que no significa nada. Yo he salvado a esta banda, como llevo haciendo años.

He dejado la guitarra con cuidado y me he acercado a Seth con calma. No he dudado ni me he detenido.

Él ha esbozado una sonrisa burlona cuando me he acercado. El muy cabrón engreído se ha cruzado de brazos sobre el pecho y ha esperado.

Creía que iba a disculparme.

La expresión de asombro en su rostro justo antes de que mi puño se estrellara contra su mejilla ha valido jodidamente la pena.

Seth ha salido despedido, su equilibrio se esfumó con el golpe inesperado. Agitó los brazos buscando algo de lo que agarrarse y dio con un pie de micro. El soporte golpeó la batería y chocó contra los platillos.

La cacofonía quedó ahogada por los gritos.

Me giré, cogí mi guitarra y me largué a la mierda. —¡Dejo la banda, cabrones!— grité mientras salía, sintiendo que por fin tomaba la primera decisión acertada en semanas.

Mi móvil ha vibrado con mensajes y notificaciones, pero lo he ignorado todo. No quería escuchar lo que ninguno de ellos tuviera que decir. No había nada que pudiera arreglar todo esto. Iban a presionar a Sofia para que cediera los derechos de una canción que ella creó, y seguramente le ofrecerían cuatro duros.

Sabía que ella no me iba a escuchar, pero esperaba que alguien más lo hiciera. Busqué a la única persona que tal vez pudiera hacerla entrar en razón, sabiendo que era un riesgo.

—Posada Cala MacKellar. Soy Piper. ¿En qué puedo ayudarle hoy?—

—Daniel al habla —dije.

El resoplido que soltó me indicó que no tenía que explicarle nada. Conocía toda la historia.

—No cuelgues —solté, dándome cuenta de que probablemente era lo siguiente que haría.

—¿Y por qué iba a escuchar nada de lo que tengas que decirme?— Piper, cuya voz antes cordial, sonaba ahora fría y tajante.

—Necesito que haga algo por mí.

Ella bufó.

—Es para Sofia.

—¿Ah, ahora le importa? Si me llama para decirme que haga que firme ese contrato ridículo, puede besarme el culo.

—Mierda. No. La llamo para pedirle que la convenza de que no lo haga.

—Ya está hecho, imbécil. ¡Adiós!

—¡Piper, espere!

Ella soltó un hondo suspiro, pero no colgó.

—Van a intentar obligarla. Harán lo que sea necesario. Ya están intentando grabar la canción.

—¿Qué dice que está haciendo?

—Yo no. La discográfica. Me marché. No puedo hacerle eso a Sofia.

Piper resopló. —Pero mentirle durante semanas, acostarse con ella y decirle que la quería para conseguir la canción en primer lugar sí encajaba en su código moral.

—¡No! No. Yo... Ya no importa. Lo que importa es que necesita un abogado y quizá protección.

—¿Protección? Piper chilló. —¿Está diciendo que podrían hacerle daño?

Negué con la cabeza y me froté los ojos. —No lo sé, Piper. Pero si creen que esta canción podría hacerles ganar millones, lo cual es posible, harán lo que sea necesario.

—¿Cómo ha podido hacerle esto? ¿Cómo ha podido robar su trabajo?

—Sé que usted no va a creerme, pero no lo hice. No lo hice. No les entregué la canción. Dejé su cuaderno en mi piso porque no podía. No después de... Seth le hizo fotos. No lo supe hasta hoy. Él fue quien envió la canción a la discográfica.

—Sofia dijo que es un capullo.

Asentí, con la esperanza de que me ayudara. —Lo es. No me di cuenta antes. Pero no puedo seguir con nada de esto.

—Sabe que esto no significa que ella vaya a aceptarle de nuevo, ¿verdad? —dijo Piper. La dureza había vuelto a su voz.

—Lo sé. No la merezco. No merezco muchas cosas. Protéjala, Piper. Por favor.

—Lo haré. Piper guardó silencio durante un largo instante, lo bastante como para que me preguntara si había colgado. —Por si sirve de algo, durante un tiempo llegué a pensar que usted podía ser el indicado para ella.

—Se merece mucho más que yo —murmuré, consciente de que era cierto.

Colgué sin decir una palabra más. No podía. Todo lo que había pasado en los últimos meses volvió a mí de golpe.

Y todo empezó con Avery Power. Con su embarazo. Con el bebé que podía ser mío.

Necesitaba saberlo. Tenía que arreglar las cosas. Necesitaba ser el hombre que Sofia creía que era. No la estrella del rock con un ego del tamaño de un país pequeño, sino alguien mejor que quien descuida a su hijo.

Avery Power caminaba por la calle empujando un carrito. Sonrió a uno de sus vecinos. Era guapa. Su larga melena oscura iba recogida en una coleta alta que se balanceaba con cada paso.

Parecía feliz y sana. Y también la bebé en el cochecito. La que podría ser mía.

Esperé a que Avery subiera por el sendero hacia su casa antes de bajarme de mi coche de alquiler. Se volvió a mirarme y su sonrisa se desvaneció al reconocerme.

—¿Qué hace aquí? —soltó. Una nueva sonrisa se dibujó en sus labios, pero esta estaba forzada.

—Necesito hablar con usted.

Se colocó entre el cochecito y yo. —No hay nada de lo que tengamos que hablar. No le he dich'o nada a nadie. Si alguien asegura que sabe algo, miente. Se lo prometo, no he dich'o ni una palabra.

—¿Podemos entrar? —le pregunté, con las cejas alzadas. Esperaba parecer inofensivo.

Miró a ambos lados de la tranquila calle residencial y asintió. Aparcó el cochecito junto a los peldaños del porche y bloqueó las ruedas. Le habló en voz baja a la bebé mientras desabrochaba el arnés que la sujetaba. Avery la alzó y la sostuvo con un brazo mientras con el otro le protegía la espalda, incluso cuando la pequeña intentaba mirarme.

Avery subió los escalones hasta la puerta principal y sacó

una llave del bolsillo para abrirla. La dejó entreabierta para que yo la siguiera y se dirigió a la derecha.

Había una especie de parque de malla con algunos juguetes dentro. Avery dejó a la bebé allí y luego se sentó justo al lado, con la mano apoyada en el borde.

Cerré la puerta y me senté al otro lado de la habitación, frente a Avery y la bebé.

—¿Cómo está? —pregunté al cabo de un minuto.

Bufó.

—Vale, supongo que no demasiado bien. Respiré hondo y me quedé mirando a la niña. Nunca me había preguntado si un bebé podía ser mío. —¿Cómo se llama?

—¿Por qué está aquí? —exigió Avery.

La niña, al percibir la ansiedad de su madre', gimoteó y se acercó más a Avery.

—Y... yo no supe nada' de que usted estuviera embarazada hasta que la discográfica le pagó por su silencio.

Se tensó ante mi elección de palabras, pero no' las discutió.

—Yo no estuve' detrás de esa decisión. Quería que lo supiera.

—De acuerdo. Gracias por decírmelo. Avery se puso en pie como si fuera a acompañarme a la puerta.

—¿Es mía? —solté.

Avery se dejó caer con fuerza, casi rebotando en el asiento. Tragó con dificultad; su garganta se movió despacio. —Yo...

—No voy a' contárselo a nadie, Avery. Y... quiero estar aquí para usted.

—¿Por qué? —exhaló.

—No soy el tipo de persona que abandonaría a su hijo. No'... no recuerdo que estuviéramos juntos, pero me resulta familiar y no podría vivir conmigo mismo si lo abandonara...

—Sara, —susurró Avery.

Sonreí y miré a Sara. Era preciosa. Tenía el oscuro cabello de su madre y unos ojos color avellana que bien podrían venir de mí. Su naricita era diminuta y sus dedos regordetes estaban metidos en la boca. El conjunto que llevaba era completamente rosa, desde los calcetines hasta el babero. Incluso el cochecito que esperaba fuera era rosa.

—Sé que antes no estuve ahí para usted y sólo puedo imaginar por lo que pasó, pero-

—No es suya, —soltó Avery.

—¿Qué?— susurré. Mi mirada pasó de Avery a Sara, intentando encajar lo que había dicho. No era' complicado, pero aun así no tenía' sentido.

Avery empezó a llorar. Su rostro se arrugó como si hubiera estado' conteniendo la emoción que la desbordaba. Sin embargo, no se' cubrió la cara con las manos. Mantuvo mi mirada con firmeza.

—Nos conocimos, pero nunca nos acostamos.

—Entonces ¿por qué le dijiste a la discográfica que era mía?— susurré. Se me partió el corazón. Quería que fuera mía. Saber que había hecho algo bueno, incluso si no lo' pretendía. Creer en los milagros.

—Sabía que el verdadero padre nunca daría la cara. Él' es... egoísta. No' pretendía quedarme embarazada. Fui estúpida, estaba borracha y no' recuerdo gran cosa de aquella noche. Pero Seth...

—¿Seth' es el padre?— solté.

Avery dio un respingo. Sara soltó un grito.

Tomé aire profundamente y lo solté despacio. —Lo' siento.

Avery asintió. —Recogeré todo esta semana y' nos habremos ido antes del fin de semana.

—¿Cómo? ¿Por qué?

Me miró como si debiera saber la respuesta a esa pregunta. —Sé que contártelo viola el acuerdo de confidencialidad que firmé. ' Supongo que' por eso' estás aquí: para hacer que admita que Seth es el padre y así la discográfica deje de pagarme.

—¿La discográfica sabe que Seth es el padre?

Avery asintió. Parecía tan confundida como yo.

—¿Y Seth lo sabe?

Ella volvió a asentir.

Me pasé una mano por el pelo y me recosté en la silla. Fui allí dispuesto a comportarme como un hombre decente y responder por mi hija. Pero no era mi hija. Todos me mintieron y me dejaron creer que lo era mientras protegían a Seth.

—¿No sabía nada de esto?

Negué con la cabeza. —No. Seth me ha dicho hace unos meses que la discográfica le había pagado para que guardara silencio, pero nunca mencionó todo esto. Se estaba cubriendo las espaldas.

—Mi padre nos abandonó a mi madre y a mí cuando yo tenía seis años. Él era quien trabajaba, así que mi madre se quedó sin ingresos. Vació sus cuentas y nos dejó sin nada. Hasta entonces, ella había sido ama de casa. Fue justo antes del verano; todos los campamentos estaban completos y, de todos modos, no tenía dinero para pagarlos. Cada día era una lucha. No quería lo mismo para Sara; quería que tuviera opciones. Pero no debería haber mentido diciéndole a la discográfica que era hija suya.

—Entiendo por qué lo hizo.

—¿De veras?

Asentí. —¿Cómo se enteraron de que no es hija mía?

—Insistieron en hacerme una prueba de paternidad. Dijeron que el dinero que me habían pagado solo valdría hasta que naciera Sara y que, cuando llegara ese momento, necesitaban pruebas. Si me negaba, me demandarían para recuperar el dinero. Cuando nació, le conté la verdad a una enfermera. Estaba sola, asustada, y todo me salió de golpe aquella noche, cuando Sara apenas tenía unas horas. Sobornaron a la enfermera para obtener la información y le hicieron la prueba a Seth. El acuerdo de confidencialidad cambió, y pactamos que pagarían nuestra vida aquí mientras yo no dijera a nadie quién es el padre de Sara.

—Siento que haya pasado por todo eso —dije—. Lo peor es que probablemente no sea la primera y, con toda seguridad, no será la última.

—Todo eso me da igual. Mientras Seth no venga aquí ni intente apartarla de mí, estaré bien.

—¿No quieres que tenga un padre?

—Prefiero que no tenga padre a que él sea su padre —gruñó Avery.

Me lo pensé un momento y asentí. —Probablemente sea lo mejor que pueda hacer por su hija.

Volví a mirar a Sara. Ella me observaba, sus grandes ojos color avellana seguían mis movimientos.

Me puse en pie. —Siento haber interrumpido su día, Avery. Nadie sabrá que he estado aquí. Y siento que Sara no sea mía. He venido para disculparme con usted en persona por no haber estado cerca, pero Seth... manténgala a salvo de él.

Ella ladeó la cabeza y me lanzó una mirada interrogante.

—Es exactamente quien cree que es.

Avery volvió a tragar con dificultad y me acompañó hasta la puerta. —Ojalá fuera suya.

Miré más allá de ella, hacia donde Sara nos observaba. —Yo también. Besé la mejilla de Avery. —Si no le importa, me gustaría que siguiéramos en contacto.

Ella sonrió. —No tiene que hacer eso.

Negué con la cabeza. —Lo sé, pero si alguna vez necesita a alguien de su lado, quiero que sepa que siempre lo estaré.

—Seth es su mejor amigo. ¿Por qué haría eso?

—Porque no es la persona que creía que era. Y usted y Sara merecen algo mejor.

—Gracias, Trey. Significa más de lo que imaginas.

He asentido con la cabeza y he salido. Avery ha cerrado la puerta tras de mí.

Al bajar los escalones de su casa hasta el coche de alquiler que había alquilado, se me ha quitado un peso de encima. He vuelto a sentir el cosquilleo de la música. Pero todo estaba ligado a Sofia.

He alzado la vista hacia la casa de Avery y he comprendido que la mujer a la que amo merece lo mismo que la mujer que creí que llevaba a mi hijo en su vientre. Solo esperaba que Sofia me dejara pedirle perdón en persona. Sin mutilarme.

24

SOFIA

—¿*E*stás segura de que' estás bien? —preguntó papá mientras metía su última maleta en el maletero de su coche de alquiler.

Cerré de un golpe el maletero y asentí. —Estoy' bien, papá.

—Pero…

—Papá,' no voy a esconderme y tampoco voy a firmar ese contrato.

Papá soltó un suspiro profundo. Cuando llegó la oferta del sello de Trey Ryan' para comprar mi canción, se ilusionó por mí. Estaba orgulloso y pensó que era una buena oportunidad.

Pero no era lo adecuado para mí.

—Escuchar tu canción en la radio es algo muy guay, Sofia. Saber que tus palabras conectan con otras personas' es poderoso.

Negué con la cabeza. No importaba que hubiéramos tenido la misma conversación una docena de veces en las últimas semanas.—Me dolería demasiado' —confesé por primera vez.

Se echó hacia atrás, como si jamás hubiera imaginado esa parte.

—Escribí esa canción con Daniel. Creía que estábamos creando algo juntos. Algo nuestro. Saber que formaba parte de su manipulación lo ensucia todo. Si la escuchara en la radio… Simplemente no puedo', papá.

Me atrajo hacia sí en un abrazo poco habitual y me apretó contra él. Sus manos recorrieron mi espalda de arriba abajo. —Lo siento, Sofia. No me daba cuenta' de que ése era el motivo.

Encogí los hombros y le devolví el abrazo.—No quería' admitirlo.

—Puedes contarme cualquier cosa —dijo, apartándose para mirarme a los ojos. Me sostuvo por los hombros y me sonrió —No se puede desear que el dolor desaparezca.

Asentí.

—Y no hay vergüenza en perdonar a quien amas por hacerte daño.

—Papá —me quejé.

—Solo digo que me convenciste para pedirle a Mónica una segunda oportunidad. La fastidié con ella, pero voy a mostrar todas mis cartas y espero que esté dispuesta a dármela. No puedo plantarme allí con esa esperanza sin pensar también que deberías plantearte darle a Trey otra oportunidad.

—Es distinto, papá.

—¿Por qué es distinto?

—Porque tú no le ment iste sobre quién eres ni intentaste robarle nada.

—Parece que cambió de idea respecto a esa segunda parte. Y en cuanto a mentirte, no creo que fingiera cuando dijo que te quería.

Resoplé, pero sus palabras me dieron de lleno en el corazón. Con fuerza.

—No quiero que vivas llena de remordimientos, Sofía —dijo papá, abrazándome de nuevo—. Créeme cuando te lo dice un viejo: no es manera de pasar los días.

—Todavía no eres tan viejo —le contesté.

Se rio entre dientes y negó con la cabeza. —Sí, bueno, soy mayor que tú y trato de compartir mi sabiduría contigo.

—Ajá.

Papá rodeó el coche hasta el asiento del conductor . —Te quiero, Sofía.

—Yo también te quiero, papá.

—Te avisaré de cómo van las cosas.

—Más te vale. Yo quiero la primera invitación a la boda.

—Trato hecho.

Sonreí mientras mi padre se acomodaba en su vehículo. Lo puso en marcha y se alejó despacio del bordillo. Tocó el claxon y saludó con la mano antes de girar la esquina y desaparecer.

Me limpié una lágrima del rabillo del ojo. Tenía la garganta encogida. Iba a echarle de menos, más de lo que creí cuando llegó.

El piso estaba en silencio cuando he vuelto a entrar. Me había acostumbrado al ligero murmullo de su presencia. Resultaba extraño volver a estar sola, sobre todo porque lo deseaba cuando llegó y antes me encantaba.

Entré en su habitación y sonreí al comprobar que había quitado las sábanas de la cama y las había dejado en el cesto. Las toallas sucias habían desaparecido del baño y unas limpias ocupaban su lugar. Encima de la cómoda había una botella sin abrir de mi sirope de caramelo favorito, con un lazo atado al cuello.

Solté una risita y cogí la botella justo cuando alguien llamó a la puerta.

Dejé la botella de sirope en la encimera de la cocina camino de la puerta. La abrí con una sonrisa, pensando que era mi padre. —¿Se te ha olvidado algo…? Daniel. Quiero decir, Trey.

Él negó con la cabeza. —Daniel.

Crucé los brazos y di un paso atrás. —¿Qué haces aquí?

—Te debo una explicación.

—No me debes nada, Trey. No nos conocemos.

—Sofia, por favor.

—¿Por favor qué? Tuviste un montón de oportunidades para decirme lo que pasaba, para pedirme que escribiera una canción contigo, para confesarte quién eras y por qué estabas aquí. En lugar de eso, me mentiste, hiciste que me enamorara de ti y luego hiciste exactamente lo mismo que tu amigo Nate: apuñalarme por la espalda.

—Nate no es mi amigo.

Puse los ojos en blanco. —Lo que tú digas.

—He dejado la banda.

—Sí, claro.

—Hablo en serio. Me fui del estudio. No podía grabar tu canción.

Reí sin pizca de alegría. —No sin permiso. Así que por eso estás aquí. ¿Quieres tanto que firme este contrato? Giré y entré en el piso. El contrato estaba sobre la mesa de centro, burlándose de mí cada maldita vez que intentaba sentarme a descansar.

Cogí el contrato y me disponía a volver a la entrada, pero choqué con Trey. —Uf.

Él me sujetó, rodeándome con los brazos. Me pegó contra su cuerpo.

Todo dentro de mí pareció volver por fin a su sitio. Cerré los ojos y me acurruqué contra él.

Entonces mi cerebro reaccionó y me aparté.

—No te he invitado a pasar.

—No firmes ese contrato, Sofia.

—¿Por qué? ¿Tienes uno nuevo? ¿Menos dinero? ¿Más

dinero? ¿Necesitas más canciones? ¿Has venido a robar mi cuaderno para decir que son todas tuyas?

—¡No! Maldición, escúchame. No quiero que firmes nada. No se merecen tu canción. Dejé la banda porque me di cuenta de con quién estaba trabajando y de lo que le estaban haciendo a la gente. Pagaron a una mujer que dijo estar embarazada de un hijo mío.

Jadeé. No podía ser cierto. No estaría usando mi propia historia para ganarse mi compasión.

—Fui a verla. Mintió y dijo que el bebé era mío porque quería más para su crío y pensó que yoharía lo correcto. En realidad, el padre es Seth, y la discográfica le pagó para que guardara silencio. Élfue también quien les dio tu canción. Hizo fotos de tu cuaderno, no yo. Éles un auténtico capullo y hasta ahora no lo había visto. Élme ha manipulado desde que nos conocimos.

—Me suena —espeté.

Trey asintió. —Me lo merecía. Se aclaró la garganta y se apartó un paso de mí. —Cuando vine aquí, sabía que no podíadecirte quién era. Vine para averiguar dónde estaba tu padre. Seth me dijo tu nombre, aunque nunca hubieras estado en el candelero. Yosiempre he escrito nuestras canciones, pero cuando supe que quizá tenía un hijo, mi musa me abandonó; no podíaescribir nada. Pensé que tu padre podría ayudarme, que estaría dispuesto, ya que no habíapublicado nada en un tiempo. Fue uno de los mejores compositores de su generación y necesitaba esa chispa que él tenía.

—Pero en su lugar me conseguiste a mí —gruñí.

—Daniel es mi segundo nombre. Esuna tradición familiar: todos los hombres de mi familia desde mi bisabuelo lo llevan. Incluidos mi padre y Michael.

Contuve el aliento. Sabía que aquello era importante.

—Nadie me ha llamado nunca Daniel, pero la primera vez

que lo dijiste sentí que veías una parte de mí que nadie más había visto. Creí que Seth la veía, pero estaba equivocado.

Trey inspiró hondo, luchando visiblemente con sus emociones.

—Michael estaba en sus últimos días cuando conocí a Seth. Me oyó cantarle a Michael en su habitación del hospital. Seth estaba de visita en el hospital con Nate y la banda de Nate—labor social, devolver algo; cosas que la discográfica fomentaba hasta imponerlas a los grupos, sobre todo cuando las ventas caían.

Habíaleído reportajes sobre bandas que hacían cosas así. Four on the Floor lo había hecho un poco, pero cuando sus ventas cayeron decidieron que ya habían terminado. Cuando organizaban actos benéficos, lo hacían lejos de los focos. No me sorprendía que Nate solo hiciera ese tipo de cosas cuando le obligaban.

—Seth entró en la habitación de Michael y se unió a mí para cantarle a Michael. No tenía ni idea de quién era, pero hacía meses que Michael no estaba despierto lo suficiente para cantar conmigo. Fue reconfortante oír otra voz junto a la mía. Desde entonces Seth y yo conectamos. Me llamaba con frecuencia para preguntar cómo estaba Michael y asistió al funeral de Michael. Seguimos en contacto y, de vez en cuando, nos juntábamos para juguetear con la música. Un día, Nate vino con Seth.

—Apuesto a que pensaste que era lo más alucinante del mundo.

Trey soltó una risita y asintió. —Sí. Era famoso, enorme. Y yo llevaba todo ese tiempo pasando el rato con su hermano sin tener ni idea. Seth dijo que Nate quería ponernos delante de su discográfica; que estaban buscando bandas nuevas y Nate pensaba que éramos lo bastante buenos.

—Resultó que tenía razón.

—Sí. Pero no conocí el resto de la historia hasta hace

poco. Seth intentó despegar por su cuenta. A la discográfica no le bastaba con él. El hermanito de Nate no era lo bastante bueno. Querían algo nuevo. Seth intentó pasar por suyas algunas de las canciones que yo había compuesto, y a la discográfica les gustaron lo suficiente como para que Seth decidiera traerme.

—Vaya.

—Sí. Durante todos estos años he estado completamente a oscuras. A la discográfica le daba igual. Habrían robado mi música y me habrían dejado sin nada si Seth hubiera bastado él solo, pero se dispararon en el pie. Al principio no tenía ni idea y firmé contratos que les otorgaban más derechos de los que deberían, pero ya es tarde para eso. No quiero que te pase lo mismo.

—¿Por qué te importa? pregunté. Su historia era convincente. Le ganaba votos de compasión. Mantenía mi atención y volvía a atraparme. Pero no iba a cambiar nada. Seguía habiéndome mentido cuando dijo que me quería. Podía plantearme pasar por alto el resto. Tal vez pudiera entender la presión que soportaba. Pero decirme que me amaba era bajo. Era tan bajo como Nate Catalan.

—Le di un puñetazo a Seth. A Nate casi se lo doy. Dejé mi banda, Sofía. Te mentí sobre mi motivo para estar aquí, pero jamás mentí sobre lo que siento por ti.

Negué con la cabeza y me aparté un paso de él. Estar tan cerca me estaba confundiendo, haciéndome creer que decía cosas que yo sabía que no estaba diciendo.

—Te quiero, Sofía. Sé que nunca podrás perdonarme. Sé que lo nuestro se ha terminado. Sé que esta es la última vez que te veré, pero no podía quedarme de brazos cruzados y arriesgarme a que cometas el mismo error que yo.

—No puedes quererme. ¡Deja de mentirme!—grité.

Se acercó a mí, pero yo me aparté. Si volvía a tocarme, estaría perdida.

—No tienes que' sentir lo mismo. Sé que no lo' haces. Pero yo sí te quiero. Y he venido para decirte que no firmes el contrato. ¿Te dijo Piper que la llamé? Necesitas protección. Necesitas un abogado y a alguien que se asegure de que' estés a salvo. Yo' pagaré a ambos.

—No. Daniel, no. Yo...

Sonrió.

—¿Por qué sonríes?

Se encogió de hombros. —Me has llamado Daniel.

—Yo... —Cerré los ojos y tomé aire—. Daniel no existe. El hombre de quien me enamoré no era' real.'

—Soy real —susurró—. Dios, Sofia, soy más yo mismo cuando —estoy contigo de lo que 'he sido desde que Michael murió. No lo 'vi antes porque no 'podía. No tenía a nadie después de que mi hermano murió. Mis padres se desmoronaron. Se divorciaron y se olvidaron de mí. No estaban' ahí para mí. Yo perdí a mi hermano y ellos a su hijo, pero estaban tan sumidos en su dolor que no 'se dieron cuenta de mí. No 'los culpo, pero era la verdad. Necesitaba una familia. Necesitaba a alguien. Seth se aprovechó de eso. Sabía que podía usar la muerte de Michael' en mi contra. Y lo' ha estado haciendo durante veinte años. Nunca lo vi. No hasta que llegué aquí y dejé de ser Trey Ryan. Era Daniel. Era el chico que tú veías. Aquel de quien te enamoraste. El que tus amigos recibieron sin pensárselo dos veces, por ti.

—Pero no' eres Daniel.

—Tampoco soy Trey Ryan'. Me aparté de esa vida. Probablemente me quedaré sin un duro después de tener que comprar mi salida del contrato.

—Casualmente tengo un segundo dormitorio —susurré.

Inspiró hondo. Su mirada ardía. Dio un paso hacia mí. —¿Es para cuando' estés enfadada conmigo?

—Teniendo en cuenta que ahora mismo' estoy enfadada contigo...

—Estar enfadada es mejor. Significa que hay una posibilidad de que algún día me perdones. Y si me dejas mudarme a tu segunda habitación, quizá pueda convencerte con masajes, pidiendo comida a domicilio para ti y cantando tus canciones cuando quieras.

Cerré los ojos y dejé que me atrajera a sus brazos. —No estoy segura de que puedas permitirte cantar mis canciones. Se rumorea que se venderán por un precio bastante bueno.

Él soltó una risilla contra mi pelo. —Sin duda lo harían. Quizá pueda conseguir un trabajo como profesor de música. Entonces podré pagar aunque sea una sola nota.

Solté un bufido. —O podrías ir en solitario.

Él negó con la cabeza. —Me quemé todos mis puentes cuando golpeé a Seth. No volveré a conseguir otro contrato.

—Sabes que Trent es Trent MacKellar, ¿verdad?

Daniel se apartó de mí y frunció el ceño. —¿Te refieres a MacKellar Investments?

Asentí. —Y a Cala MacKellar. Probablemente sea más rico que tú. Y seguramente tenga contactos que puedan conseguirte un nuevo contrato si eso es lo que quieres.

Daniel volvió a negar con la cabeza. —No... No lo sé. Solo llegué a alejarme de Seth y del sello y de todas sus mentiras, encontrar a Avery y venir aquí para pedirte perdón. No he pensado más allá de eso. Demonios, jamás me permití imaginar que pudieras perdonarme.

—Aún te queda suplicar un poco.

Él asintió con solemnidad. —Lo sé. Y haré lo que quieras para demostrarte lo arrepentido que estoy. Fui un imbécil. Vine aquí con la intención de aprovecharme de ti y después marcharme. Nunca me molesté en considerar las consecuencias de mis actos. Durante años he creído que estaba por encima de todo. Me has mostrado que no hace falta mucho para ser una persona decente.

—Eres una persona decente.

—Estoy trabajando en ello. Y espero seguir mejorando con tu ayuda.

—Entonces supongo que deberías alquilarme esa habitación —bromeé.

Se rió por lo bajo y asintió. —Siempre que sepas que voy a hacer todo lo posible para que me perdones. Dormiré desnudo. Te compraré sirope extra de caramelo. Te masajearé los pies. Llevaré la compra de la señora Watson.

—Me conquistaste con lo de dormir desnudo —susurré, poniéndome de puntillas.

Esbozó una sonrisa ladeada y redujo la distancia que nos separaba. —¿Ah, sí?

Asentí. —Sí.

Me besó y ambos aspiramos aire en cuanto nuestros labios se rozaron. Jamás creí que volvería a verlo. No en persona. Pero que regresara, pidiera perdón y me dijera que me amaba hizo que todos aquellos pedazos rotos volvieran a encajar.

Las lágrimas se mezclaron con nuestro beso y Daniel se apartó. —Mierda —susurró—. ¿Qué he hecho?

Negué con la cabeza. —Nada. Son lágrimas de felicidad.

Me pasó los dedos por las mejillas y sonrió. —¿Sí?

—Sí.

—Te quiero tanto, Sofia. Pasaré el resto de mis días compensándote y amándote.

—¿El resto de tus días? Eso sí que es un compromiso.

Él negó con la cabeza. —Para mí no lo es. Es lo único de lo que estoy seguro ahora mismo. Te amaré para siempre. Sientas o no lo mismo.

—¿Crees que no?

Se encogió de hombros. —No lo has dicho. Y está bien. No quiero que me digas que me quieres porque yo lo haya dicho. Quiero que esperes hasta que vuelvas a enamorarte de mí.

Solté una carcajada y negué con la cabeza. —Me dolió tanto porque te quiero. Te perdoné tan fácilmente porque te quiero. Te estoy pidiendo que te mudes conmigo porque te quiero. Te quiero, Daniel o Trey o quienquiera que seas y como quieras que te llame. Te he querido desde hace demasiado tiempo y te querré el resto de mi vida.

—Bueno, gracias a Dios por eso. Ya empezaba a preocuparme.

Le di un golpecito juguetón en el hombro. —¿De verdad pensabas que no te quería?

Se encogió de hombros. —Cuando lo dijiste antes, todo era distinto. La verdad lo cambia todo. Esperaba que no cambiara tu amor por mí, pero no iba a darlo por sentado.

—Te quiero. Muchísimo. Sea cual sea tu nombre.

—Daniel. Definitivamente soy Daniel.

—Entonces te quiero, Daniel.

—Te quiero, Sofia.

EPÍLOGO

CHELSEA

$\mathcal{M}$udarse resultaba mucho más fácil con un montón de gente dispuesta a ayudar. Sobre todo cuando no tenía tantas cosas que trasladar en primer lugar.

—¿Dónde va esto? —preguntó Elise mientras pasaba con otra caja.

—En el baño de arriba —le contesté a mi prima.

Elise asintió mientras subía las escaleras. Se había portado de maravilla conmigo. Todavía no conocía a todo su grupo de amigos, pero Sofía y Haley me estaban acogiendo y Elise les ayudaba. Y un montón de sus amigos estaban en mi nueva casa para echarme una mano con la mudanza.

Y para ayudarme a instalarme.

Blake e Ian me regalaron los muebles y la ropa de cama del cuarto de invitados, que ahora iban a convertir en otro cuarto de bebé. Laura me dio un sofá que ella y Nico habían tenido guardado un tiempo, porque el mío olía a humo. Trinity y James me regalaron una mesa de cocina y unas sillas porque no tenía ninguna en mi antiguo piso. Willow me dio unas mesitas auxiliares. Goldie, Anna y Valentina compraron cosas nuevas para asegurarse de que mi cocina, mucho más grande, quedara completamente equipada y luego se ofrecieron a cocinar para todos los que ayudaban con la mudanza, para que yo no tuv'iera que pagar la comida de todos.

Nunca me hab'ía sentido tan arropada, y eso que hab'ía vivido toda mi vida en Cala MacKellar.

Aquello no hizo más que demostrarme que comprar aquella casita había sido la decisión correcta. Desde el primer día que la vi lo supe, pero que la mudanza saliera tan bien me confirmó que todo iría bien.

—¡Toc, toc! —dijo mi madre desde la puerta.

—¡Pasa, mamá! —le grité. Sabía que el desembalaje tendría que esperar, pero aprovechaba cada minuto entre viaje y viaje para ir colocando algunas cosas.

—Hemos traído visita —dijo mamá.

El tono de su voz me hizo sentir un vuelco de pánico. Si mamá no estaba del todo segura de la persona que traía a mi nueva casa, yo tampoco lo estaría.

Entonces oí un quejido.

Corrí hacia la puerta, preguntándome qué demonios estaba pasando. Hasta que vi la carita más adorable del mundo.

—¡Dios mío, es' precioso!— exclamé.

Mi madre soltó la correa y el perro marrón y blanco corrió hacia mí. Me dejé caer de rodillas para poder rodearlo con los brazos. Me lamió la cara y ladró emocionado.

—Sabíamos que siempre habías querido un perro. Estaba en el refugio y la señora dijo que es' muy cariñoso, genial con los niños, y que se porta bien cuando se' queda solo en casa. Está' prácticamente adiestrado, y sabíamos que tenías una puerta para perros, pero esperamos que no' te importe. —

Abracé al precioso animal y sentí cómo se acomodaba

contra mí como si' hubiera estado esperando conocerme. —
Lo adoro— susurré.

Había' planeado tener un perro, pero quería esperar hasta
mudarme. Este chico era perfecto. Era lo bastante grande
como para no' preocuparme de hacerle daño si dormía en mi
cama —lo cual iba a pasar sí o sí— y me giraba encima de él.
Pero también era lo bastante pequeño como para sentir que
podía controlarlo.

—La señora dijo que probablemente tenga' tres o cuatro
años. Recomendó que lo lleves a ver al doctor Harris cuando
tengas tiempo. Él ve a todos los perros que pasan por el refugio. Puede registrarte como su dueña, ponerle el microchip y
mantener todo al día con las vacunas y esas cosas.—

Abracé a mi perro una vez más, luego me puse en pie y
abracé a mi madre. —Gracias. Lo adoro.— Abracé a mi
padre, que' había estado de pie detrás de mi madre y seguramente dudando, porque comprarme un perro podía salir
bien o mal. —¿Tiene nombre?—

—No —dijo papá—. Acaba de llegar, así que no les dio
tiempo a ponerle uno.—

Miré a mi perro y ladeé la cabeza. Él la ladeó para
imitarme.

—Parece un tanque —dijo Daniel desde las escaleras—.
¿De dónde ha salido?

—Es mío. Mis padres me lo han regalado.

—Es adorable —arrulló Sofía.

El perro oyó su voz y se giró hacia ella. Me miró, como
pidiéndome permiso. Asentí. —Puedes ir a saludar a Sofía.

Se lanzó hacia ella, lamiéndola y ladrando feliz.

—Es muy bien adiestrado —se maravilló Daniel— y muy
dulce.

Asentí, observando a mi perro. Elise y algunos de los
demás bajaron las escaleras, distraídos por el perro, que
saludó a todo el mundo. La gente entró desde fuera, incluidas

las hijas de Valentina y el hijo de Goldie. Los adolescentes rodearon al perro y lo acariciaron hasta que se tumbó de lado, con la lengua colgando como si nunca hubiera estado más contento en su vida.

—¿Podemos llevarlo al patio trasero? —preguntaron los niños.

—Sí, es una idea estupenda —les dije—. —Mientras estáis ahí fuera, a ver si se os ocurre un nombre para él.

—¡Vale! —corearon.

—Vas a dejar que los niños pongan nombre a tu perro? —preguntó Goldie.

Me encogí de hombros. —No lo sé. Daniel dice que parece un tanque, así que cualquier nombre será mejor que ese.

Ian se burló de Daniel. —Y tú te llamas creativo. Ian negó con la cabeza.

Daniel gritó: —¡Eh!— y persiguió a Ian hasta la entrada para coger más cosas.

—Me alegra que se lleven tan bien —comentó Sofía a Blake.

—Yo también. Ian se llevó un buen chasco cuando descubrió que Daniel no era' quien creíamos. Es reconfortante saber que no era' del todo así y que está de vuelta.' ¿Ha decidido ya si va a hablar con Trent para' ir por su cuenta y conseguir otro contrato'?

Sofía negó con la cabeza. —Todavía lo está pensando. La industria musical no lo trató' precisamente bien. También hemos hablado de componer canciones y subir la música a internet por nuestra cuenta.' No tiene claro cuál es la mejor opción.' Pero le dije que todo es diferente cuando tienes a alguien que cuide de ti.

—Es muy cierto. Y hacer las cosas por tu cuenta es una idea genial —dije.

Sofía asintió. —Creo que se inclina por eso. Nadie a quien

rendir cuentas, ninguna discográfica que te arrebate tus derechos.' Significa un escaparate mucho más pequeño, pero creo que está' preparado.

—Ah, oye, Chelsea, Melody dice que conoce a uno de tus vecinos —dijo Blake.

—¿De verdad? Todavía no he conocido a mis vecinos. Espero que sean majos.

Blake asintió. —Melody dice que el tipo es genial. Padre soltero.

—Estoy felizmente' soltera —les dije a ella y a mi madre antes de que Mamá pudiera preguntar más.

Blake se rió entre dientes. —No intento cambiar eso. Solo te cuento lo que dijo Melody.' Siente' que no hayan podido venir hoy a ayudar.

Desestimé su preocupación. —No esperaba recibir tanta ayuda, y te lo agradezco.

Blake sonrió. —Cuidamos de los nuestros. Y tú eres de los nuestros, así que deja de resistirte y ven al club de lectura.

Me reí. —Gracias. Supongo que no me queda otra.

—Será divertido.

Asentí. —Gracias. Estaré allí el domingo.

—¡Chelsea, Chelsea! —gritaron los adolescentes, entrando corriendo. El perro iba justo detrás de ellos.

—¿Sí?

—Hemos pensado un nombre para tu perro —dijo Samantha, la hija pequeña de Goldie .

—Bien. ¿Cuál es?

—Bulldozer, —dijeron todos a la vez.

Miré a Blake y a Sofia. Parecían tan sorprendidas como yo. —¿Bulldozer?

—Sí Bianca, la mayor de Valentina dijo—. Porque pasó entre todos nosotros como una apisonadora.

—Podéis llamarle Bull para abreviar —dijo Paul, el hijo de Goldie —. O Dozer. Eso molaría.

Todos miramos al perro, que estaba tumbado junto al sofá, profundamente dormido a pesar del ruido que había en la casa.

—Ahora mismo tiene toda la pinta de llamarse Dozer —se burló Sofia de mí.

Me reí por lo bajo y negué con la cabeza. —Supongo que ya tiene nombre: Bulldozer, aunque se le conoce como Dozer.

—Solo espero que no tire abajo nada más. Como tu casa —dijo papá.

—¡Me lo has comprado para mí!

Papá se echó a reír. —Échale la culpa a tu madre. Creo que espera que tener un perro te haga conocer a los vecinos, sobre todo a los solteros.

Solté un gruñido. —Dime que estás de broma.

Papá negó con la cabeza. —Lo siento, cariño. El reloj biológico de tu madre hace tic-tac y quiere nietos.

—No funciona así, papá.

Bufó. —Intenta decírselo tú. Te reto.

Dirigí la mirada a mi madre, que le hablaba a Dozer, susurrándole algo al perro dormido.

Estaba metida en un buen lío. Mi madre me había comprado un perro atrapa-hombres. Y encima le estaba dando consejos.

Lo único que pude hacer fue negar con la cabeza y esperar que no le hiciera caso.

¡GRACIAS POR LEER la historia de Sofia y Daniel! Sofia es un personaje en el que llevo años pensando, pero me costó encontrarle al hombre adecuado. A Daniel había que pulirlo un poco, pero adoro a los dos. ¡Espero que a vosotros os pase lo mismo!

El próximo libro de la serie cuenta la historia de Chelsea y Derek. A Chelsea le entusiasma todo de su nueva casa, salvo su vecino grosero, que no deja de dejarle notas en la puerta sobre los problemas que, según él, ella provoca. Al final se harta y va a cantarle las cuarenta, pero recibe mucho más de lo que esperaba. Haz tu pedido anticipado de *Su Sorpresa Curvilínea* ¡ya!

¿QUIERES MÁS de Sofía y Daniel? Daniel recibe una oferta que jamás habría imaginado, pero no es el único que debe tomar una decisión. El epílogo extra solo está disponible para suscriptores. ¡Apúntate ahora!

ACERCA DEL AUTOR

USA TODAY La autora superventas Mary E Thompson pasó la mayor parte de su infancia deseando tener algunas curvas menos. Se escondía entre las páginas de los libros porque a sus personajes favoritos nunca les importaba qué talla de ropa usaba. Ahora, a Mary tampoco le importa, y escribe historias que celebran a mujeres como ella. Mujeres reales que tienen curvas, persiguen sueños y encuentran el amor, porque todas merecemos ser felices, sin importar nuestra talla.

Mary pasa su tiempo fuera de la escritura con su esposo y sus dos hijos, viendo demasiada televisión, animando a su equipo local de fútbol americano (¡Vamos Bills!) y escondiendo chocolate de su familia.

Suscríbete ahora al boletín de Mary. ¡Los suscriptores reciben libros electrónicos gratuitos y otras cosas divertidas, como contenido exclusivo solo para miembros y sorteos, además de ser los primeros en conocer los nuevos lanzamientos y ofertas!

www.ingramcontent.com/pod-product-compliance
Lightning Source LLC
Chambersburg PA
CBHW020743310726
48969CB00002B/398